Sous les nuages du ranch

ZAHRA OWENS

Sous les nuages du ranch

ZAHRA OWENS

Dreamspinner Press

Publié par
DREAMSPINNER PRESS

5032 Capital Circle SW, Suite 2, PMB# 279, Tallahassee, FL 32305-7886 USA
http://www.dreamspinnerpress.com/

Édition imprimée en français : 978-1-63476-401-8
Première édition française en version papier : Mars 2015
Édition ebook en français : 978-1-61372-841-3
Première édition française : Mars 2013
Première édition : Février 2011

Édité aux Etats-Unis d'Amérique.

Pour Carol, qui m'a aidée à trouver un lieu inspirant où situer cette histoire, et pour le reste de mon 'groupe de lecture' – dont Carol est un membre actif – qui m'a aidé pour tout le reste.

I

Iʟ ᴀᴠᴀɪᴛ besoin de ce job, c'était aussi simple que ça.

Il avait déjà travaillé dans des supermarchés, et même été serveur parfois, bien qu'il ne soit pas très doué pour ça, mais ce job-là était fait pour lui.

> RECHERCHE : aide sur un ranch, capable de gérer de jeunes chevaux non dressés, prêt à nettoyer les écuries et réparer des barrières

Il avait grandi avec des chevaux, ayant vécu dans un haras une grande partie de sa vie. C'était donc un travail qu'il aurait pu faire les yeux fermés. La rémunération était faible, uniquement le gîte et le couvert, mais l'annonce précisait qu'il y aurait un beau bonus après la vente des chevaux, et d'après l'employé du bureau de poste, la prochaine vente aux enchères locale était dans six semaines. Comme il n'avait nulle part où aller, passer six semaines au même endroit ne lui semblait pas trop difficile. Il n'aimait pas trop les hivers froids de l'Idaho, mais d'ici là, il pourrait très bien se diriger vers la côte avant l'arrivée de la neige.

Le facteur le déposa à l'entrée du Blackwater Ranch au début de sa tournée, et Flynn hissa son gros sac sur son épaule avant de s'avancer sur la route poussiéreuse qui menait à la maison principale. L'endroit semblait désert malgré le pick-up vert plutôt sale garé sous un pommier. Lorsqu'il frappa à la porte du ranch, personne ne répondit. Bien déterminé à trouver le propriétaire et n'ayant aucune envie de marcher jusqu'à la ville, Flynn se dirigea vers l'écurie en longeant un petit corral contenant quelques chevaux sans bride. Il y avait d'autres chevaux dans un enclos un peu plus haut, mais en dehors de ça, tout était étrangement calme et silencieux.

La porte à double battant de l'écurie était ouverte, aussi entra-t-il. Une grande tête brune sortit de son box pour le saluer. Flynn tendit une main pour que le cheval la renifle, puis caressa la tache blanche entre ses yeux.

— T'as un patron dans le coin, mon beau ? demanda-t-il au cheval avant de sourire lorsque l'animal ne répondit évidemment pas.

Comme il ne semblait y avoir personne, Flynn traversa l'écurie. Il jeta un coup d'œil dans la plupart des box, mais ils étaient tous vides.

— Je suppose qu'il doit être en train de travailler autre part, déclara-t-il.

La voix qui s'éleva derrière lui le fit sursauter.

— Je peux vous aider ?

Flynn se retourna pour découvrir un homme aux cheveux blond-roux, vêtu d'un jean et d'une chemise à carreaux, qui se tenait à côté d'un des box. Un chien de berger noir au museau blanc était assis à ses pieds.

— Oui, heu, je suis là pour le job ?

— Tu dois être désespéré pour vouloir d'un boulot qui paie moins que le salaire minimum. C'est quoi le truc ? Tu sors de prison, quelque chose comme ça ? demanda l'homme d'un ton bourru.

Flynn secoua la tête.

— J'ai grandi dans un ranch, donc c'est un boulot plus sympa que de ranger des cartons dans un supermarché.

— Dans quel ranch ? interrogea l'homme de la même voix détachée.

— Dans l'Est, répondit Flynn en essayant de rester vague. Au Canada, finit-il par admettre. On a quitté l'Angleterre juste après ma naissance, vu que l'élevage de chevaux rapporte plus de ce côté-ci de l'Atlantique.

— Alors pourquoi tu ne travailles pas dans le ranch familial ?

C'était la question que Flynn redoutait toujours, mais il avait une réponse toute prête :

— Je suis le plus jeune de cinq frères. Il n'y avait pas grand-chose pour moi, là-bas.

GABE NE répondit pas immédiatement, étudiant plutôt le jeune homme. Il était sûr qu'il découvrirait que son histoire était plus compliquée que cela s'il venait à l'engager. Pas qu'il ait vraiment le choix. Les jeunes du coin avaient tous trouvé des jobs qui payaient mieux sur les plus grandes exploitations, et il n'y avait pas beaucoup d'étrangers qui venaient en ville. S'il ne prenait pas ce type, il devrait faire tout le travail seul cette saison, ce qu'il peinait déjà à faire jusqu'à présent.

— Qu'est-ce que tu sais faire ? demanda-t-il, bien qu'il ait déjà pris sa décision.

Même si le gamin ne pouvait qu'à peine s'occuper des chevaux les plus jeunes, il aurait une paire de mains supplémentaire pour tout le travail manuel.

— À peu près tout ce dont un cheval a besoin, répondit le beau jeune homme aux yeux bruns. Brosser les bêtes, remplir l'abreuvoir, nettoyer l'écurie, leur faire faire de l'exercice, leur apprendre à accepter la selle et la bride, les dresser… J'ai déjà fait un peu de tout.

Bien que Gabe ait l'impression d'avoir atterri au paradis des chevaux, il savait qu'il devait y avoir anguille sous roche. Si ce gamin était aussi doué qu'il le prétendait, pourquoi ne travaillait-il pas sur un des plus grands ranchs, où il se ferait bien plus d'argent que ce que Gabe pouvait lui offrir ? Il n'allait toutefois pas insister plus. Sans aide, il risquait de perdre son ranch.

— Ça fera l'affaire, déclara-t-il. Je ne peux pas te payer tout de suite. Dès que les chevaux seront vendus, je te donnerai une belle somme. Pour l'instant, ce sera juste le gîte et le couvert.

— C'est ce que disait l'annonce au bureau de poste, répondit le jeune homme d'un air résigné.

— Je m'appelle Gabe Sutton et je suis le propriétaire, se présenta-t-il, se retenant d'ajouter 'pour l'instant'.

— Flynn Tomlinson, répondit le jeune homme en avançant de quelques pas pour lui serrer la main. Je travaille ici.

Le sourire qui accompagna cette dernière phrase alla droit à l'entrejambe de Gabe. Toute idée de travailler proche de Flynn pour garder un œil sur lui s'envola : il savait qu'il serait bien trop distrait pour accomplir quoi que ce soit s'il devait regarder ce jeune homme toute la journée. Il avait admiré son joli petit fessier un peu plus tôt ainsi que ses longues jambes et le dos mince qu'il devinait sous la veste en daim et la chemise en jean, mais lorsqu'il s'était retourné, Gabe avait dû retenir un sifflement d'admiration. Il secoua la tête, chassant ses pensées. Ils avaient du travail à faire.

— Allons manger, ensuite je te ferai faire le tour et on se mettra au boulot.

FLYNN OBSERVA son nouvel employeur sortir du box et le suivit hors de l'écurie. L'effort qu'il lui fallait rien que pour marcher, était évident. Non seulement il boitait de façon prononcée, mais sa respiration difficile montrait bien que chaque pas était douloureux.

— Vous devriez peut-être montrer votre jambe à un docteur, offrit-il en essayant de prendre un ton détaché. Si vous étiez un cheval, je vous mettrais dans l'enclos et j'appellerais le véto.

— C'est déjà fait, répliqua Gabe d'un ton bourru. Le docteur dit que je vais devoir m'y faire.

Le ton de Gabe laissait penser que Flynn ferait mieux de ne plus aborder le sujet, mais au moins savait-il maintenant pourquoi l'écurie semblait en mauvais état, de même que le reste du ranch. Si Gabe s'occupait de tout lui-même malgré sa blessure, le contraire aurait été surprenant. Bien que Flynn n'ait pas la moindre idée de l'état exact de la jambe de son nouveau patron, c'était clairement plus qu'une simple foulure. Au moins Flynn n'aurait pas besoin de lui demander ce qu'il pouvait faire ; il y avait clairement beaucoup de travail qui l'attendait.

Alors qu'ils s'approchaient de la maison, une camionnette blanche se gara à côté du pick-up vert et une grande jeune femme mince avec une queue de cheval blonde en sortit. Le chien partit en trombe pour aller l'accueillir tandis qu'elle ouvrait l'arrière du véhicule pour en sortir un carton volumineux. Flynn, à qui on avait appris à toujours aider les dames, s'empressa d'aller lui donner un coup de main.

— Merci beaucoup ! lui dit-elle en souriant avant de se tourner vers Gabe. Je vois que tu as trouvé un aide ?

— Salut, répondit Gabe avec un petit signe de tête. Calley, je te présente Flynn. Il va me donner un coup de main jusqu'à ce que je vende les chevaux. Flynn, voici Calley. C'est la patronne du seul magasin d'alimentation décent en ville, et son mari Bill Haines est le seul bon vétérinaire du comté. Elle nous amène à manger pour qu'on ne meure pas de faim. Je vois que tu sais déjà te montrer poli envers la main qui te nourrit.

— Oh, Gabe, toujours aussi charmant à ce que je vois, sourit Calley d'un ton légèrement moqueur. Je suppose qu'il faudra que je revienne dans la semaine, du coup.

Flynn remarqua que ce n'était pas une question, ce qui le confortait dans l'idée que Calley et Gabe se connaissaient bien.

Ils se dirigèrent vers la maison et Calley indiqua à Flynn où déposer le carton de nourriture tandis que Gabe se laissait tomber sur le vieux canapé qui se trouvait dans un coin de la cuisine. Il posa sa jambe sur un repose-pied et soupira profondément. Flynn nota le petit regard inquiet que lui lança Calley avant qu'elle commence à déballer le carton et ranger son contenu comme si elle vivait là. Bien que Flynn se dise que si ça avait été le cas, la maison aurait eu l'air un peu plus ordonnée. Assiettes et couverts étaient empilés dans l'évier et le réfrigérateur était vide en dehors de ce que Calley était en train d'y mettre. Malgré sa discrétion, Flynn la vit mettre à la poubelle quelques aliments qui auraient presque pu marcher tout seuls. Lorsque Gabe tenta de protester, sa réponse fut claire :

— Ça m'est égal si tu t'empoisonnes, Gabe, mais ce jeune homme mérite d'être bien nourri. Il est là pour t'aider, tu as intérêt à bien t'occuper de lui.

Gabe marmonna dans sa barbe et Flynn les observa d'un air amusé. Il ne savait pas vraiment quoi penser. Calley était-elle l'ex de Gabe ? Était-ce pour cela qu'elle était si à l'aise dans cette maison et qu'elle n'hésitait pas à le gronder en public ? Il n'allait pas poser la question, de peur que Gabe ne soit pas d'humeur pour ce genre de conversation. Peut-être qu'un jour sa curiosité serait satisfaite, mais si ce n'était pas le cas, eh bien, pour être honnête, ça ne le regardait pas.

— J'espère que vous savez cuisiner, Flynn ? lui demanda Calley, l'air concerné.

— Oui, bien sûr, la rassura-t-il avec un sourire. J'ai grandi dans une maison pleine de garçons. C'était soit apprendre à cuisiner, soit être au pain sec et à l'eau !

— Alors vous devriez vous sentir comme chez vous ici, répondit Calley avec un clin d'œil avant de ramasser le carton vide et de quitter la pièce.

Après son départ, un silence inconfortable s'installa.

— Je peux nous faire une omelette ? proposa Flynn.

— J'ai mangé des œufs au petit-déjeuner, donc je vais passer, répondit Gabe, les yeux fermés et la tête appuyée contre le dos du canapé. Mais merci, ajouta-t-il, comme s'il venait tout juste d'y penser.

Flynn ne pensait pas que Gabe ait mangé quoi que ce soit à en juger par l'état de sa cuisine. Il n'allait donc pas abandonner comme ça. Il avait vu Calley ranger plein de bonnes choses dans les placards et était sûr de pouvoir préparer quelque chose de bon, aussi ouvrit-il le réfrigérateur pour en sortir salade, tomates et concombre. Avec un peu de fromage et de jambon, il fit des sandwiches. Il ouvrit quelques armoires mais finit par laver quelques couteaux et des assiettes pour pouvoir y poser les sandwiches. Le chien était assis à côté de son maître. Il se léchait les babines, mais on lui avait clairement appris à ne pas mendier.

— Viens là mon beau, l'appela-t-il.

— C'est une fille et elle s'appelle Bridget, le corrigea Gabe. Et on ne la nourrit pas à table. Elle a une écuelle dans le hall d'entrée.

Flynn saisit un morceau de jambon et vit que le chien semblait déchiré entre l'accepter et rester fidèle à son maître, aussi le reposa-t-il sur le plan de travail. Il déposa les sandwiches sur deux assiettes et en tendit une à Gabe, qui ouvrit des yeux en sentant l'odeur de la nourriture.

D'un air méfiant, Gabe prit l'assiette et étudia son contenu.

— Merci, marmonna-t-il en inspectant ce qui se trouvait entre les deux tranches de pain avec un sourire forcé.

Flynn eut de la peine à ne pas rire. Il était généralement à l'aise avec les étrangers, surtout après avoir autant voyagé ces trois dernières années, mais cet homme était différent. Il espérait que les silences inconfortables allaient disparaître avec le temps, ou au moins que Gabe le laisserait travailler seul. Il n'arrivait pas vraiment à dire ce qui rendait si difficile d'être dans la même pièce que Gabe. Le repas état bon, toutefois, bien meilleur que ce qu'il achetait généralement dans les restaurants routiers. Gabe semblait être du même avis, bien que Flynn le voie discrètement retirer les tranches de concombre. Du coup, il donna discrètement à Bridget le morceau de jambon qu'il avait mis de côté plus tôt pendant qu'il faisait la vaisselle. Toute la vaisselle.

Lorsqu'ils quittèrent la cuisine pour aller s'occuper de l'écurie, la pièce était dans un bien meilleur état qu'une heure plus tôt.

FLYNN AIMAIT vraiment ce travail.

Il était presque son propre patron. Gabe n'interférait pas dans ce qu'il faisait et, malgré son apparence bourrue, c'était un homme silencieux et calme. La division des tâches s'était faite naturellement. Gabe s'occupait de tout ce qui pouvait se faire assis ou à cheval. Il prenait soin des selles et des brides, réparait la charnière d'une porte, chevauchait le long des enclos pour vérifier l'état des barrières. Il rassemblait les chevaux lorsqu'il fallait les déplacer et Flynn tenait les portes ouvertes et les refermait une fois les animaux passés. Dans l'ensemble, ils formaient une bonne équipe.

Flynn savait que s'ils voulaient vendre des chevaux aux enchères, il allait falloir les dresser – certains n'avaient même pas encore l'habitude de porter une selle et une bride – or en une semaine, ils n'avaient encore rien fait de tel. Il avait souvent vu Gabe chevaucher parmi le troupeau dans l'enclos du haut, et parfois il semblait toucher les animaux, caresser leurs dos ou leur parler, mais il ne travaillait pas avec les chevaux de façon individuelle, et Flynn trouvait cela inquiétant. Il ne savait pas comment aborder le sujet avec Gabe.

Flynn avait l'impression que Gabe boitait plus qu'avant. Il avait à nouveau suggéré aller chez un médecin, et Gabe lui avait répondu sèchement avant de refuser de lui adresser la parole pour le reste de la journée. Comme offrande de paix, Flynn termina ses corvées rapidement afin de pouvoir rentrer plus tôt pour préparer le diner. Il n'avait encore rencontré personne qui puisse résister à ses lasagnes végétariennes, pas même ceux qui pensaient qu'un repas n'était pas complet sans viande.

— Va prendre une douche, le diner ne sera pas prêt avant encore vingt minutes, dit Flynn à Gabe lorsque ce dernier rentra enfin dans la maison.

Gabe ne répondit pas mais hocha la tête, le visage impassible, et se dirigea vers l'arrière de la maison.

Flynn savait que Gabe préférait utiliser la douche extérieure, principalement parce que cela lui évitait d'avoir à monter l'escalier pour aller à l'étage. Le soir, l'eau était à une température parfaite lorsque le soleil l'avait chauffée toute la journée, mais Gabe l'utilisait même les jours couverts. C'était un simple pommeau de douche accroché au mur de la maison, avec de buissons plantés autour pour l'abriter des regards extérieurs. Depuis la maison, toutefois, ce n'était que trop facile de l'observer en restant caché dans l'obscurité de l'embrasure de la porte.

Flynn avait aperçu le dos nu de Gabe le deuxième jour, alors que ce dernier se déshabillait. Il s'était penché pour protéger sa jambe blessée par un plastic, mais ce n'était pas ce qui avait retenu l'attention de Flynn. Il avait été fasciné par ce corps fermement musclé, ce dos solide et puissant, et lorsqu'il s'était tourné sous le jet d'eau, les yeux fermés, l'air détendu, Flynn s'était soudain senti à l'étroit dans son pantalon.

C'était exactement le genre de corps qui attirait énormément Flynn, et il n'en avait pas eu sous ses mains depuis longtemps. Ce jour-là marqua la première fois où il s'était précipité dans les petites toilettes du rez-de-chaussée pour soulager la tension. Il ne le faisait plus à présent. Il connaissait désormais le petit rituel de Gabe et savait qu'il lui fallait du temps pour se sécher et se rhabiller. Personne ne venait jamais au ranch, et Gabe ne pouvait pas le voir de là où il se trouvait, aussi osa-t-il glisser une main dans son jean pour se caresser. Il vit Gabe rincer l'eau savonneuse entre ses jambes à plusieurs reprises, semblant hésiter un moment lorsqu'il remarqua son début d'érection, puis saisir son membre. Un petit gémissement échappa à Flynn. Oh, que ne ferait-il pas pour pouvoir toucher ce corps, pour que ce soit sa main à lui sur le sexe de Gabe. Il osa à peine se toucher, craignant de jouir trop vite. Il observa Gabe s'appuyer contre le mur de la maison pour se tenir droit, se tenant en équilibre sur sa jambe valide tandis qu'il se donnait du plaisir. Flynn pouvait tout à fait imaginer ce à quoi ressemblerait Gabe s'il lui donnait un coup de main. Il eut soudain une épiphanie. Il se demanda depuis combien de temps Gabe n'avait pas été touché par quelqu'un. Il était évident qu'il ne sortait pas beaucoup. Peut-être qu'un jour, il le laisserait lui faire du bien. Peut-être.

Flynn vit Gabe se cabrer et jouir, des jets blancs et épais jaillissant de son sexe. Il n'y avait toutefois aucune trace d'extase sur son visage ; il continua tout simplement à se laver. Flynn ferma les yeux, imaginant ce à quoi il devait ressembler lorsque l'on prenait vraiment soin de lui, qu'on lui donnait vraiment du plaisir. Il ne lui fallut que quelques gestes de la main pour sentir son orgasme monter et le submerger alors qu'il imaginait Gabe crier son nom. Quelques instants plus tard, il rouvrit les yeux et vit Gabe le regarder en se séchant. Le cœur de Flynn manqua un battement. Il n'avait pas prévu de se faire prendre.

II

VOIR FLYNN l'observer depuis la porte avait d'abord rendu Gabe furieux, puis l'avait excité, et ce malgré sa petite séance de plaisir solitaire un peu plus tôt sous la douche. Il n'arrivait pas à y croire, quel gamin gonflé ! Ce n'était pourtant pas compliqué de prétendre n'avoir rien vu. C'est alors qu'il y songea. Peut-être que Flynn aimait regarder des hommes nus ? Gabe termina de se sécher en essayant de chasser cette pensée. Il ne pouvait pas se le permettre. Ils avaient du travail à faire, et toute complication dans leur relation ne ferait que rendre les choses plus difficiles.

Or, Gabe avait l'impression que tout se passait bien pour l'instant. Flynn était travailleur, et Gabe appréciait grandement de ne pas avoir à lui expliquer tout ce qu'il fallait faire. S'il essayait de le draguer, le gamin pourrait très bien s'enfuir et Gabe ne trouverait jamais quelqu'un d'aussi bon pour le remplacer. Et il était évident qu'il ne pourrait pas tenir le ranch seul. Pas avec cette foutue jambe. Aussi ne prendrait-il pas le risque de voir si Flynn éprouvait la même attirance pour lui que lui-même ressentait pour le jeune homme. De toute façon, pourquoi s'intéresserait-il à quelqu'un d'assez vieux pour être son père, même s'il avait eu deux bonnes jambes ?

Une fois habillé, Gabe retourna dans la cuisine en prenant soin de ne pas regarder Flynn. Le fumet qui s'échappait du four lui mit l'eau à la bouche. Il avait déjà pu goûter la cuisine de Flynn. Ses mets simples, comme des omelettes ou des spaghettis, étaient aussi bons que ce qu'on trouvait dans les restaurants des grandes villes, à mille lieues de ce qu'il mangeait d'habitude sur le ranch. Mais là, ça sentait encore meilleur. Du coin de l'œil, il vit Flynn s'accroupir devant le four pour regarder le plat à l'intérieur. Gabe ne put s'empêcher d'admirer son beau petit cul moulé dans un jean serré, mais il ne s'attarda pas trop.

— Encore cinq petites minutes, je pense, annonça Flynn sans se retourner.

— D'accord, répondit Gabe.

Pour une raison obscure, son cœur battait la chamade. C'était ridicule. Des tas d'hommes l'avaient déjà vu nu. Pourquoi était-ce si étrange que Flynn soit l'un d'entre eux ? Il se sentit brusquement crasseux dans ses vêtements de travail, aussi se dirigea-t-il vers l'escalier dans l'intention d'aller se changer.

FLYNN SE releva et se retourna. À sa grande surprise, la cuisine était déserte. Il pensait que Gabe serait là, prêt à passer à table, comme chaque soir depuis son arrivée. Il entendit des bruits de pas à l'étage, reconnut la démarche désormais familière de Gabe et se demanda ce qui se passait.

Cinq minutes plus tard, alors qu'il posait le plat brûlant sur la table, Gabe entra dans la pièce vêtu d'un jean propre et d'un tee-shirt d'allure neuve.

— On fête quelque chose ? demanda Flynn. Tu n'avais pas besoin de te mettre sur ton 31, ce sont juste des lasagnes.

— On est samedi, répondit Gabe avec un haussement d'épaule.

— Et ta mère t'a appris à te faire beau les samedis soirs ?

Gabe haussa à nouveau les épaules, sans rien répondre. Il tira une chaise et s'assit, puis regarda Flynn d'un air impatient avant de détourner le regard lorsqu'il se rendit compte qu'il le fixait.

Flynn essaya d'ignorer la timidité gênée dont son patron faisait souvent preuve lorsqu'ils étaient à table le soir. Il allait seulement devoir trouver un moyen de rendre ces dîners un peu plus détendus.

— Je te sers ? proposa-t-il en tendant la main pour que Gabe lui donne son assiette.

— D'accord, répondit Gabe sans le regarder.

Il attendit tout juste que Flynn ait terminé de se servir avant d'entamer son assiette.

Flynn devait bien admettre que leurs diners étaient toujours un peu tendus, mais au moins sa cuisine était appréciée, à en juger par l'enthousiasme avec lequel Gabe mangeait. Il supposait que ce dernier était juste taciturne de nature. Mais Flynn, lui, aimait discuter, d'autant plus après toutes ces années sur la route pendant lesquelles il n'avait souvent eu personne à qui parler.

— Pas mal de femmes se sont occupées de nous quand maman est morte, révéla Flynn en mangeant. J'étais tout petit, donc j'étais toujours avec elles quand elles faisaient à manger. J'ai appris à cuisiner plein de choses et plus tard, j'ai pas mal expérimenté aux fourneaux. Le résultat n'était pas toujours fameux, dit-il en riant doucement et en se souvenant de quelques anecdotes.

— Désolé pour ta mère. Il y a au moins un aspect positif à sa mort, déclara Gabe avec la bouche pleine.

Il avala et regarda Flynn, le fantôme d'un sourire jouant sur ses lèvres.

— Je n'ai jamais rien mangé d'aussi bon dans ma propre cuisine.

Flynn tenta de cacher le plaisir que provoquaient ces mots en lui, ne voulant pas que Gabe arrête de parler.

— Merci, répondit-il à la place. Tu en veux encore ?

Gabe lui tendit son assiette et Flynn le servit à nouveau.

— C'est en ville que j'ai vraiment appris à cuisiner, en fait, continua Flynn. On n'y trouve pas beaucoup de boulot comme aide sur un ranch, donc j'ai dû me diversifier. Il y a toujours de la demande pour des commis de cuisine.

— Ça te plaisait de vivre en ville ? demanda Gabe.

Flynn haussa les épaules.

— C'était différent, c'est sûr. Et puis, continua-t-il après une brève hésitation, il y a bien plus d'opportunités pour tremper mon biscuit, si tu vois ce que je veux dire.

— Mais tu es retourné à la campagne ?

— J'avais mes raisons, fut la réponse évasive de Flynn.

Sans surprise, le repas se termina dans leur silence habituel. Gabe ne prononça plus un mot jusqu'à ce qu'ils se soient installés sur le porche après avoir fait la vaisselle. Le soleil se couchait, peignant le ciel de rouge et d'orange à l'ouest, tandis qu'à l'est les nuages qui arrivaient le rendaient sombre et menaçant. La jambe de Gabe était posée sur un repose-pied tandis que Flynn était assis sur les marches, le dos appuyé contre le poteau en bois qui supportait le toit. Il ne faisait pas directement face à Gabe, mais il pouvait facilement le regarder s'il le voulait, et il lui jetait des coups d'œil de temps en temps. Cette position semblait leur convenir à tous les deux, et la tension entre eux se dissipait dès qu'ils n'avaient plus à se parler.

Flynn aurait toutefois pu se passer du silence. Il le laissait seul avec ses pensées qui revenaient toujours à l'image de Gabe sous la douche, ce qui n'était pas sans conséquence physique. Il tenta de se détendre et de penser à autre chose. Après tout, s'ils ne pouvaient même pas avoir une simple conversation, la drague était totalement hors de question. Et pour ce qu'il en savait, Gabe pouvait très bien être hétéro. Flynn ne l'avait jamais vu le mater. Même si ça ne prouvait rien. Il soupira. La vie était tellement plus simple à la ville. Il aurait presque oublié pourquoi il avait été si pressé d'en partir.

— ON DIRAIT bien qu'il va pleuvoir, murmura Gabe, assis sur le porche.

— C'est pas ce qu'ils disaient à la radio cet après-midi, répondit Flynn.

— Ces gens de la météo n'y connaissent rien. Crois-moi, je sais à quoi ressemble le ciel ici, juste avant un orage. J'espère que les chevaux n'auront pas trop peur. Je ne peux pas me permettre d'en perdre.

Gabe soupira, bien conscient de la triste vérité de ses mots. Si les chevaux cassaient une barrière et partaient au galop, Dieu seul savait combien de dégâts ils feraient. Quand ils étaient deux à s'occuper du ranch, l'un pouvait réparer la barrière pendant que l'autre montait en selle et partait à la recherche des chevaux. À présent, il ne pouvait plus monter pendant trop longtemps et Flynn ne connaissait pas assez bien la région pour le faire. Ils ne pouvaient qu'espérer que ce ne serait qu'une averse d'été et que les chevaux se contenteraient de se serrer les uns contre les autres sous l'abri.

La jambe de Gabe lui faisait moins mal après qu'il soit resté assis un bon moment. La soirée était douce, le calme avant la tempête, et il regarda Flynn, assis sur l'escalier, la tête appuyée contre le poteau et les yeux fermés. Gabe avait même l'impression qu'il souriait. Il se dit tout de même qu'il faisait trop travailler Flynn. Il se levait aussi tôt que Gabe, c'est-à-dire aux aurores, même en plein été. Il travaillait toute la journée, inépuisablement, et n'hésitait jamais à amener de l'eau à Gabe lorsqu'il allait en chercher pour lui. En plus de cela, il faisait à manger pour eux tous les jours. Gabe aurait facilement pu s'habituer à ce traitement royal, mais il savait que c'était une mauvaise idée. Flynn était un vagabond dans l'âme et Gabe se doutait bien qu'il partirait dès que les chevaux seraient vendus. Inutile d'essayer de le retenir.

— Tu crois qu'on devrait ramener le troupeau de l'enclos du haut vers celui du bas ? finit par demander Flynn sans se fatiguer à rouvrir les yeux. Je pourrais prendre Bridget. Elle ne m'obéit pas aussi bien qu'à toi, mais elle sait ce qu'elle a à faire.

Gabe réfléchit. À l'époque où il n'était pas tout seul, ils auraient chevauché ensemble et ça ne leur aurait pas pris plus d'une heure pour ramener toutes les bêtes plus près du ranch, là où les chevaux auraient été mieux protégés des éléments. Entre sa jambe et l'inexpérience de Flynn, il ne pouvait plus prendre ce risque.

— Non, espérons juste que le temps ne soit pas trop mauvais, répondit-il.

Flynn acquiesça et Gabe détourna le regard pour ne plus voir son air déçu. Il ramena doucement sa jambe en contact avec le sol et se leva de sa chaise.

— Tu ne t'occupais pas du ranch tout seul avant, pas vrai ? Avant ton accident... ?

Gabe s'immobilisa sur le pas de la porte en entendant l'hésitation dans la voix de Flynn. Il ne pouvait pas se retourner, ne pouvait pas laisser le gamin voir les émotions gravées sur son visage. Mais il ne pouvait pas non plus avancer. Comment pouvait-il lui expliquer à quel point son compagnon lui manquait, à quel point il se languissait d'être serré dans des bras, d'être touché ? À quel point ces choses-là lui manquaient bien plus qu'avoir de l'aide pour s'occuper du ranch ?

Gabe sentit soudain une main sur son dos et faillit s'en dégager, mais malgré l'air chaud du crépuscule, la chaleur qui en émanait était trop agréable, aussi ne bougea-t-il pas, résistant à l'envie de se retourner pour prendre le jeune homme dans ses bras.

— Non. On était deux, mais il est parti, répondit sèchement Gabe, espérant que sa voix ne trahirait pas sa peine.

Il fit un pas en avant, s'éloignant de Flynn, puis un autre, jusqu'à se retrouver seul dans sa chambre.

III

FLYNN N'ARRIVAIT pas à dormir. Il tombait des cordes et de la fenêtre de sa chambre, il pouvait apercevoir les chevaux blottis les uns contre les autres sous l'abri. En plus de cela, sa conversation avec Gabe tournait en boucle dans sa tête. Ce dernier avait clairement dit '*il* est parti', et l'émotion qui l'avait submergé à ce moment-là ne laissait aucun doute quant au fait qu' '*il*' avait été un amant et non pas simplement quelqu'un qui travaillait avec lui. Flynn ne savait pas trop si cette révélation le rendait heureux ou triste. C'était évidemment bon de savoir que Gabe aimait les hommes, mais Flynn avait-il pour autant une chance avec lui ? Gabe lui plaisait, et ça ne le dérangeait pas vraiment d'être le mec de transition dans les bras duquel on se console. Il ne croyait pas à l'amour éternel de toute façon, et si ça se passait bien entre Gabe et lui, il pouvait toujours rester plus longtemps que les six semaines prévues. En y pensant, l'idée de passer environ un an au même endroit était tentante, même s'il n'y croyait pas trop. Gabe semblait ne tolérer sa compagnie que parce qu'il faisait du bon boulot.

Malgré l'apparence bourrue de Gabe, Flynn avait vu plus d'une fois la tendresse dont il était capable, surtout envers les chevaux. Ils semblaient l'accepter naturellement lorsqu'il marchait parmi le troupeau avec respect.

Lorsque Flynn avait osé aborder à nouveau le sujet du dressage des chevaux, Gabe lui avait fait une démonstration impressionnante de son don avec ces animaux : il avait sorti un poulain du troupeau et l'avait amené au corral, lui passant d'abord la bride avant de le seller. Le cheval avait à peine protesté et Gabe l'avait apaisé en se tenant à côté de lui, silencieux, lui laissant le temps de s'ajuster. Le poulain était trop jeune pour être monté, mais Flynn avait eu l'impression qu'il était presque prêt. Bien que le regard intense de Gabe qui semblait dire 'satisfait, maintenant ?' ait empêché Flynn de relancer la discussion, il savait qu'ils devaient tester cette méthode sur les chevaux plus âgés, ceux de trois et quatre ans prêts à être vendus.

Dehors, l'orage sembla s'apaiser quelque peu, mais il continuait à tomber des trombes d'eau. Inutile de s'inquiéter pour les chevaux, ils étaient plutôt calmes dans leur pré. De toute façon, il n'y avait pas assez de place dans l'écurie pour tous. Et puis c'était des chevaux de travail, qui vivaient dehors même en plein hiver, juste abrités par un appentis solide. Flynn se détourna de la fenêtre et se blottit sous ses couvertures, espérant être assez confortable pour s'endormir, mais lorsque le sommeil ne vint pas, il glissa une main entre ses jambes pour se caresser. Il ferma les yeux, laissant l'image du corps ferme de Gabe lui venir en tête, et imagina le rejoindre sous la douche. Il devint vite très excité. Son orgasme ne fut pas très satisfaisant, mais au moins fut-il ensuite assez fatigué pour s'endormir.

DEUX HEURES après s'être réfugié dans sa chambre, Gabe était couché sur son lit, entièrement habillé, et se demandait où avaient filé les heures. Il faisait à présent nuit dehors, le vent soufflant avec force, battant la pluie contre la fenêtre. Pourquoi Flynn avait-il essayé de le consoler ? Gabe avait pourtant plutôt bien réussi à contrôler ses émotions devant le jeune homme, jusqu'ici.

Vraiment ? Pendant presque une année, il était parvenu à ne pas penser à Grant. À l'hôpital, il avait simplement décidé de le bannir de ses pensées et la plupart du temps, il y parvenait. Mais la présence de Flynn semblait tout faire remonter à la surface. Flynn était plus petit que Grant, mais ils avaient le même sourire aguicheur et les mêmes boucles noires en bataille. Grant aussi avait été du genre vagabond, et pourtant il était resté là quelques temps. Pouvait-il espérer que Flynn en ferait autant ? Il pourrait toutefois se passer de la douleur engendrée par son départ.

Gabe n'avait qu'à jeter un œil au ranch pour voir tout le bien que la présence de Flynn avait apporté. Les écuries étaient bien entretenues, les chevaux étaient heureux, et même Bridget remuait la queue en le voyant. Gabe aurait été incapable de dire depuis combien de temps la maison n'avait pas semblé aussi habitable. En fait, si. Avant son accident, c'était lui qui faisait le ménage, puisque Grant était plutôt négligé. Grant s'attendait toujours à retrouver une maison et des vêtements propres, sans même vraiment se demander qui faisait le travail pour lui.

15

Gabe s'assit sur le lit et commença à déboutonner sa chemise. Il grimaça lorsque son pied atterrit sur le plancher un peu trop violemment et se prit la tête dans les mains en soupirant. Il fallait qu'il arrête de laisser ses émotions le secouer ainsi. Qu'il arrête de penser à Grant. Qu'il arrête de penser à Flynn, aussi.

Le lendemain matin Gabe se leva tôt, incapable de dormir. Il ne passa pas par la cuisine malgré les délicieux arômes qui s'en échappaient déjà, et sella Brenner, son étalon bai, pour aller jeter un œil sur le troupeau.

Il passa plus d'une heure à faire avancer son cheval parmi les autres animaux pour s'assurer qu'ils allaient bien, puis deux autres heures à faire le tour des barrières avant de retourner en direction de l'écurie, satisfait.

Il quittait tout juste le couvert des arbres lorsqu'il vit Flynn sortir de l'écurie, suivit par un grand brun. Gabe fit demi-tour, ne voulant pas être vu par les deux hommes, mais la curiosité finit par l'emporter. Il se rapprocha et reconnut l'étranger. Hunter était le propriétaire du ranch voisin, une exploitation bien plus grande que celle de Gabe, et il venait toujours un peu plus tôt choisir les meilleurs chevaux du troupeau. Il achetait quelques chevaux pour ses palefreniers, ainsi que deux ou trois qui attiraient son regard et qu'il pensait pouvoir revendre à un bon prix. C'était probablement la raison de sa venue.

Hunter était un grand charmeur désinvolte. Là, il flirtait avec Flynn, et bien que Gabe sache que Hunter n'était pas gay, il sentit son estomac se serrer. Malgré le mal que ça lui faisait, Gabe ne pouvait pas les quitter du regard. Flynn souriait, encourageant probablement Hunter à continuer. Flynn était appuyé contre l'embrasure de la porte et Hunter se tenait tout proche de lui, une main appuyée sur cette même embrasure. Il dit quelque chose et Flynn rit.

Gabe lança Brenner au galop vers le ranch, malgré la douleur dans son pied. Si quelqu'un vendait des chevaux ici c'était lui, pas Flynn.

FLYNN SAVAIT que Hunter flirtait avec lui, et il aimait ça. Il avait l'impression que cela faisait une éternité depuis la dernière fois qu'un mec s'était intéressé à lui, aussi n'allait-il pas rembarrer ce bel acheteur. Bien entendu, ils ne pouvaient pas parler affaires ; Hunter lui avait tout de suite dit qu'il était venu pour acheter quelques-uns des chevaux de Gabe, et Flynn avait bien spécifié qu'ils devraient attendre le retour de Gabe pour cela, mais rien ne les empêchait de se mettre à l'aise en attendant.

— Et si on se prenait une bière bien fraîche ? suggéra Flynn.

— Je ne bois généralement pas avant de faire des affaires, commença Hunter en se pinçant les lèvres.

— Je vous ai dit que je ne pouvais rien faire. Les chevaux ne sont pas à moi, je travaille juste ici.

— Oh, allez, dit Hunter d'une voix traînante. Je suis sûr que vous avez plus d'intérêt dans ce ranch que votre salaire.

Flynn détourna le regard, l'air de dire qu'il n'avait pas la moindre idée de ce dont parlait Hunter.

— Grant non plus n'était pas qu'un garçon d'écurie, ajouta Hunter.

Flynn était tenté de le laisser continuer. Il avait déjà réussi à découvrir le nom de l'ex de Gabe. Qui savait ce que Hunter laisserait échapper de plus, s'il l'encourageait un peu ?

— Tu devrais savoir qu'on ne parle pas affaires avec le petit personnel, interrompit Gabe en arrêtant son cheval devant eux.

Il lança un regard sévère à Flynn avant de sauter de sa selle. Il grimaça légèrement lorsqu'il atterrit, mais Flynn remarqua qu'il tentait de cacher sa douleur aux yeux de Hunter, s'approchant de lui presque sans boiter. Gabe confia les rênes de Brenner à Flynn et lança un regard à Hunter pour lui dire de le suivre vers la maison.

— Ne le desselle pas, on ressortira bientôt. Selle T.C. pour Hunter, ordonna Gabe.

Flynn répondit d'un signe de tête. Ça ne le dérangeait pas qu'on lui donne des ordres, mais le ton de Gabe était condescendant à souhait et il n'aimait pas du tout être traité ainsi. Il avait démissionné pour moins que cela, mais il ne voulut pas faire de remarque en présence de Hunter. De toute façon, il avait beaucoup de travail à faire, aussi ne tenait-il pas particulièrement à assister aux discussions, malgré sa curiosité.

Inutile de ressasser le comportement de Gabe. Il était bien le petit personnel après tout, c'était impossible à nier, mais il ne savait pas s'il pouvait continuer à travailler pour lui s'il se montrait si peu respectueux envers lui. Il mena Brenner dans l'écurie, se promettant de parler à Gabe plus tard.

Il venait juste de terminer de seller T.C., le hongre Paint Horse de Gabe, et resserrait la sangle lorsque les deux hommes revinrent. Cette fois-ci, Gabe ne lui adressa pas un seul regard. Hunter le remercia d'un signe de tête, mais n'eut que peu de temps pour enfourcher sa monture : Gabe partit au galop.

Flynn regarda les deux hommes s'éloigner, se faisant la réflexion que Gabe ne semblait pas particulièrement amical avec Hunter.

Une fois ses tâches à l'extérieur terminées, Flynn se lava les mains dans le petit évier de la buanderie à l'entrée de la maison, y retira ses bottes et se traîna dans la cuisine en chaussettes, se demandant s'il devait préparer quelque chose pour Hunter aussi, des fois qu'il reste manger avec eux. Ça ne le dérangeait pas. Le déjeuner était généralement constitué de sandwiches et il y avait bien assez de pain, de fromage et de jambon pour tous les trois. Il espérait juste que l'humeur de Gabe s'améliorerait après la vente, sinon il préférerait manger son sandwich sur le porche, loin des deux autres hommes.

À travers la fenêtre de la cuisine, il vit Gabe s'approcher de la maison en boitant, seul. Il ne se retourna pas lorsque ce dernier entra dans la pièce quelques minutes plus tard. Il savait que Gabe ne rentrait plus dans la cuisine avec ses bottes, à présent.

— Le café est presque prêt, annonça Flynn.

Gabe émit un grognement pour toute réponse.

— Hunter ne va pas acheter de chevaux ? demanda doucement Flynn sans regarder Gabe.

Il pelait des patates pour le dîner, ce qui lui donnait une parfaite excuse pour ne pas se retourner.

— Pourquoi, tu es si pressé de le revoir ? répondit Gabe sèchement en claquant la porte du réfrigérateur avant de poser bruyamment une assiette sur la table.

Flynn prit une profonde inspiration avant de répondre.

— Je pensais juste que ce serait une bonne chose pour toi d'en vendre quelques-uns. Un peu d'argent ne peut pas faire de mal.

— Ne t'inquiète pas, tu seras payé.

Flynn lança la dernière pomme de terre dans la casserole pour le dîner et marqua une pause avant de reprendre la parole, histoire ne pas se mettre à critiquer la mauvaise humeur de Gabe.

— Tu m'as dit que tu me paierais et je te fais confiance, dit-il calmement. Hunter avait juste l'air d'être un brave type et il semblait vraiment enthousiaste de pouvoir choisir des chevaux avant l'enchère, donc je me disais qu'il serait peut-être prêt à payer un peu plus. Et puis ça t'éviterait aussi des frais de transport.

Flynn saisit la lourde casserole et se retourna pour aller l'apporter vers l'évier. Il vit à peine Gabe arriver : ce dernier fit deux grands pas en avant, réduisant la distance qui les séparait à néant. Un pas de plus, et il poussait Flynn contre le mur. La force avec laquelle Flynn heurta le mur combinée à la sensation d'une main sur sa gorge le firent lâcher la casserole, qui s'écrasa bruyamment au sol, envoyant des pommes de terre crues rouler partout dans la cuisine.

Avant qu'il ait pu reprendre ses esprits, Flynn vit le regard prédateur de Gabe et sentit sa bouche contre la sienne, le début d'un baiser agressif. Flynn résista tout d'abord, par réflexe : le baiser était si abrupt et il n'avait nulle part où fuir. Puis, lorsqu'il réalisa que c'était le corps ferme de son patron qui le plaquait contre le mur, son propre corps réagit. Il répondit au baiser de Gabe, essayant de lui faire comprendre qu'il en avait lui aussi envie. Il en avait rêvé, et plus d'une fois. D'accord, il n'avait pas tout à fait imaginé les choses ainsi. Il avait l'habitude de mener le jeu, pas de se faire dévorer contre un mur, mais ça ne le dérangeait pas plus que ça, malgré la douleur sourde à l'arrière de son crâne. Il glissa sa langue entre leurs lèvres serrées et se battit pour dominer le baiser. Flynn pouvait sentir l'érection de Gabe contre sa hanche et il s'autorisa enfin à le toucher, agrippant ses fesses pour le serrer un peu plus contre lui.

Gabe sembla hésiter un instant, reculant pour planter son regard dans celui de Flynn. Leurs respirations étaient saccadées, et les yeux bleu glace de Gabe obscurcis par l'excitation. Il pressa un moment son front contre celui de Flynn avant de reculer complètement et de quitter la cuisine.

Flynn laissa sa tête retomber contre le mur, ce qui lui valut un rappel du coup qu'il avait pris un peu plus tôt. Il se massa le crâne d'une main pour apaiser la douleur. En s'essuyant le coin de la bouche d'un revers de main, il découvrit qu'il s'était fendu la lèvre.

Il regarda autour de lui. Il n'avait pas la moindre idée de ce qui avait provoqué la réaction de Gabe, mais il savait qu'il en voulait plus. Toutefois, il ne savait pas quoi faire. Devait-il suivre Gabe ? Il ne le connaissait pas encore très bien, mais il savait que ce dernier se calmait plus vite lorsqu'il était seul. Plutôt que de le confronter, Flynn décida donc de lui accorder quelques minutes de solitude. Il ramassa la casserole et rassembla les pommes de terre éparpillées sur le sol avant de les laver dans l'évier. Il passa la langue sur ses lèvres, sentant le goût de Gabe mêlé à celui métallique du sang, et se repassa les dernières minutes dans la tête. Et brusquement, il comprit. Et si Gabe avait été jaloux de Hunter ? Flynn ne put s'empêcher de sourire. C'était logique, même si la méthode de Gabe pour exprimer ses sentiments était discutable.

Il posa la casserole de patates sur la cuisinière en prévision du dîner et s'essuya les mains, puis il confectionna deux gros sandwiches qu'il déposa dans des assiettes. Il fit deux tasses de café, ajouta une bonne dose de sucre dans chacune, et sortit avec son offrande de paix.

Sans surprise, il trouva Gabe sur le porche, regardant les enclos, la jambe surélevée sur son repose-pied. Flynn entra dans son champ de vision et lui tendit silencieusement assiette et tasse. Gabe leva les yeux un court instant avant de détourner le regard, impassible.

— Écoute, soupira Flynn. Tu m'as embrassé. Ça m'a plu. Inutile d'en faire toute une montagne.

Cette fois-ci, Gabe le regarda un peu plus longtemps avant d'accepter le sandwich et le café.

Flynn décida qu'il avait assez insisté pour le moment et s'installa sans un autre mot sur le porche pour manger.

IV

CET APRÈS-MIDI-LÀ, Hunter revint avec un grand camion et un box contenant deux chevaux à lui. Pendant que son palefrenier les faisait descendre, Gabe et Hunter discutèrent de la façon dont ils allaient rassembler les bêtes qu'il avait achetées.

Flynn les observait de loin et ne put s'empêcher de remarquer que Gabe était bien plus agréable avec Hunter qu'il ne l'avait été le matin même. Gabe s'éloigna des autres hommes pour s'approcher de Flynn.

— Tu penses que tu peux venir avec nous cet après-midi ? demanda Gabe. À nous quatre, on devrait facilement pouvoir rassembler les chevaux que Hunter veut dans l'enclos de devant et les faire monter dans le camion.

— Pas de soucis, patron, répondit Flynn sans parvenir à cacher son sourire.

Bon sang, s'il avait su qu'un simple baiser changerait autant l'attitude de Gabe, il l'aurait embrassé dès le premier jour ! Enfin, ça n'aurait pas forcément eu les mêmes conséquences, c'était Gabe lui-même qui l'avait embrassé après tout. Flynn se frotta l'arrière du crâne, qui était toujours douloureux.

— Je vais seller Brenner et T.C.

Malgré l'orage de la veille, le temps cet après-midi-là était magnifique. Le ciel était d'un grand bleu, avec quelques tous petits nuages ici et là, et il faisait assez chaud pour chevaucher en tee-shirt. Comme l'avait prédit Gabe, il leur fallut moins d'une heure pour rassembler un bon groupe de chevaux, mais Flynn savait que le travail ne faisait que commencer. Hunter allait vouloir inspecter chaque cheval individuellement, pour voir s'ils étaient faciles à diriger ainsi que pour s'assurer de la santé et de la force générale de l'animal. Flynn savait qu'ils n'avaient pas de soucis à se faire. Il connaissait assez bien le troupeau pour savoir qu'ils n'avaient aucun cheval faible parmi ceux assez âgés pour être vendus, et ceux qu'ils avaient rassemblés cet après-midi étaient tous de très bons chevaux. Hunter s'en rendrait forcément compte.

Alors qu'ils rentraient vers l'écurie après un dernier tour du troupeau, Flynn rapprocha T.C. de Brenner afin de pouvoir parler à Gabe sans que les deux autres hommes ne les entendent.

— Pourquoi ne discuterais-tu pas du prix avec Hunter pendant que je lui montre les chevaux ?

Dès que les mots eurent quitté sa bouche, il sut qu'il devait avoir l'air un peu audacieux, même si sa proposition était logique. Il aurait probablement dû formuler cela autrement, mais en même temps, Gabe était peu loquace et Flynn préférait savoir ce qu'ils allaient faire avant qu'ils arrivent à l'enclos. À sa grande surprise, Gabe lui sourit un instant avant d'acquiescer, puis lança Brenner au trot.

Flynn resta en arrière, ordonnant à son corps de se tenir tranquille. Il avait l'impression d'être une adolescente rougissante à son premier rencard ! Il se doutait bien que rien d'autre ne se produirait ce jour-là, mais le baiser de ce matin et à présent ce sourire faisaient battre son cœur à toute vitesse, et il se demanda comment allait se dérouler la soirée une fois qu'ils seraient à nouveaux seuls. Il se força cependant à revenir au moment présent. Ils avaient du pain sur la planche, mais Flynn avait hâte que vienne l'heure du dîner.

COMME L'AVAIT prédit Flynn, Hunter était ravi de l'état des chevaux. Gabe et lui étaient assis sur la barrière du corral qui servait habituellement à entraîner les chevaux, et Flynn amenait les animaux un à un et les faisait marcher, trotter, et enfin aller au petit galop. Tim, le palefrenier de Hunter, vérifiait parfois que le cheval n'était pas trop nerveux ou soulevait une patte pour jeter un œil au sabot, mais en dehors de ça, Hunter semblait satisfait. Lorsque le dernier cheval fut montré, Hunter et Tim allèrent préparer le camion pour y faire entrer les animaux, laissant Gabe et Flynn seuls.

— Ça s'est bien passé, fit remarquer Flynn pour lancer la conversation. Il va prendre tous les chevaux qu'on a rassemblés ?

Gabe acquiesça.

— Ça n'a pas l'air de te faire plaisir ?

Gabe haussa les épaules, aussi Flynn se plaça-t-il volontairement dans son champ de vision.

— C'est une bonne chose, finit par concéder Gabe sans grand enthousiasme. Il revient demain pour prendre le reste, vu qu'il y en a trop pour un seul voyage. Ça me fera un bon chiffre d'affaire pour cette année, termina-t-il à mi-voix.

Flynn sourit. C'était agréable de voir Gabe un peu plus détendu, il espérait que sa bonne humeur resterait. La journée avait été longue, toutefois, et il était content qu'elle soit terminée. En voyant Gabe descendre de son perchoir en faisant attention de ne pas mettre de poids sur sa jambe blessée, il se dit qu'il ne devait pas être le seul à être fatigué.

— Pourquoi ne rentrerais-tu pas préparer le dîner ? suggéra Flynn. Tout est prêt sur la cuisinière. Je suis sûr qu'on parviendra à charger les chevaux à trois sans soucis.

Gabe le regarda d'un air soupçonneux et Flynn eut peur un instant d'avoir tout gâché en disant à Gabe quoi faire au lieu de le laisser prendre ses propres décisions. Il ne pouvait pas revenir en arrière, aussi détourna-t-il le regard pour observer le camion qui approchait.

— Je peux aider, commença Gabe, mais lorsqu'il commença à marcher, il était évident que son pied le faisait souffrir. Enfin, si tu es sûr que vous n'avez pas besoin de moi ?

Flynn acquiesça, serrant brièvement l'épaule de Gabe. Il vit l'effort que le simple fait de marcher lui demandait et ne put s'empêcher de se demander ce qui se cachait sous les bandages. Si la blessure était aussi douloureuse aussi longtemps, elle devait être grave. Il secoua la tête. Inutile de s'en préoccuper à cet instant précis. Gabe ne voulait pas en parler, il l'avait clairement fait comprendre à plusieurs occasions.

Moins d'une heure plus tard, le camion plein de chevaux se mit en route vers le ranch de Hunter et Flynn rentra dans la maison, affamé. Il retira ses bottes et se lava les mains dans la buanderie et pénétra dans la cuisine, où il trouva Gabe devant la cuisinière, Bridget assise à ses pieds. Il s'arrêta un instant pour admirer la vue et chasser ses pensées indécentes avant de s'approcher. Il toucha doucement le dos de Gabe pour l'alerter de sa présence.

— Ça sent très bon.

Flynn ne put s'empêcher de laisser sa main s'attarder là, surtout lorsqu'il fut évident que Gabe n'allait pas se dégager de lui. Gabe haussa les épaules.

— C'est toi le chef. Je ne suis que le commis de cuisine.

23

Il fit signe à Bridget de s'écarter pour laisser la place à Flynn qui sentit son cœur bondir dans sa poitrine. Il se dit que cela ne voulait rien dire, qu'il ne devait pas s'attendre à ce que tout change du jour au lendemain entre eux juste parce qu'ils s'étaient embrassés, mais il ne pouvait s'empêcher de sourire, surtout lorsque Gabe lui tendit une fourchette de carottes.

— Attention, c'est chaud.

Flynn souffla sur les carottes et les goûta. Il ne put retenir une petite grimace lorsqu'il se brûla la langue.

— C'est si mauvais, hein ?

Flynn fit non de la tête et avala.

— C'est juste chaud.

Il ouvrit un placard et en sortit le romarin qu'il avait acheté un peu plus tôt dans la semaine.

— Et il manque un peu d'herbes, mais en dehors de ça, elles sont parfaites.

— Alors passons à table.

Le dîner se déroula en silence. Ils étaient tous deux affamés et épuisés, aussi ne discutèrent-ils pas avant d'être installés sur le porche.

— Du coup, tu devras quand même aller à la vente aux enchères, ou est-ce que l'argent de Hunter sera suffisant pour cette année ? demanda Flynn après avoir hésité quelque peu.

Il n'aimait pas trop parler d'argent et craignait que Gabe s'imagine qu'il allait lui parler de son salaire afin de pouvoir s'en aller, ce qui n'était pas le cas.

— On a encore quelques chevaux prêts à être vendus, donc on devrait y aller, répondit Gabe en regardant la prairie devant lui. On n'a jamais trop d'argent. On ne sait jamais ce qui peut arriver pendant l'hiver.

Il s'interrompit et Flynn aurait aimé entendre certaines choses, comme le fait que cela coûtait plus cher pour deux personnes de passer l'hiver sur le ranch que pour une, ou que Gabe allait faire soigner son pied, mais ce dernier replongea dans son silence habituel.

— As-tu déjà songé à faire de l'élevage plutôt que d'acheter des poulains ? demanda Flynn pour que la conversation ne meure pas. Brenner serait un étalon reproducteur de premier choix, et tu as déjà quelques bonnes juments dans ton troupeau.

— C'est un gros risque, répondit Gabe comme s'il y avait déjà sérieusement réfléchi. Les choses se passent parfois mal et il faut des années pour que l'investissement soit rentable. Et puis, ça voudrait dire construire plus d'écuries, et je peux à peine maintenir celles que j'ai déjà en état.

Flynn avait envie de lui crier qu'il serait là pour l'aider, qu'il resterait si Gabe lui donnait le moindre signe qu'il serait le bienvenu. Il essaya de rester assez calme pour être plus subtil.

— J'ai grandi dans une ferme qui faisait de l'élevage. Je sais comment m'y prendre. On pourrait faire une expérience, juste avec une ou deux juments.

Pendant ce qui sembla être une éternité, Gabe ne dit rien. Il réfléchissait à ce qu'avait dit Flynn et ce dernier n'osait pas l'interrompre. Il avait dit ce qu'il avait à dire, avait clairement fait savoir à Gabe qu'il voudrait bien rester plus longtemps que prévu.

— La facture de vétérinaire serait astronomique, Flynn, finit par dire doucement Gabe.

— Mais le revenu serait plus important.

Gabe acquiesça légèrement et continua à observer la prairie. Il faisait de plus en plus sombre et un brouillard bas commençait à se former.

Flynn se leva de la marche sur laquelle il s'asseyait toujours.

— Tu veux un café ?

Gabe se leva à son tour.

— Non merci. Je vais aller faire un dernier tour à l'écurie et j'irai me coucher.

— Laisse, j'y vais.

Un rare sourire se dessina sur les lèvres de Gabe.

— Merci, répondit-il doucement.

Il serra doucement le bras de Flynn avant de rentrer en boitant. Seul sur le porche, Flynn frissonna. Il ne s'était pas attendu à finir dans le lit de Gabe le soir même, mais il avait espéré que l'autre homme oserait l'embrasser à nouveau. Mais le moment était passé, et son bras le picotait agréablement là où Gabe l'avait touché. Il posa sa main dessus, essayant de faire durer la sensation, mais elle finit par se dissiper. Il alla se consoler, toujours au même endroit : dans l'écurie, parmi les chevaux.

Brenner et T.C. mâchaient paresseusement le foin supplémentaire que leur avait donné Flynn avant de rentrer pour le dîner, mais ils levèrent la tête lorsque le jeune homme approcha.

— Salut les garçons.

Flynn s'était toujours senti chez lui dans l'écurie, même si elle ne lui appartenait pas. Il caressa les chevaux dans le cou et les gratta à la base de la crinière.

— Qu'est-ce que je vais bien pouvoir faire de votre maître ? leur demanda-t-il comme s'ils allaient lui répondre. Vous croyez qu'il veut que je reste ?

Flynn entendit gratter à la porte de l'étable et alla l'ouvrir. Bridget entra et s'assit à côté de lui.

— Ravi que tu aies pu te joindre à nous, ma belle, lui dit Flynn. On est tous là, maintenant.

Il rit doucement.

— On se demandait ce qu'on allait faire de Gabe, expliqua-t-il à Bridget.

La chienne dressa les oreilles et pencha la tête sur le côté. Un peu comme le faisait parfois son maître, songea Flynn.

— Allez ma belle, tout va bien ici. Laissons les chevaux dormir tranquillement, d'accord ?

Flynn sourit en regardant Bridget se lever et se diriger vers la porte, comme si elle avait compris ce qu'il disait. Ils marchèrent vers la maison en silence, côte à côte. Flynn vérifia que Bridget avait assez d'eau dans sa gamelle pour la nuit et monta dans sa chambre. Il ne put s'empêcher de s'arrêter devant la porte de la chambre de Gabe et d'écouter, mais il n'entendit pas un son. La porte était légèrement entrouverte, comme toujours lorsque Bridget ne montait pas en même temps que Gabe. La chienne dormait toujours dans la chambre de Gabe. Flynn la regarda pousser la porte de la pièce pour s'y faufiler et il en profita pour jeter un petit coup d'œil à l'intérieur.

Gabe était couché dans son lit, une couverture cachant la partie inférieure de son corps nu. Flynn sentit son corps réagir à la vue de cette poitrine finement sculptée, de ces épaules fermes. Il songea un instant à entrer, mais il ne voulait pas prendre le risque de tout gâcher. Il s'appuya contre l'embrasure de la porte et regarda Bridget s'allonger au pied du lit, puis il gagna sa propre chambre.

V

COMME D'HABITUDE, Gabe se réveilla avant l'aube. Même Bridget dormait encore au pied de son lit, bien qu'elle leva la tête lorsqu'il se mit à bouger. Le reste de la maison était complètement silencieux.

Gabe se leva pour aller uriner et se rendit compte qu'il avait plein de courbatures. C'était surprenant : bien qu'ils aient eu une journée bien remplie la veille, il n'avait pas chevauché bien plus que d'habitude. Peut-être était-il en train de tomber malade, ou alors il devenait trop vieux pour ce boulot. Il soupira, se grattant la tête en revenant de la salle de bain, et décida de s'allonger quelques minutes de plus avant de s'habiller.

Lorsqu'il rouvrit les yeux, il y avait de grands bruits de marteau dehors. Il enfila rapidement un jean avant d'aller voir ce qui se passait.

Sur le porche, il fut accueilli par Bridget qui remuait la queue, et un soleil de milieu de matinée.

— Flynn ? appela Gabe.

— Ici !

Gabe leva les yeux et sentit son cœur manquer un battement. Flynn était en équilibre précaire sur le toit, marteau en main.

— On dirait que je viens de te réveiller, lui cria Flynn d'un air amusé. Désolé, je pensais que tu étais déjà debout.

Gabe baissa les yeux vers sa poitrine nue et croisa les bras, brusquement embarrassé, mais ne voulant pas laisser Flynn seul.

— Veux-tu bien descendre de là ? Tu pourrais te faire mal.

— Ne t'inquiète pas, répondit Flynn en riant. Ce n'est pas le premier toit sur lequel je monte, tu sais. Peux-tu me passer cette planche ?

Flynn désigna le morceau de bois qui se trouvait contre le mur de la maison, juste à côté de l'échelle, et Gabe le lui passa. Il aurait bien rejoint

27

Flynn sur le toit, mais il savait que son pied l'en empêcherait. Son cœur battait cependant la chamade et il savait qu'il ne serait pas tranquille tant que Flynn ne serait pas redescendu.

— Tu aurais dû m'attendre, lui dit-il.

— Oh, allez Gabe. La pluie s'est enfin arrêtée assez longtemps pour que le toit sèche et ils annoncent déjà de nouvelles averses pour la fin de l'après-midi. Je ne sais pas pour toi, mais moi j'en ai un peu marre d'enlever mes bottes dans une buanderie toujours inondée.

Gabe devait bien admettre que Flynn avait raison. Le toit de la buanderie fuyait depuis maintenant un an. Si Grant avait encore été là, il l'aurait réparé en deux temps, trois mouvements, mais Gabe ne pouvant pas monter sur une échelle, la fuite était restée.

— J'aurais pu demander à Bill de t'aider, suggéra Gabe, bien qu'il sache que son ami vétérinaire n'était pas un très bon charpentier.

Flynn descendit du toit, offrant au passage une belle vue de son fessier à Gabe avant de se retourner pour lui faire face.

— Bill a du travail. Je suis là maintenant, je peux faire ce genre de choses. Ça fait partie de mon boulot.

Flynn haussa les épaules, puis déposa un baiser rapide sur les lèvres de Gabe.

Gabe resta planté là, surpris, et regarda Flynn disparaître dans la maison. Au lieu d'être calmé maintenant que Flynn avait rejoint la terre ferme, son cœur battait encore plus vite qu'avant. Il suivit Flynn à l'intérieur, mal à l'aise, se demandant si le jeune homme attendait une réaction particulière de sa part. Apparemment pas.

À l'intérieur, Flynn lui sourit.

— Pourquoi ne finirais-tu pas de t'habiller ? J'ai remarqué que tu n'avais pas encore mangé, alors je t'ai laissé une tranche de bacon dans le four et je peux te faire des œufs brouillés si tu veux.

Gabe acquiesça et se dirigea vers l'étage. Lorsqu'il revint, les arômes qui s'échappaient de la cuisine lui mirent l'eau à la bouche, comme le premier jour où Flynn avait cuisiné. Il serait difficile de se réhabituer à manger comme avant, mais Gabe savait bien que Flynn finirait par s'en aller, tout comme l'avait fait Grant.

— Je ne sais pas comment tu fais, mais c'est toujours mille fois meilleur que quand je le fais moi, admit Gabe en s'asseyant à table.

Flynn prit son siège habituel au coin de la table, dos au four. Il devait avoir déjà pris son petit-déjeuner, puisqu'il n'avait pas d'assiette devant lui.

— J'ai appris à cuisiner auprès des meilleurs.

— Auprès de toutes ces femmes qui s'occupaient de vous ? demanda Gabe pour que Flynn continue à parler pendant qu'il mangeait.

— On serait morts de faim sans elles, acquiesça Flynn. Sans mentionner que mon père et mes frères n'avaient pas la moindre idée de comment s'occuper d'un bébé. Du coup, ils m'envoyaient chez quiconque pouvait garder un œil sur moi, jusqu'à ce que cette personne en ait marre et qu'ils trouvent quelqu'un d'autre.

— Une enfance pour le moins intéressante, déclara Gabe après avoir avalé un morceau de bacon.

Flynn haussa les épaules.

— J'ai pris l'habitude de me sentir rapidement chez moi où que je sois, et de ne pas être triste quand je dois partir. Quand une de ces femmes a perdu son mari et est devenu notre gouvernante, j'ai enfin pu rentrer à la maison, ajouta Flynn.

Voilà qui en disait long sur la raison pour laquelle Flynn vivait en se déplaçant d'un endroit à un autre. Il était probablement futile de penser qu'il pourrait un jour s'installer quelque part et y rester. Gabe pouvait toutefois apprécier ses talents éclectiques dans une cuisine.

— Donc, une fois de retour au ranch, tu es passé de derrière les fourneaux au rôle de cowboy ?

Il vida sa tasse de café et Flynn la remplit immédiatement.

— Assieds-toi, lui ordonna Gabe sans lui laisser le temps de répondre à sa question précédente. Tu me donnes le tournis.

Flynn sourit et Gabe eut l'impression qu'il était mal à l'aise.

— J'ai dû me battre pour pouvoir m'approcher des chevaux. Papa aurait préféré que je reste bien sagement à la maison, mais après quelques disputes, j'ai compris qu'il ne supportait pas que je sois près de lui parce que c'était de ma faute si maman était morte.

— C'est pour ça que tu es parti ? demanda doucement Gabe.

Les souvenirs de Flynn étaient encore clairement douloureux. Le jeune homme se leva de table, prit l'assiette et les couverts de Gabe avec lui et tourna le dos pour faire la vaisselle.

— Ne fais pas ça, dit Gabe en le rejoignant à côté de l'évier.

Il lui prit l'assiette des mains et la posa, puis saisit la main de Flynn dans la sienne. Après un instant d'hésitation, Gabe plaça son autre main dans le dos de Flynn et lui dit d'une voix douce et apaisante :

— Tu n'es pas ma bonne à tout faire. Je peux faire la vaisselle.

— Ça ne me dérange pas de le faire.

— Je sais, répondit Gabe, mais tu me gâtes trop, et je vais finir par m'y habituer.

— Et ce serait terrible, n'est-ce pas ?

Tout à coup, la voix de Flynn était dure et impitoyable. Il se détourna de Gabe et se dirigea vers la buanderie, mais Gabe l'arrêta.

— Je sais que je ne parle pas beaucoup, mais je crois qu'il est temps qu'on ait une bonne discussion.

Gabe avait l'impression qu'ils avaient beaucoup de choses à éclaircir. Il ne pouvait empêcher Flynn de partir, mais il pouvait au moins lui demander de le prévenir à l'avance lorsqu'il le laisserait se débrouiller seul. À cet instant précis, Flynn fuyait quelque chose, quelque chose en lien avec sa famille. Gabe savait qu'il était souvent plus facile de fuir les choses qui nous faisaient trop mal plutôt que de leur faire face, mais il craignait que Flynn ne le fuie lui aussi, et il comptait bien empêcher cela.

— La vérité, c'est que j'ai besoin de toi. Je ne peux plus gérer ce ranch tout seul.

C'était étrange de prononcer ces mots à haute voix, et bien qu'ils soient vrais, ils n'en restaient pas moins difficiles à entendre.

— Je resterai, répondit doucement Flynn, sans le regarder. Si tu as besoin de moi, je resterai. Maintenant, on a du travail qui nous attend.

Sur ces mots, Flynn sortit de la cuisine. Gabe le regarda se diriger à grands pas vers l'écurie. Inutile de lui courir après. Sachant que Flynn avait horreur d'une cuisine mal rangée, Gabe nettoya son assiette et ses couverts avant de sortir à son tour.

FLYNN N'AURAIT pas pu sortir de cette cuisine assez vite à son goût. Il ne pleurait pas – il n'avait pas pleuré depuis le jour où son père l'avait mis à la porte de la propriété familiale – mais ce matin, ce n'était pas passé loin. Entendre Gabe lui dire qu'il avait besoin de lui avait fait bondir son cœur dans sa poitrine, mais son allégresse s'était vite calmée lorsque Gabe avait clairement fait comprendre qu'il avait juste besoin de lui pour s'occuper du ranch. Il avait envie de rester, mais c'était une véritable torture. Dès qu'il était près de Gabe, à chaque fois que l'autre homme le touchait, le désir bouillonnait en lui, mais Gabe ne semblait pas se rendre compte de l'effet qu'il lui faisait.

Flynn attrapa une bride et une selle et entra dans le box de T.C. Il avait besoin de se changer les idées, et aller vérifier l'état des barrières était une bonne excuse. Sur le chemin du retour, il pourrait aller jeter un œil à l'une des plus vieilles juments qui avait l'air de boiter et du coup, il ne serait pas de retour avant le début de l'après-midi. La dernière chose qu'il voulait à cet instant était de s'asseoir sur le porche avec Gabe. Ils avaient assez fraternisé pour la journée.

Après avoir chevauché le long des barrières pendant plus d'une heure, Flynn rejoignit le troupeau et découvrit que la jument allait très bien, aussi déroula-t-il sa corde qu'il utilisa comme licol pour l'un des plus jeunes hongres. Hunter avait voulu l'acheter, mais Gabe lui avait dit qu'il n'était pas encore prêt à être vendu. Le cheval avait l'air d'être assez âgé, mais peut-être avait-il encore besoin d'un peu d'entraînement. Flynn était assez curieux et il décida de le ramener au corral pour voir par lui-même.

À l'intérieur du petit corral circulaire, le cheval était craintif et facilement distrait. Flynn le fit courir pour le calmer, ce qui sembla marcher. Il lança une corde dans le chemin de l'animal, assez loin pour ne pas risquer de le toucher, et le cheval s'arrêta net. Il fit claquer sa langue pour attirer l'attention du cheval, mais ne l'approcha pas, lui tournant plutôt le dos pour susciter la curiosité naturelle de l'animal. Lentement, le cheval s'approcha. Flynn pouvait le sentir baisser la tête, bien qu'il ne puisse pas le voir, puis le nez du cheval le toucha dans le dos, près de l'épaule.

Flynn passa précautionneusement une main dans son dos pour que le cheval la renifle, ce qu'il fit.

— Brave petit, chuchota Flynn.

Évitant de faire des mouvements trop brusques, Flynn se tourna petit à petit pour faire face à l'animal. Le cheval semblait bien plus à l'aise à présent. Il passa donc une bride par-dessus sa tête. Le cheval se laissa faire. Ce n'était certainement pas la première fois qu'il avait droit à ce traitement, étant donné son âge. Peut-être que Gabe le trouvait juste encore un peu trop brutal ?

Un bruit de hochet se fit soudain entendre, faisant sursauter Flynn comme le cheval. Pendant que Flynn cherchait le serpent à sonnette du regard, le cheval hennit et se cabra, levant ses pattes arrières dangereusement près de là ou se trouvait Flynn. Instinctivement, il roula au sol dans la direction inverse de là où se trouvait le serpent, évitant tout juste les sabots qui s'écrasèrent au sol avant de s'élever à nouveau.

Un coup de fusil retentit et, du coin de l'œil, Flynn vit la porte du corral s'ouvrir à la volée. Le cheval s'enfuit en direction de l'enclos du bas et avant que Flynn ait pu se relever, le fusil atterrit dans le sable à côté de lui et Gabe fut au-dessus de lui, ses mains parcourant frénétiquement son corps.

VI

IL FALLUT quelques instants à Flynn pour comprendre que si Gabe était pratiquement en train de lui arracher ses vêtements, ce n'était pas sous le coup d'un désir soudain, mais parce qu'il pensait que le serpent à sonnette l'avait mordu. Sous l'intensité du regard de Gabe, la force dans ses mains et la façon dont il se tenait à califourchon sur lui, le sang de Flynn s'était dirigé tout droit vers son entrejambe. Lorsqu'il comprit ce que Gabe voulait, il le laissa faire, espérant qu'il serait vite satisfait, mais pas trop vite non plus. Gabe allait bien finir par se rendre compte de l'effet qu'il était en train de lui faire.

— Gabe, je vais bien, dit-il sans grande conviction. Gabe, arrête, je n'ai rien, insista-t-il un peu plus fort.

— Le serpent, répondit simplement Gabe.

— Tout va bien. Il était loin de moi, mais il a fait peur au cheval. J'essayais juste de m'éloigner du cheval.

La respiration de Gabe était haletante lorsqu'il s'arrêta pour regarder le visage de Flynn.

Ce dernier ne parvenait pas à déchiffrer l'expression de Gabe, mais lorsque ses yeux bleu glace s'obscurcirent, il comprit. Gabe avait remarqué son érection. Flynn se figea, de peur que s'il cédait à son envie de se frotter contre le corps de Gabe, il ne ferait qu'empirer les choses. Ou les rendre meilleures, cela dépendait du point de vue.

Mais Gabe commença à bouger.

Flynn déglutit avec peine. Il ne pouvait pas baisser les yeux, ne voulant pas rompre leur contact visuel, mais il était certain que Gabe était aussi excité que lui. Il avait également peur de jouir dans son pantalon comme un puceau s'il regardait leurs entrejambes. Il y avait de l'électricité dans l'air et Flynn était sur le point de céder.

Tout à coup, Gabe se pencha et l'embrassa. C'était un baiser intense, presque agressif, et Flynn y répondit instinctivement. Il tenait à ce que cette fois-ci, ses actions montrent clairement qu'il aimait ça, qu'il en avait lui aussi envie. Gabe se frottait toujours contre lui, et Flynn pouvait désormais sentir son membre durci contre le sien, tout juste séparés par quelques couches de tissus grossier. Il s'attendait à ce que Gabe immobilise ses mains contre le sol, mais il n'en fit rien, ce qui donna à Flynn une autre occasion de montrer qu'il en voulait plus.

Lorsqu'il saisit les fesses de Gabe et l'encouragea dans ses mouvements, celui-ci commença à gémir dans sa bouche. Flynn savait comment cela allait se terminer et il espérait que Gabe ne ferait pas demi-tour en cours de route.

Flynn n'en avait rien à faire qu'ils soient à l'extérieur. Personne ne venait jamais à l'improviste au ranch, et même si c'était le cas, le visiteur aurait dû grimper sur la barrière du corral pour voir ce qui se passait. Le sol dur et inégal sous lui était désagréable, mais l'homme dur et excité au-dessus de lui compensait largement ce léger inconfort. Leurs langues se battaient pour dominer le baiser passionné qu'aucun d'eux ne voulait rompre, même s'ils avaient tous deux de la peine à respirer.

Le rythme des longs mouvements de frottement de Gabe devenait plus urgent, et le ton de ses gémissements changeait aussi. Flynn pouvait sentir les muscles fermes de ses fesses se contracter et se relaxer sous ses mains jusqu'à ce que Gabe se redresse subitement et, après un dernier mouvement de hanches puissant et un long frisson, il s'arrêta.

Quelques instants plus tard, Gabe se releva trop vite pour que Flynn puisse réagir, laissant le jeune homme insatisfait. Sa démarche était encore plus chancelante que d'habitude et il dut se tenir à la barrière du corral pour s'en aller.

Flynn se releva également et après avoir secoué une partie du sable de ses vêtements, il suivit Gabe hors de l'enclos. Le rattraper fut chose facile, mais Gabe le repoussa.

— Gabe, arrête de t'enfuir, s'il te plaît…

— Qu'est-ce que tu veux de moi ? lui aboya Gabe.

— Un peu moins d'agressivité chaque fois qu'on se rapproche serait un bon début, répondit Flynn tout aussi sèchement.

Gabe devait se tenir à la porte de l'écurie pour ne pas tomber.

— Que veux-tu que je te dise ? Que tu m'as fait jouir dans mon pantalon ? Que j'aurais préféré que tu me baises plutôt que ce… ce truc qu'on a fait là ? demanda-t-il en pointant un doigt dans la direction générale du corral. Ou est-ce que tu veux que je te supplie ? Je ne suis pas comme tes chers amis des grandes villes, qui savent toujours quels sont les bons mots à dire. Je suis juste…

La voix de Gabe était passée de dure et blessante à triste et vaincue pendant sa diatribe, et Flynn ne savait pas quoi faire en le voyant baisser les bras ainsi.

— Je n'ai pas besoin d'être courtisé, Gabe.

— J'ai eu peur que tu sois blessé, admit Gabe, les yeux fixés au sol. Je t'ai dit de ne pas faire travailler les chevaux seuls. Il peut arriver n'importe quoi. Tu aurais pu tomber de la selle et te faire entrainer. Ce cheval aurait pu gravement te blesser.

— Je vais bien, Gabe, répéta Flynn en se rapprochant de l'autre homme.

Il était toujours excité et frustré, bien qu'il sache que Gabe n'était probablement plus d'humeur pour quoi que ce soit. À sa grande surprise, Gabe l'attira vers lui et cette fois-ci le baiser fut plus tendre, moins agressif. Gabe continua à embrasser Flynn en le poussant à l'intérieur de l'écurie.

Flynn appréciait énormément l'audace et la quasi-violence des baisers de Gabe, bien qu'elles mettent en doute le fait que Gabe avait admis un peu plus tôt préférer être dessous. Mais peut-être que Flynn ne tirait ses conclusions que de la façon dont les citadins agissaient, et Gabe avait bien fait comprendre qu'il ne connaissait pas vraiment ce genre de personnes.

Lorsque l'arrière des jambes de Flynn heurta un des ballots de paille rangés dans le coin de l'étable, Gabe les fit se tourner afin de pouvoir s'y assoir. Il attira Flynn vers lui et déboutonna son jean rapidement, libérant son sexe toujours tendu. Un soupire échappa à Flynn lorsque la bouche de Gabe enveloppa son érection, et il était évident que Gabe prenait également du plaisir à ce qu'il faisait.

— Oh, soupira Flynn.

Il était tenté de prendre la tête de Gabe dans ses mains et de l'aider dans ses mouvements, mais il se retint, se disant que ce serait probablement trop pour lui et ne voulant pas que Gabe s'arrête. Il finit par simplement poser une main sur son épaule. Ainsi, il pouvait se stabiliser et surtout cela l'empêchait de suivre les pulsions de son corps qui le poussaient à pénétrer brusquement la bouche de son compagnon.

Juste lorsque Flynn se disait qu'il était sur le point de jouir, Gabe s'arrêta et laissa son sexe glisser hors de sa bouche. Il ne dit rien, regarda simplement Flynn avant de descendre un ballot de paille au sol afin qu'il y en ait quatre posée par terre, formant un carré. Il se leva, attrapa une couverture et la jeta sur la paille avant de commencer à retirer ses bottes et son pantalon.

Flynn ne savait pas ce que Gabe attendait de lui, aussi resta-t-il debout, ne pouvant s'empêcher de regarder le bandage du pied de Gabe, ses jambes musclées, légèrement asymétriques, sa verge à moitié dure.

— Est-ce que tu veux que je… ?

Gabe pressa un doigt sur la bouche de Flynn pour le faire taire, puis le remplaça par ses lèvres.

— Dis-moi stop et je m'arrêterai, murmura Gabe après avoir fait se retourner Flynn de manière à ce qu'il fasse à nouveau dos aux ballots de paille.

Flynn secoua la tête et le laissa le pousser en arrière jusqu'à ce qu'il tombe sur la paille. Il ne pouvait rien faire d'autre que regarder Gabe le chevaucher à nouveau. Il était excité, mais n'avait pas l'habitude d'avoir un rôle aussi passif. Mais le cas présent lui rappela la façon dont il faut traiter les chevaux craintifs : les laisser venir vers soi sans faire de mouvements brusques.

Gabe cracha dans la paume de sa main et lubrifia l'érection de Flynn, puis se passa une main dans le dos pour la tenir dressée tandis qu'il s'empalait lentement dessus.

Pendant un instant, l'idée que Gabe était en train de l'utiliser traversa l'esprit de Flynn, mais elle se dissipa lorsqu'il sentit la chaleur incroyablement étroite de Gabe l'englober. Une partie de lui craignait que Gabe se fasse mal, à s'empaler ainsi sans aucune forme de préparation ni lubrifiant décent, mais ces pensées s'envolèrent lorsque Gabe haleta de plaisir.

Flynn savait qu'il ne tiendrait pas longtemps, mais il essaya de se retenir, de donner à Gabe une chance d'obtenir ce qu'il voulait, ce dont il avait besoin, et il espéra que ce serait assez pour que Gabe en veuille plus. Ce qu'ils faisaient à ce moment-là serait pour le plaisir de Gabe, décida-t-il. Il laissa son regard glisser du visage extasié bien qu'un peu peiné de Gabe vers le reste de son corps. À son grand regret, la chemise de Gabe, toujours boutonnée, était si longue qu'elle cachait leurs entrejambes, privant Flynn de stimulus visuel. Il n'osait pas essayer de la retirer, puisque Gabe trouvait enfin son rythme. Ce ne fut que lorsque son compagnon souleva le tissu pour attraper son propre sexe tendu que Flynn réalisa à quel point cette vue l'excitait, et il commença à donner des coups de bassin vers le haut, rencontrant Gabe à mi-chemin, le faisant gémir.

Les yeux de Gabe restaient fermés, son visage à présent plus détendu. La douleur semblait avoir été remplacée par un pur plaisir et un sourire désabusé se formait sur son visage. De sa main droite, il se caressait lentement en rythme avec son mouvement de va-et-vient. Sa main gauche vint se poser sur celle de Flynn, et le jeune homme se rendit compte qu'il était en train de caresser les cuisses de Gabe.

Le côté intime de ce petit geste, la connexion qui semblait s'établir entre eux, cela suffit à enflammer à nouveau les sens de Flynn. Peut-être que cela pourrait marcher entre eux ? Peut-être qu'ils pourraient recommencer ?

Gabe accéléra et Flynn ressentit une contraction familière vers son bassin qui signifiait clairement qu'il n'allait plus pouvoir se retenir de jouir. Ce qui le fit finalement basculer fut l'expression sur le visage de Gabe, une expression de concentration et d'abandon total à ses sensations. À ce moment-là, Flynn sut à quel point cela avait manqué à Gabe. Flynn donna un grand coup de bassin vers le haut et entendit Gabe gronder de plaisir avant qu'il répande sa semence dans le canal étroit de Gabe. Bien qu'il ait de la peine à respirer normalement, Flynn était assez lucide pour voir les efforts désespérés de Gabe pour le rejoindre dans son orgasme, sa main pompant frénétiquement son sexe alors qu'il continuait à onduler du bassin. Il osait à peine toucher Gabe plus franchement. Il déplaça ses mains vers ses hanches pour le soutenir. Juste lorsqu'il se disait qu'il n'allait plus être assez dur pour donner à Gabe le plaisir dont il avait besoin, ce dernier gémit. Son corps entier sembla se contracter tandis que des giclées blanches et épaisses jaillissaient de son sexe pour atterrir sur la chemise de Flynn.

Gabe roula sur le côté et s'effondra dans la paille près de Flynn, restant allongé là un petit moment, tentant de reprendre sa respiration. Puis un éclair perça le ciel et illumina l'écurie et Gabe se redressa et récupéra son jean et ses bottes.

— Ne pars pas tout de suite, demanda doucement Flynn en s'asseyant à côté de lui.

Il toucha le dos de l'autre homme avec hésitation.

— Il va commencer à pleuvoir et le fusil est toujours dehors, répondit tout aussi doucement Gabe. Et puis il y a un cheval apeuré qui court là-dehors avec une selle de dressage sur le dos. On ferait mieux de le ramener vers le reste du troupeau.

Flynn savait qu'il ne ferait pas changer Gabe d'avis.

— Je vais m'en occuper.

Il se leva et referma son jean. Il avait déjà quitté l'écurie lorsqu'il changea d'avis, fit demi-tour et retourna vers l'endroit où Gabe était encore assis. Il s'agenouilla, attrapa l'arrière de la tête de Gabe et l'attira à lui pour un baiser torride avant de ressortir.

VII

LORSQUE FLYNN retourna enfin vers l'écurie, il pleuvait à verse, aussi était-il trempé jusqu'aux os. À sa grande surprise, Gabe n'était pas encore rentré à la maison. Il se tenait au milieu du chemin entre la maison et le reste du ranch, le visage levé vers le ciel, laissant la pluie lui ruisseler dessus. Il ne se tenait pas tout à fait droit et Flynn voyait bien qu'il ne s'appuyait pas sur sa mauvaise jambe, aussi se dépêcha-t-il de le rejoindre.

— Ça va ? cria-t-il pour se faire entendre par-dessus le fracas de la pluie.

Il essuya l'eau de son visage et posa la main sur l'épaule de Gabe, qui secoua la tête.

— Je crois que j'en ai un peu trop fait.

— Tu veux retourner à l'écurie et t'asseoir ?

Encore une fois, Gabe secoua la tête.

— On est à mi-chemin de la maison et je préférerais être là-bas qu'à l'écurie. Il va faire plus froid et je ne voudrais pas que tu tombes malade.

Flynn sourit devant l'inquiétude de Gabe et sa façon d'ignorer son propre confort.

— Viens là, dit-il en prenant la main de Gabe pour faire passer son bras sur ses épaules et pouvoir le soutenir. On va t'emmener au chaud et au sec.

Gabe s'appuya lourdement sur Flynn tandis qu'ils boitillèrent jusqu'à la maison. Cela inquiéta quelque peu Flynn qui n'avait jamais vu le pied de Gabe dans un si mauvais état, aussi l'aida-t-il à monter les escaliers et à entrer dans la salle de bain, sans se préoccuper pour une fois, de la traînée de boue qu'ils laissaient dans toute la maison.

— Qu'est-ce qu'il te faut, demanda Flynn après avoir aidé Gabe à s'asseoir sur la cuvette fermée des toilettes.

— Je vais bien, répondit Gabe en haussant des épaules.

Flynn s'accroupit devant lui.

— Ça ne m'embête pas. Dis-moi juste ce dont tu as besoin et j'irai le chercher pour toi.

Gabe secoua la tête.

— Je ne suis pas doué pour ça, murmura-t-il.

Flynn posa la main sur son genou.

— Je sais, mais fais-moi plaisir, veux-tu ? Je vais aller me changer dans ma chambre, enfiler des vêtements secs, et je peux t'en ramener si tu me dis où tu ranges tes habits ?

— Dans ma chambre, le premier placard à gauche, répondit Gabe, presque à contrecœur.

Bien que Flynn eût préféré rester pour s'occuper de Gabe, il voyait bien que ce dernier voulait qu'il sorte, aussi alla-t-il dans sa chambre pour retirer ses vêtements trempés, comme il l'avait dit. Puis il entra dans la chambre de Gabe. C'était la première fois qu'il y mettait les pieds, même s'il avait eu envie de le faire depuis un moment. Il espérait presque qu'il dormirait là cette nuit, mais il ne voulait pas trop se faire d'illusion, aussi prit-il le temps de bien regarder la pièce avant d'ouvrir le placard de Gabe et d'en sortir un boxer et un tee-shirt. En inspectant la chambre, il remarqua que le lit n'était pas fait et qu'il y avait un gros livre sur la table de chevet, mais en dehors de cela, la pièce était très spartiate. Flynn ne voyait aucun indice comme quoi il y avait eu quelqu'un dans la vie de Gabe, mais il ne voulait pas aller jusqu'à fouiller dans les tiroirs, même s'il était tenté de le faire.

Lorsqu'il retourna vers la salle de bain, il remarqua que la porte était restée entrouverte. En se rapprochant, il put voir Gabe, assis, qui s'occupait de son pied blessé. Il retirait les bandages mouillés, révélant le carnage en dessous. Flynn se retint tout juste de hoqueter de surprise. Pas étonnant que Gabe souffre autant. Son pied avait l'air rouge et douloureux, et semblait avoir définitivement besoin de plus de temps pour guérir. On aurait dit qu'il manquait des morceaux de peau et, par endroit, le pied était fin et musclé tandis qu'ailleurs il était gonflé. Flynn ne connaissait pas grand-chose en médecine humaine, mais il avait vu beaucoup de chevaux, aussi savait-il que ce genre de blessure ne guérissait pas en une nuit.

Lorsque Gabe remarqua Flynn derrière la porte, il saisit une serviette et la laissa tomber sur son pied. Il ne voulait pas que Flynn le voie. Il espérait que son geste n'avait pas l'air trop délibéré et tendit la main pour prendre les vêtements secs que Flynn lui avait amenés.

— Merci. Il commence à faire froid ici. Tu pourrais m'amener une autre serviette, s'il te plaît ? Elles sont dans le placard du hall d'entrée.

Gabe devait faire sortir Flynn de la pièce. L'attention et l'inquiétude affichées sur le visage du gamin étaient trop pour lui à cet instant, surtout après ce qui s'était passé dans l'écurie. Gabe retira la serviette de son pied et commença à nettoyer la blessure. Elle lui faisait toujours mal après tout ce temps et courir vers le corral un peu plus tôt en ignorant complètement l'élancement dans sa jambe n'avait pas aidé. La douleur l'aidait toutefois à ne pas penser à ce qui s'était passé ensuite. La dernière chose dont il avait besoin était une nouvelle érection rien qu'en repensant à l'enthousiasme avec lequel Flynn l'avait laissé se servir de lui. Bordel, il en avait eu vraiment besoin. Sa main s'était montrée totalement insuffisante depuis qu'il avait embrassé Flynn et depuis ce premier baiser, il n'arrêtait pas de se demander ce que ça ferait de se faire pénétrer par lui.

Gabe ferma les yeux et prit une profonde inspiration au moment même où Flynn rentrait à nouveau dans la salle de bain. Surpris, Gabe attrapa la serviette qui traînait et la plaça devant son entrejambe. Tout espoir d'avoir été assez rapide disparu devant l'expression de Flynn, qui semblait à la fois surpris et mal à l'aise. Pendant un instant, il lui sembla que le jeune homme allait dire quelque chose, mais il n'en fit rien, au grand soulagement de Gabe. La situation était déjà bien assez embarrassante comme ça.

— Tu portes toujours tes vêtements trempés, remarqua Flynn. Laisse-moi t'aider à les enlever et à en enfiler des secs.

Gabe secoua rapidement la tête.

— Ça ira. J'ai l'habitude de faire les choses par moi-même, je peux me débrouiller tout seul.

— Je sais bien que tu peux le faire, répondit calmement Flynn. Mais justement, tu n'as pas *besoin* de te débrouiller tout seul. Ce n'est pas un crime de demander de l'aide, Gabe. Je suis là si tu as besoin de moi.

Gabe ne voulait pas devenir dépendant de Flynn. Il s'en était sorti seul pendant tout ce temps et il devrait recommencer lorsque Flynn s'en irait.

— Je sais, mais j'ai besoin de faire ça par moi-même, finit-il par murmurer.

Flynn acquiesça et le laissa à contrecœur. Dès que la porte se referma derrière lui, Gabe se sentit abandonné. Certes, c'était lui qui avait demandé au jeune homme de s'en aller, mais s'il était parfaitement honnête avec lui-même, il avait envie que Flynn prenne soin de lui. Il savait juste qu'il ne pouvait pas se le permettre.

Un frisson soudain et violent parcourut son échine, lui rappelant que ses vêtements trempés le refroidissaient rapidement. Il secoua la tête et décida de se changer avant de refaire son bandage, espérant se réchauffer un peu. Lorsqu'il se leva et fit les deux pas qui le séparaient de l'armoire à pharmacie située derrière le miroir de la salle de bain, la douleur transperça à nouveau son pied et il jura contre sa propre obstination. Il serra les dents et persévéra, prenant appui sur le lavabo afin de ne pas mettre trop de poids sur sa jambe blessée. En ouvrant la porte de l'armoire pour prendre ce dont il avait besoin, il remarqua la boite de capotes cachée derrière sa crème à raser de réserve. Ce n'est qu'à ce moment-là qu'il réalisa que ce qui s'était passé dans l'écurie avait été à mille lieues d'un rapport protégé. Flynn l'avait baisé sans capote et il ne pouvait qu'espérer qu'il n'en résulterait pas de conséquence désagréable. Gabe essaya de se débarrasser du sentiment de malaise qui s'était emparé de lui, autant en raison de la peur qu'ils se soient refilé quelque chose que du fait qu'il faudrait bien aborder le sujet avec Flynn. Bordel, il détestait ce genre de conversation.

Vêtu des habits que lui avait amenés Flynn et le pied à nouveau bandé, Gabe boitilla jusqu'à sa chambre. En ouvrant la porte, il vit que son lit avait été fait. La couverture était proprement repliée afin qu'il puisse se glisser sous les draps. Il soupira. Le besoin de Flynn de s'occuper de lui était à la fois une bénédiction et une malédiction. Gabe devait bien reconnaître que c'était agréable. Dans le peu de relations qu'il avait eu, hormis les coups d'un soir, Gabe avait toujours été celui qui s'occupait de tout, qui était aux petits soins pour son amant. Jamais dans l'autre sens. Mais Flynn semblait incapable de se retenir de l'aider et c'était pour le moins un agréable changement.

S'asseyant sur le lit, il ouvrit le tiroir de sa table de chevet et fut soulagé de voir que rien n'avait été touché. Au moins Flynn n'était pas un fouineur. Gabe aurait été encore plus mal à l'aise si le jeune homme avait fouillé dans ses affaires personnelles et trouvé Dieu sait quels objets embarrassants. Tremblant toujours de froid, il se glissa sous les couvertures et prit son livre, espérant se réchauffer rapidement. Il ne lisait pas depuis bien longtemps lorsqu'il entendit frapper timidement à la porte. Il leva les yeux et, avant qu'il ait pu répondre, un nouveau coup sur la porte, plus insistant, se fit entendre.

— Flynn ?

La porte s'ouvrit et Flynn entra, un plateau à la main. Gabe s'assit, se demandant brièvement s'il devrait sortir du lit. Flynn ne lui en laissa toutefois pas le temps. Il s'assit du coté libre du lit, déposant le plateau entre eux.

— Je n'ai pas eu le temps de cuisiner aujourd'hui, dit-il avec un sourire timide mais amusé. Mais il restait de la soupe d'hier et je me suis dit que ça nous réchaufferait bien, donc je t'en ai monté aussi.

— Je ne te mérite pas, marmonna Gabe sans regarder Flynn, toujours assis sur son lit, entièrement habillé.

— Bien sûr que si, répondit Flynn avec un sourire taquin.

Il tendit à Gabe un bol fumant de soupe aux légumes et une cuillère, que Gabe reposa immédiatement pour prendre un morceau de pain qu'il trempa dans le liquide.

— Peut-être devrais-tu m'expliquer ce que j'ai fait pour mériter un super palefrenier et un cuisinier exceptionnel alors que je ne t'ai même pas encore payé tout le boulot que tu as déjà fait ici, l'interrogea Gabe en essayant de porter le morceau de pain détrempé vers sa bouche sans se ridiculiser.

— Parce que tu supportes mon sale caractère ? suggéra Flynn avant de manquer de justesse se brûler la langue avec une cuillérée de soupe.

— Tu n'as pas un sale caractère, répliqua Gabe avec un haussement d'épaule.

Une partie de lui voulait s'ouvrir à Flynn, mais tant de choses s'étaient déjà passées entre eux aujourd'hui. Gabe ne voulait pas qu'il parte trop vite.

— J'aime bien que tu sois là.

Flynn acquiesça et continua à manger sa soupe, laissant un silence inconfortable s'installer entre eux. Gabe aurait aimé qu'ils soient sur le porche, comme d'habitude. Là, apparemment, ils pouvaient juste s'asseoir ensemble et apprécier la compagnie l'un de l'autre sans avoir besoin de parler.

Finalement, Flynn se leva et remit les bols vides sur le plateau. Il n'avait pas l'air d'avoir envie de partir, mais il ne pouvait pas faire grand-chose d'autre. Juste avant qu'il soulève le plateau du lit, Gabe posa sa main sur celle de Flynn.

— Tu as encore faim ? Je peux faire des croque-monsieur si tu veux. J'ai bien peur qu'il ne nous reste pas grand-chose jusqu'à ce que Calley passe avec les courses demain.

— Non, c'est bon, la soupe était parfaite.

Gabe hésita. Pouvait-il simplement demander ouvertement à Flynn de passer la nuit avec lui ? Dieu savait qu'il en avait envie. Il avait envie de sentir à nouveau ce corps chaud contre le sien.

— Tu pourrais revenir ici quand tu auras fini en bas ? demanda-t-il avec hésitation, agacé par la pointe de vulnérabilité dans sa voix. Dans ma chambre, je veux dire.

Il s'était senti obligé de clarifier. Il avait envie d'ajouter 'si tu veux', mais il avait peur que Flynn n'en ait pas envie, alors il ne dit rien. Flynn sourit légèrement et acquiesça.

— D'accord, je n'en ai pas pour longtemps.

En regardant le jeune homme sortir de la chambre, Gabe se rendit compte qu'il n'avait jamais été aussi nerveux de toute sa vie. Lorsqu'il l'entendit dire 'Oui !' de l'autre côté de sa porte, il ne put s'empêcher de pouffer de rire. Avant qu'il s'en rende compte, il gloussait de rire de manière incontrôlable.

— Question culture chinoise, clarifia Gabe en rigolant.

Ce fut au tour de Flynn de sourire.

— Quand j'habitais en ville, j'ai vécu à Chinatown quelques temps et j'ai essayé d'apprendre le chinois. C'était une sorte d'échappatoire, une façon de m'éloigner autant que possible de mon père, mais ça n'a pas vraiment marché. Bien que la culture chinoise soit fascinante, elle n'est pas vraiment ouverte à des gens comme moi, donc j'ai décidé de venir ici et d'apprendre d'autres choses.

— Comme t'occuper des animaux et cuisiner ? suggéra Gabe.

— Je savais déjà cuisiner et je me suis perfectionné sur la route. Parfois, être un commis de cuisine paie mieux qu'être garçon de ferme ou bosser dans un supermarché.

— Je suis heureux que tu sois venu travailler pour moi, admit doucement Gabe.

Ses yeux commençaient à s'ajuster à l'obscurité, mais il fut momentanément aveuglé par un éclair lorsque Flynn ouvrit à nouveau la bouche.

— J'en suis heureux aussi.

— Je… commença Gabe, hésitant. Je ne suis pas très doué pour… pour…

— C'est ce que tu n'arrêtes pas de me répéter, l'interrompit Flynn. Ce n'est pas grave.

Il se rapprocha de Gabe et celui-ci put sentir la chaleur que dégageait la peau de Flynn, bien que leurs corps se touchent à peine. Seule la main du jeune homme caressait sa joue.

Flynn l'embrassa à nouveau, un baiser léger, presque innocent.

— On peut s'y habituer ensemble. À moins que tu ne veuilles que j'arrête, auquel cas tu n'as qu'un mot à dire, continua Flynn en paraphrasant ce que Gabe lui avait dit plus tôt dans l'écurie.

— Grant et moi. On…

Gabe ne savait pas comment expliquer à Flynn la nature de sa relation avec Grant, ni même s'il avait envie de la lui expliquer.

FLYNN ÉTAIT soulagé d'entendre que Gabe avait peur et n'était pas sûr de lui. Non pas qu'il ait envie que Gabe se sente mal à l'aise, mais c'était agréable de savoir qu'il ressentait la même chose que lui. Cela voulait dire qu'ensemble, ils pouvaient y arriver.

C'était également agréable d'entendre Gabe parler de Grant. Gabe ne parlait jamais de lui-même et encore moins de son passé, mais après la visite de Hunter, Flynn avait commencé à s'interroger sur l'ancien amant de Gabe.

— Tu veux me parler de Grant ? demanda-t-il doucement.

Gabe frissonna, comme s'il avait froid.

— J'ai une idée, suggéra Flynn. Tourne-toi et je te tiendrai chaud.

— Tu veux que je te tourne le dos ? Pendant qu'on parle ?

— Parfois, c'est plus simple de parler comme ça, acquiesça Flynn.

Gabe se retourna lentement et Flynn lui laissa un peu de temps pour trouver une position confortable, sachant qu'il devait faire attention à sa jambe. Il posa une main sur le dos de Gabe et caressa son omoplate, puis son épaule

— Ne sursaute pas, d'accord ? chuchota Flynn avant de s'approcher encore et de prendre Gabe dans ses bras.

Il plaça une main sur le ventre de Gabe et le tira contre sa poitrine. Ce dernier était si tendu qu'il en tremblait presque.

— Détends-toi, Gabe. Il ne se passera rien à moins que tu le veuilles.

— Je n'ai pas peur de tes réactions, ce sont les miennes que je pourrais ne pas contrôler, admit Gabe en s'éclaircissant la voix au milieu de sa phrase.

Lentement, Flynn caressa le ventre de Gabe. Le tee-shirt de ce dernier empêchait la main de Flynn d'entrer directement en contact avec sa peau, donc leur étreinte était intime mais pas sexuelle.

— Je suis là pour toi, chuchota Flynn à son oreille.

Gabe respira profondément et Flynn le sentit se détendre dans ses bras. Le silence entre eux semblait plus confortable à présent, aussi Flynn sursauta-t-il presque lorsque Gabe prit la parole.

— Grant n'a jamais dormi ici.

La confession de Gabe surprit légèrement Flynn, mais il ne voulait pas bombarder son compagnon de questions. Il espérait qu'il parlerait sans qu'il ait à l'amadouer.

— On couchait ensemble. Beaucoup. Partout où tu peux l'imaginer, mais jamais dans un lit. Grant… Je suppose que ça aurait eu l'air trop permanant pour lui s'il avait dû dormir avec moi.

— S'il avait dû ? Je suis sûr qu'il n'aurait pas *dû* le faire. En avoir eu envie, par contre, là je comprendrais. Ce n'est pas une corvée.

Gabe rit doucement.

— Grant était un gros macho. Je ne me souviens pas combien de fois je l'ai entendu se vanter du nombre de femmes avec qui il avait couché en ville. Quand il y avait des gens avec nous, il le faisait même devant moi. Je suppose qu'il ne voulait vraiment pas que les autres gars pensent qu'il était gay, mais je sais très bien que quand il était en ville, il courrait après les queues, pas après les femmes.

Flynn était un peu surpris par le langage coloré de Gabe, mais il voulait en savoir plus sur Grant, aussi le poussa-t-il à continuer.

— Il te trompait ?

Gabe hocha la tête.

— Et il ne prenait même pas la peine de le cacher. Son excuse, c'était qu'il en avait besoin. Il avait besoin de plus que ce que je pouvais lui donner.

— Bon Dieu, Gabe, tu n'avais pas à subir ça ! cria presque Flynn.

Sa voix lui parut trop forte, aussi continua-t-il plus calmement.

— Tu mérites mieux que ça.

Il embrassa le cou de Gabe et le serra un peu plus contre lui, pressant sa joue contre son épaule.

— Pour Grant, les câlins ou les baisers n'étaient pas très importants. Dormir ensemble ne l'était pas du tout. Ta chambre était la sienne et s'il dormait ici, c'était dans ce lit-là. Mais plus le temps passait, plus il disparaissait souvent. Je l'entendais se faufiler dehors le soir. Parfois il était de retour le lendemain matin, parfois il disparaissait pendant trois ou quatre jours, et quand il revenait, on aurait dit qu'il n'avait pas fermé l'œil de tout ce temps.

— C'est ce qui s'est passé quand tu t'es blessé ? Grant n'était pas là pour t'amener chez le médecin ?

Gabe resta silencieux un moment. Il avala sa salive avec peine et Flynn se dit qu'il devait retenir ses larmes, mais il finit par répondre.

— Je dressais les chevaux. Dans le corral. Il était parti la veille au soir et je ne m'attendais pas à ce qu'il revienne, mais j'avais besoin de préparer les chevaux pour la vente aux enchères, donc je continuais à travailler. Un des plus grands m'a désarçonné en essayant de sauter hors du corral et mon pied s'est coincé dans l'étrier. Il m'a traîné pendant un moment jusqu'à ce que la lanière de l'étrier se casse, mais à ce moment-là, j'étais déjà inconscient. Quand je me suis réveillé, je ne pouvais plus bouger. J'avais mal partout, mais je n'arrivais pas à comprendre pourquoi je ne pouvais pas bouger. Ça a fini par s'améliorer, mais il m'a tout de même fallu trois jours pour ramper jusqu'à l'écurie.

— Trois jours ? Mon Dieu, Gabe, et cet enfoiré n'est pas venu ?

— Je ne l'ai pas revu depuis le soir où il est parti. Calley m'a trouvé et a appelé une ambulance. Je suppose qu'il a fini par apprendre ce qui s'était passé et a décidé de faire son sac et de disparaître pour de bon. Il n'était pas du genre à prendre soin d'un infirme.

Flynn serra Gabe un peu plus fort, espérant lui faire comprendre qu'il n'était pas du tout comme Grant.

— Tu n'es pas un infirme.

— Si, je le suis. Je peux à peine marcher, je ne peux plus m'occuper de ce ranch tout seul et...

Gabe s'interrompit au milieu de sa phrase et s'éloigna un peu de Flynn, juste assez pour que celui-ci desserre un peu ses bras autour de lui.

— Je suis toujours là, dit doucement Flynn. Et je n'irai nulle part à moins que tu me le demandes.

— Peut-être que tu devrais partir. Il n'y a rien pour toi ici.

Flynn soupira. Il ne savait pas quoi dire à Gabe pour lui faire comprendre qu'il avait une raison de rester. Et que cette raison, c'était lui.

— Il y a beaucoup de choses pour moi ici. Il y a un super ranch, dont on peut très bien s'occuper rien qu'à deux. Je suis sûr que le paiement de Hunter va nous permettre de tourner pendant une année, pas vrai ?

Gabe acquiesça.

— Et j'ai ce que je n'ai jamais eu avant. Un chez moi, et quelqu'un qui tient à moi même s'il a horreur de l'admettre, même à lui-même. Et tu sais quoi ? C'est bien mieux que d'avoir quelqu'un qui *dit* t'aimer mais qui n'en a en vérité rien à foutre.

— Comment est-ce que tu le sais ? demanda Gabe d'une voix brisée par l'émotion au point que Flynn était certain qu'il pleurait.

— Comment je sais que tu tiens à moi ? sourit Flynn en se rapprochant à nouveau de Gabe. L'expression sur ton visage quand tu as cru que le serpent à sonnette m'avait mordu était un gros indice, mais pas le seul. Par moment, tu as l'air d'avoir peur de me regarder et d'autres fois, quand tu penses que je ne te vois pas, tu as l'air de ne pas pouvoir t'empêcher de me déshabiller du regard. Tu n'as pas idée de combien de fois j'ai eu envie de venir vers toi et de t'embrasser ou juste de te toucher, ni de combien de fois j'ai dû cacher l'effet que ce regard me faisait.

Gabe renifla et son humeur sembla s'alléger un peu.

— C'est l'hôpital qui se fout de la charité, dit-il. Il y a une raison pour laquelle parfois je ne pouvais pas te regarder. J'ai l'impression de me promener avec une érection depuis des semaines. Ce n'était pas toujours facile de travailler à côté de toi. As-tu la moindre idée du nombre d'excuses que j'ai dû inventer pour pouvoir m'isoler histoire de soulager la tension ?

— Comme dans la douche ? le taquina Flynn.

— Je n'arrivais pas à croire que tu m'avais regardé. Et puis j'ai réalisé que ça t'excitait.

Gabe s'interrompit, comme s'il essayait de se souvenir de ce qui s'était passé.

— Avant ça, je pouvais toujours me dire que tu étais probablement hétéro, donc que ça ne servait à rien d'avoir envie de toi, mais après avoir vu ton visage rougissant, comme si je t'avais attrapé la main dans le pantalon…

— C'était le cas. Je n'ai pas pu m'en empêcher, admit Flynn.

Comme ils étaient aussi près l'un de l'autre, ces souvenirs firent réagir à nouveau le corps de Flynn. Il avait espéré que le fait qu'ils portent tous les deux des vêtements empêcherait ça, mais les images étaient trop vivides dans sa mémoire.

— Te voir nu était déjà excitant. Te voir saisir ta queue, la voir gonfler juste sous mes yeux… c'était comme un rêve devenu réalité.

— Oh, allez… dit doucement Gabe, en haussa légèrement les épaules.

On aurait dit qu'il n'arrivait pas à croire ce que disait Flynn.

— Quoi ? souffla Flynn.

Il pressa son début d'érection contre les fesses de Gabe, autant pour satisfaire le besoin de son propre corps que pour laisser son compagnon sentir l'effet qu'il lui faisait. Flynn sentit les muscles du ventre de Gabe se contracter sous sa main.

— Pourquoi est-ce si dur de croire que tu m'excites ?

— Parce que je suis tout abimé, soupira Gabe. Sans mentionner le fait que je suis assez vieux pour être ton père.

Flynn recula, entrainant Gabe avec lui afin qu'ils se retrouvent tous deux couchés sur le dos.

— Regarde-moi, lui ordonna-t-il d'un ton sérieux. On ne choisit pas pour qui on craque. Si je le pouvais, je me trouverais quelqu'un de plus facile à vivre et de moins bougon que toi. Et laisse mon père en-dehors de tout ça.

Flynn n'attendit pas que Gabe réponde. Il se pencha et l'embrassa avec douceur. Sa main était toujours sur son ventre et il sentit son amant commencer à se détendre, aussi approfondit-il le baiser. Lorsqu'ils se séparèrent, la main de Flynn s'était déplacée vers la hanche de Gabe.

— Maintenant, j'aimerais te faire l'amour, de la façon dont un mec est censé te faire l'amour. Et je veux que ce soit bon pour tous les deux.

Gabe détourna le regard.

— Je sais que tu n'as pas vraiment apprécié ce qu'on a fait cet après-midi. Je suis désolé.

— Mais tu vas arrêter de te dénigrer comme ça ? Ce qui s'est passé dans l'écurie est le passé. Ce n'était pas la meilleure expérience de ma vie, mais c'était à des kilomètres d'être la pire. Et puis, ça nous a permis de parler, non ?

Gabe acquiesça, mais Flynn pouvait toujours lire le doute sur son visage.

— Gabe, j'ai passé la plupart de ma vie adulte sur la route. Je voyage léger. Si je ne voulais pas être ici, je serais parti il y a longtemps.

Un sourire timide étira les lèvres de Gabe et Flynn ne put résister à l'envie de le prendre à nouveau dans ses bras.

— Tu vas me laisser m'occuper de toi comme il faut, maintenant ?

— C'est ce que tu fais depuis le début, on dirait, répondit Gabe, si bas que Flynn eut de la peine à l'entendre.

Gabe tourna la tête vers lui en une demande muette de l'embrasser et Flynn frotta sa joue contre la sienne avant de laisser leurs lèvres se rencontrer. Il n'y avait aucune urgence dans ce baiser, juste la joie simple de savourer le goût de l'autre.

Gabe tournait presque le dos à Flynn à présent, la tête tournée vers son amant afin qu'ils puissent s'embrasser, mais ses hanches faisant face dans l'autre sens, afin de donner à Flynn l'accès dont il avait besoin. Leurs bouches ne se quittèrent pas tandis qu'ils se débarrassaient de leurs boxers, mais ils durent rompre leur baiser le temps de retirer leurs tee-shirts.

— Il y a des préservatifs dans la salle de bain si tu veux, chuchota Gabe contre le coin de la bouche de Flynn lorsque celui-ci eut presque fini de le préparer.

— Je n'avais pas eu de relation non protégée depuis très longtemps avant cet après-midi, répondit Flynn. Je suppose qu'ils t'ont fait tous les tests quand tu étais à l'hôpital ?

Gabe acquiesça lentement.

— Alors je pense qu'on peut s'en passer, déclara Flynn. J'ai aimé te sentir complètement cet après-midi, même si c'était un peu précipité.

Avec beaucoup de précaution, Flynn se glissa dans le corps serré de Gabe après s'être lubrifié avec le tube que ce dernier avait sorti de sa table de chevet. Leur position était détendue et permettait non seulement à Flynn de faire des mouvements de va-et-vient, mais également de voir les changements d'expressions sur le visage de Gabe… sans parler du fait qu'ils pouvaient s'embrasser tout du long. La main de Flynn se posa sur l'érection naissante de Gabe et la caressa avec tendresse, ressentant une certaine fierté en sentant à quel point il rendait son amant dur.

— Bon Dieu, tu es vraiment doué, souffla Gabe, la voix tendue par ce que lui faisait Flynn et par la position tordue de son corps.

Il posa une main sur la hanche de Flynn, comme pour gentiment le guider. Le jeune homme remit sa propre main sur le ventre de son amant et commença à donner des coups de reins plus forts. Son corps lui réclamait d'aller également plus vite, mais il savait que s'il le faisait, il jouirait presque instantanément et il voulait que Gabe soit le premier à le faire, d'autant plus que leurs mouvements étaient plus fluides à présent, avec Gabe qui rencontrait chacun de ses coups de reins. L'étroitesse de son compagnon était délicieuse, de même que la façon dont ses muscles se resserraient sur son sexe à chaque fois qu'il se retirait et Flynn ne savait pas combien de temps il serait encore capable de tenir.

Gabe arrêta de l'embrasser pour pouvoir respirer. Ses yeux mi-clos semblaient perdus et il glissa une main vers le bas pour se caresser.

— Tu vas me faire jouir. Tellement bon, parvint à dire Gabe. Plus vite, exigea-t-il en accélérant le rythme de sa propre main. Oh putain… jouis avec moi… je veux te sentir aussi…

Flynn essayait à grand' peine de se retenir, il voulait voir le visage de Gabe en plein orgasme, mais chacun de ses mouvements de hanches rendait cela plus dur. Tout à coup, Gabe se cambra et grogna. Flynn le sentit se contracter, mais ce qui le fit finalement basculer fut de voir Gabe éclabousser son propre ventre et la main de Flynn. Jouir plongé dans son amant, sans préservatif entre eux, fut une des plus fortes sensations que Flynn ait jamais ressenties.

Ils recommencèrent à s'embrasser dès qu'ils eurent repris un tant soit peu leur souffle, les yeux ouverts cette fois-ci, comme s'ils ne voulaient pas prendre le risque de manquer la moindre petite réaction de l'autre.

— Il faut qu'on se nettoie un peu, finit par chuchoter Flynn.

— Ça m'est égal. Reste ici, s'il te plaît ?

Flynn se leva quand même, incapable de cacher son sourire.

— Oh, je vais revenir, ne t'en fais pas.

Il faisait froid dans le couloir et dans la salle de bain, et Flynn se dépêcha de revenir avec une lavette.

— L'orage est passé, dit-il en retournait au lit.

— Je suppose qu'à nous deux, on a fait assez de nuages et de pluie.

Gabe frissonna lorsque Flynn essuya son ventre et il l'attira vers lui pour l'embrasser.

— Putain, je ne peux pas me passer de toi.

Flynn laissa tomber la lavette par terre et se serra contre lui sous les couvertures.

— Tant mieux, répondit-il. Parce que je veux dormir ici cette nuit.

— C'est ce que j'espérais.

Gabe attira Flynn dans ses bras et ils s'installèrent confortablement, peau contre peau.

— Essaie seulement de m'en empêcher.

Ils ne mirent pas longtemps à s'endormir, heureux et satisfaits. Flynn se réveilla une fois, en entendant Gabe jurer à voix basse.

— Ça va, chéri ?

Gabe haussa les épaules.

— Juste cette saloperie de pied. Ça va passer, ne t'en fais pas.

Flynn acquiesça, mais son inquiétude resta. Il allait falloir qu'il convainque Gabe de voir un médecin, et ça n'allait pas être facile.

IX

LA LUMIÈRE du matin s'infiltrait déjà autour des rideaux couvrant la fenêtre lorsque Flynn se réveilla. Pendant un instant, il s'apprêta à sauter hors du lit, craignant d'avoir dormi trop longtemps, puis il entendit Gabe grogner à côté de lui et décida de rester au chaud dans leur lit un peu plus longtemps. *Leur lit.* Flynn aimait cette idée. Se réveiller à côté de l'homme dont il était amoureux était un sentiment merveilleux, et savoir que ses sentiments étaient réciproques était encore mieux.

— On devrait se lever. Il est huit heures passées, gémit Gabe.

Il ne bougea pas pour autant. À vrai dire, il se pelotonna un peu plus contre Flynn, qui l'embrassa. Lorsqu'ils se séparèrent, Gabe secoua la tête, et Flynn craignit un instant qu'il s'éloigne à nouveau, mais Gabe le prit dans ses bras et le serra fort contre lui.

— Je ne sais pas…

Gabe s'arrêta au milieu de sa phrase, puis changea d'avis.

— Merci, dit-il à Flynn.

— Tu n'as pas de raison de me remercier, répondit Flynn en s'éloignant un peu pour voir l'expression sur le visage de son amant.

Il espérait faire disparaître les doutes que Gabe pourrait encore avoir, mais il n'était pas sûr d'y parvenir.

— Oh si, j'ai beaucoup de raisons de te remercier, répondit Gabe. Mais on devrait se lever. Les chevaux nous attendent.

Flynn était heureux de voir Gabe sourire, mais il se rendait bien compte que celui-ci avait toujours une estime bien basse de lui-même. Il n'insista toutefois pas. Après ce qu'avait traversé Gabe avec Grant, il lui faudrait du temps pour avoir à nouveau confiance en lui, et le meilleur moyen d'y parvenir pour Flynn était de rester et de lui montrer qu'il avait beaucoup à offrir.

À contrecœur, il quitta les bras de Gabe et s'extirpa du lit. Il se lava rapidement et passa en coup de vent dans sa chambre pour enfiler des vêtements propres, puis il descendit avec Bridget pour préparer le petit-déjeuner pendant que Gabe finissait de s'habiller. Il se tenait devant la cuisinière, en train de faire des œufs brouillés, lorsqu'il sentit son compagnon le prendre dans ses bras par derrière.

— J'avais envie de faire ça depuis la première fois que je suis descendu pour te trouver là à préparer le petit-déjeuner, chuchota Gabe dans son oreille.

— Tu aurais dû essayer plus tôt, répondit Flynn en se retournant dans ses bras pour l'embrasser.

Les œufs furent légèrement brûlés ce matin-là, mais ni l'un ni l'autre ne sembla s'en préoccuper.

Calley arriva après le petit-déjeuner. Elle leur apportait des provisions venant de son magasin, et vu le regard qu'elle lança à Flynn, elle avait remarqué la différence dans l'humeur de Gabe. Flynn fut tout de même soulagé qu'elle ne fasse pas de commentaire, du moins pas lorsque Gabe pouvait l'entendre.

— Qu'est-ce que vous avez fait à mon Gabe ? demanda-t-elle à Flynn avec un grand sourire lorsqu'il l'aida à ramener les cartons vides à la camionnette.

— Oh, rien du tout, répondit Flynn.

Il avait envie d'en parler à quelqu'un, mais il ne pensait pas que Gabe apprécierait qu'il vende la mèche à Calley aussi tôt, d'autant plus qu'il ne connaissait toujours pas la nature exacte de la relation entre elle et Gabe.

— Rien du tout, mes fesses, oui, le taquina-t-elle. Il gambade comme un chiot surexcité. Je ne l'ai pas vu aussi heureux depuis… Maintenant qui j'y pense, je ne crois pas l'avoir jamais vu aussi heureux. Quoi que vous ayez fait, on dirait que ça marche.

Elle lui donna un petit coup dans l'épaule d'une manière fort peu féminine, puis posa la main sur le bras de Flynn pour qu'il la regarde.

— Vous le rendez très heureux, Flynn, et il a besoin de ça. Et il le mérite bien.

Flynn lui sourit simplement. Il mourait d'envie de tout lui dire, mais en même temps, il préférait garder la nouvelle entre lui et Gabe pour l'instant.

Flynn se doutait bien qu'elle savait exactement ce qui se passait, et pour le moment c'était suffisant.

Elle effleura brièvement son visage en un geste presque maternel, puis elle se retourna pour grimper dans la camionnette et s'en aller.

Flynn la salua de la main jusqu'à ce qu'elle soit partie, puis se tourna vers Bridget.

— Allez ma belle, on a du boulot !

ILS COMMENCÈRENT comme d'habitude, chacun accomplissant ses tâches journalières sur le ranch, mais Flynn sentit tout de suite la différence. Jusque-là, ils avaient toujours travaillé comme deux individus séparés et Flynn voyait rarement Gabe avant l'heure du déjeuner, mais à présent Gabe semblait chercher les tâches qu'il pouvait accomplir à côté de Flynn. À plusieurs occasions il lui demanda même de l'aider pour des choses qu'il faisait généralement seul, et il remerciait chaque fois Flynn d'un rapide baiser et d'une caresse furtive. Ça n'embêtait pas du tout Flynn que Gabe cherche des excuses pour être près de lui. Il espérait seulement que d'ici peu Gabe n'aurait plus besoin d'excuses, et qu'ils travailleraient tout simplement en équipe, mais pour l'instant, il appréciait d'être courtisé.

La journée passa vite, avec un bref intermède juste après le déjeuner, pendant lequel Gabe rompit leur baiser fougueux en s'exclamant qu'ils ne pouvaient quand même pas faire l'amour au milieu de la journée. Flynn dut se mordre la langue pour ne pas rappeler à Gabe qu'il avait admis la veille l'avoir fait partout sur le ranch avec Grant, et ce à n'importe quelle heure de la journée. Mais il ne voulait pas gâcher la bonne humeur de Gabe. Le baiser le laissa toutefois frustré. Très frustré. Enfin, Flynn était d'avis que les bonnes choses méritaient bien un peu de patience et qu'il aurait bien ce qu'il voulait plus tard, une fois le travail terminé.

Le moment arriva lorsque Flynn était en train d'assaisonner le ragoût pour le dîner.

— Je vais vite prendre une douche, annonça Gabe, souriant d'un air aguicheur en s'en allant.

Flynn avait choisi le plat pour ce soir-là avec attention. Il demandait très peu de travail, et ils avaient quarante-cinq minutes à attendre pendant que le tout cuisait. Du coup, cinq minutes après que Gabe ait quitté la cuisine, Flynn le regardait depuis la porte de derrière.

Gabe avait entouré son pied blessé avec du plastique pour protéger le bandage et se tenait sous le jet de la douche froide derrière la maison, exactement comme la première fois qu'il l'avait espionné, à la différence que cette fois-ci Flynn n'allait pas le laisser dehors tout seul.

— Je peux te rejoindre, ou est-ce que tu préfères que je t'admire de loin ?

Gabe essuya l'eau de son visage et ouvrit les yeux.

— C'est comme tu veux, mais je ne serais pas contre… un petit coup de main.

Flynn se déshabilla à toute vitesse, d'autant plus lorsqu'il regarda le corps de Gabe et vit le sexe de son amant durcir sous ses yeux.

L'eau était toutefois glacée.

— Putain ce que c'est froid ! cria Flynn.

Gabe rit et posa un bras sur les épaules de Flynn d'un air provocateur.

— Donc, tu pensais que ce serait une bonne idée de baiser sous la douche ?

— Je te ferai l'amour où tu veux, mais je ne pense pas pouvoir la lever maintenant, répondit Flynn en frissonnant.

Gabe ferma l'eau et attrapa une serviette dont il se servit pour sécher les épaules de Flynn en le frottant fort. Les sensations revinrent lentement sur sa peau et il remarqua que Gabe était toujours dur malgré l'eau froide.

— Tu es vraiment un gros excité, toi, pas vrai ? le taquina Flynn.

Gabe acquiesça avec un sourire mutin.

— Ce n'est pas très dur, quand tu es là.

Il tira sur la serviette, attirant Flynn vers le banc pour qu'il puisse s'asseoir.

Levant les yeux vers lui, Gabe prit le sexe de Flynn en bouche et le suça. Flynn eut presque le vertige en sentant son sang se précipiter vers son entrejambe et il posa la main sur les cheveux mouillés de Gabe pour le cas où il perdrait l'équilibre. La bouche de Gabe était délicieuse, et il ne lui fallut pas longtemps pour être dur comme la pierre. Le fait de voir que Gabe se caressait ne faisait que rendre les choses encore plus excitantes.

— Gabe, arrête. Gabe, s'il te plaît, arrête.

À contrecœur, Gabe recula.

— Qu'est-ce qui ne va pas ?

Flynn lui prit le visage entre les mains et l'embrassa.

— Tu vas trop vite, parvint-il à déclarer lorsqu'il reprit son souffle.

Ils renégocièrent leur position afin de se retrouver tous les deux à cheval sur le banc, mais ils étaient trop éloignés l'un de l'autres ainsi. Gabe poussa donc Flynn vers le bas et le chevaucha.

— Putain, j'ai besoin de toi, gronda-t-il contre la bouche de Flynn en frottant leurs érections l'une contre l'autre.

— Prends ton temps, d'accord ?

Flynn ne voulait pas rejouer le même scénario que dans l'écurie. Non pas parce qu'il était égoïste et cherchait son plaisir personnel, mais parce qu'il espérait que, dorénavant, ils étaient des amants, des compagnons, pas de simples copains de baise. Gabe n'avait toutefois pas l'air de comprendre ce qu'il voulait.

Avant que Flynn ait eu le temps de dire quoi que ce soit, Gabe s'empalait sur son sexe tendu et le chevauchait, donnant à Flynn le sentiment d'être utilisé. À nouveau. Mais il ne pouvait contrôler la réaction de son corps. Gabe était étroit et chaud, et la friction était intense, d'autant plus qu'ils n'avaient utilisé qu'un peu de salive pour toute forme de lubrifiant. Le pur plaisir sur le visage de Gabe, cet air d'extase et avec l'abandon total que Flynn pouvait lire dans ses mouvements ne laissait aucun doute : Gabe laissait libre cours à ses besoins. Et malgré ses réticences, la combinaison de tous ces éléments faisait également de l'effet à Flynn. Il ne pouvait nier que, même si Gabe était en train de l'utiliser, c'était lui qui lui donnait du plaisir. Il était la raison directe de l'érection de Gabe, de la façon dont sa verge suintait à chacun de ses mouvements, de la peau rougie par l'effort sur sa poitrine. Lorsqu'il se souleva légèrement, Flynn releva ses hanches, pénétrant la chaleur étroite de Gabe, qui gémit. Il commença à se caresser, ses doigts s'enroulant fermement autour de son érection tandis que Flynn le pénétrait.

— Putain, c'est bon. C'est trop bon ! cria Gabe.

Il ouvrit les yeux et regarda Flynn avant de se pencher pour l'embrasser. Flynn ne put s'empêcher de répondre au baiser, déchiré par des émotions contradictoires. Sur le plan purement physique, ce qu'ils faisaient était plus qu'agréable, mais le côté sentimental de l'acte amoureux lui manquait tellement qu'il savait que son orgasme imminent ne serait pas très satisfaisant. Il n'allait plus tenir bien longtemps, et ses tétons se dressèrent lorsqu'il sentit la poitrine encore humide de Gabe frotter contre la sienne.

Gabe agrippa le banc de chaque côté de la tête de Flynn et se redressa avant d'accélérer ses mouvements. Il gémit lorsque Flynn prit son sexe tendu dans sa main et le masturba jusqu'à ce qu'il répande sa semence sur le ventre et la main de Flynn.

En voyant Gabe jouir et en sentant son corps se resserrer dans des spasmes de plaisir, Flynn atteint à son tour l'orgasme, ses hanches poussant vers le haut par réflexe. Il ferma les yeux, refusant de regarder Gabe et allant même jusqu'à tourner la tête lorsque celui-ci essaya de l'embrasser, aussi ne fut-il pas surpris de sentir son poids disparaître de ses hanches. Flynn s'assit et du coin de l'œil, il vit Gabe mouiller une lingette sous le jet de la douche.

— Qu'est-ce qui ne va pas ? demanda innocemment Gabe lorsque Flynn lui arracha agressivement la serviette des mains alors qu'il s'apprêtait à le nettoyer.

— Il faut que j'aille surveiller le dîner, fut la seule chose que Flynn parvint à articuler.

Il attrapa les vêtements qu'il avait laissés près de la porte et les enfila rapidement avant de retourner dans la cuisine, laissant Gabe derrière lui. Il ne pouvait pas reporter toute sa colère sur son compagnon, mais il était terriblement déçu. Il s'était attendu à tellement plus après la nuit dernière, mais Gabe n'était clairement pas prêt à laisser une telle intimité s'installer dans leur vie quotidienne. Peut-être ne serait-il jamais prêt.

Ils mangèrent en silence, Flynn trop en colère pour discuter et Gabe trop confus pour trouver un moyen de briser le mur autour de Flynn.

— Le ragoût était très bon, osa finalement dire Gabe pendant qu'ils faisaient la vaisselle.

Flynn se contenta d'acquiescer, se sentant obligé d'accepter le compliment, quoiqu'il soupçonna que Gabe aurait dit à peu près la même chose si le plat avait été immangeable. Il se battait contre ses émotions, déchiré entre l'envie de s'enfuir et celle de crier contre Gabe. Il n'était pas du genre à s'enfuir lorsqu'une situation devenait compliquée. Il n'avait pas envie de se battre toutefois, principalement parce qu'il ne voulait pas accuser Gabe de quelque chose dont il n'était probablement même pas conscient. Il devait trouver un moyen de lui parler, mais n'avait aucune idée de comment aborder le sujet, d'autant plus qu'ils en avaient déjà discuté la veille. Il garda donc le silence et sortit sur le porche une fois qu'il eut fini de nettoyer la casserole.

Gabe le rejoignit quelques minutes plus tard. Il ne dit rien, mais on aurait pu couper la tension entre eux avec un couteau.

— J'ai recommencé, c'est ça ? demanda doucement Gabe après qu'ils aient passé plusieurs minutes le regard perdu dans la nuit obscure.

Flynn déglutit. D'une certaine façon, que Gabe s'en rende compte rendait les choses encore plus difficiles.

— Oui, répondit-il à travers des dents serrées.

— Je suis désolé, déclara Gabe, encore plus doucement.

— Ça ne m'avance pas vraiment, ça, répondit Flynn, tentant d'empêcher d'exploser sa colère qui bouillonnait juste sous la surface. Je ne suis pas ton jouet sexuel, Gabe. Je pensais qu'après la nuit dernière, tu me traiterais comme ton égal. Je sais que tu as des problèmes, mais moi je ne peux pas faire ça. Je ne peux pas être dans une relation où je ne sais jamais à quoi m'attendre. J'ai besoin d'un partenaire, pas d'un… d'un…

Il était tellement en colère qu'il n'arrivait pas à trouver les bons mots.

— Peut-être que je devrais juste te laisser un peu d'air, dit Gabe en se levant de sa chaise.

— Il faut qu'on parle, Gabe. Qu'on communique. Qu'on explique les choses avant de parvenir aux mauvaises conclusions.

Le ton de Flynn était toutefois loin d'être apaisant. Sa colère et son exaspération l'empêchaient de cacher à quel point il prenait tout cela à cœur.

Il regarda Gabe descendre les marches en boitant et plonger dans l'obscurité. Il savait que Gabe allait se réfugier dans l'écurie auprès des chevaux pour un temps, mais c'était trop tôt pour lui courir après, aussi resta-t-il sur le porche. Juste avant que les lumières de l'étable s'allument, il entendit une longue série de jurons, puis la nuit redevint silencieuse. Toutefois, Flynn n'arrivait pas à rester calme. Malgré leur dispute, il ne pouvait s'empêcher d'imaginer les pires scénarios ayant pu pousser Gabe à jurer ainsi. Il attendit aussi longtemps qu'il put, puis se dirigea vers la lumière.

GABE S'ASSIT sur un ballot de foin, serrant son pied dans sa main. Il était toujours en train de jurer, bien que beaucoup moins fort que lorsqu'il avait trébuché, et souhaitait que la douleur diminue. Il pouvait sentir sa cheville gonfler à l'intérieur de sa botte et espérait qu'il ne s'était rien cassé. Il avait tout juste réussi à enlever sa botte lorsque Flynn apparut dans l'embrasure de la porte.

Gabe leva les yeux vers lui, mais Flynn ne prit pas tout de suite la parole. Son regard passa du visage de Gabe à son pied.

— Tu saignes.

— Je sais. Je me suis tapé le pied dans un ballot et je crois que je me suis déchiré quelque chose, répondit Gabe sans regarder Flynn.

Heureusement, Flynn semblait s'être calmé.

— Ça a l'air sérieux. Tu veux que j'appelle un médecin ?

— Pas de médecin, répondit Gabe en secouant la tête.

— Gabe, tu devrais faire examiner ton pied. Ce n'est pas normal que quelque chose d'aussi trivial que te prendre le pied dans du foin te fasse aussi mal.

Pendant un instant, Gabe regarda le visage de Flynn et put y lire à quel point le jeune homme était inquiet.

— J'ai toujours mal, Flynn. Aucun docteur ne pourra changer ça.

Flynn posa la main sur le genou de Gabe et s'accroupit devant lui.

— Laisse-moi au moins t'aider à rentrer à la maison ?

— Je suis bien ici, dit Gabe avec un haussement d'épaule. Laisse-moi quelques heures de tranquillité et tout ira bien.

— Gabe ?

Flynn se releva et lui tendit la main. Gabe secoua la tête.

— Rentre à la maison, lui dit-il.

Gabe voyait bien que Flynn hésitait, mais il finit par s'en aller, le laissant seul. Ce n'était pas la première fois que Gabe passait la nuit dans l'écurie. C'était son endroit préféré pour réfléchir, il n'y avait que le bruit des chevaux et le chant occasionnel d'un oiseau pour pénétrer son oasis. Son pied lui faisait mal et il le souleva un peu plus avant de s'appuyer dos contre la porte de l'écurie. Il n'était pas dans le courant d'air et avait enfilé un manteau bien chaud avant de sortir sur le porche, aussi n'avait-il pas froid.

Dès qu'il fut installé confortablement, il se remit à penser aux événements de la soirée. Il avait clairement mal lu les signaux de Flynn. Avec le repas sur le feu, il s'était dit que Flynn avait envie d'un petit coup rapide avant le dîner. Il devait bien admettre que lui-même n'avait pas été d'humeur pour autre chose. L'idée d'aller au lit avec Flynn à nouveau lui faisait peur : il n'avait pas la moindre idée de ce que Flynn attendait de lui. Au moins, ça avait été plus simple avec Grant, qui n'attendait rien de lui. Flynn était une bonne chose dans sa vie, mais la vitesse à laquelle ils s'étaient rapprochés lui faisait peur, c'était le moins qu'on puisse dire. Combien de temps faudrait-il au jeune homme pour se rendre compte qu'il voulait quelqu'un de plus jeune et de plus mobile ?

Gabe s'emmitoufla un peu plus dans son manteau. Il était épuisé. Avec un peu de chance, les choses sembleraient plus positives le lendemain.

FLYNN N'ARRIVAIT pas à dormir.

Il avait laissé Gabe dans l'écurie à contrecœur, et uniquement parce qu'il ne pensait pas parvenir à persuader cet homme têtu de prendre meilleur soin de lui-même.

Il était à présent minuit passé et Flynn était toujours inquiet.

Après avoir fixé le vieux radio-réveil sur sa table de nuit pendant les deux dernières heures, il décida de s'habiller et d'essayer à nouveau de persuader Gabe de rentrer.

Dehors, la température avait considérablement baissé, et bien que Flynn sache qu'il faisait plus chaud dans l'écurie, il ne pensait toujours pas que ce soit une bonne idée que Gabe y passe la nuit.

Lorsqu'il y pénétra, il vit que la lumière était toujours allumée. Gabe était emmitouflé dans sa parka, endormi sur un ballot de paille, le dos contre un des côtés de la porte de l'étable. Flynn vit le sang séché qui tachait le bandage autour de son pied et toucha doucement ses orteils. Ils étaient froids comme la pierre et d'un horrible bleu gris.

— Gabe, réveille-toi. Il faut que tu reviennes à l'intérieur pour te réchauffer.

Flynn lui saisit le bras un peu plus fermement et le secoua avec un peu plus de force. Lorsque la tête de Gabe tomba sur le côté, il essaya de l'attraper et se rendit compte que Gabe était brûlant.

— Bordel ! Gabe ! Il faut que tu te réveilles !

La panique dans sa voix, il essaya de réveiller son amant, mais sans succès.

X

FLYNN ÉTAIT étonnement calme. Il avait couru jusqu'à la maison pour appeler Calley puis une ambulance. Il savait qu'autant l'une que l'autre mettrait un moment à arriver, aussi attrapa-t-il une couverture avant de retourner vers l'écurie où il trouva Bridget en train de monter la garde près de la forme blottie de Gabe.

La respiration de Gabe étant devenue laborieuse. Flynn n'eut aucune difficulté à relever son pouls, comme le lui avait demandé l'ambulancier au téléphone. C'était quelque chose qu'il avait déjà fait avec des chevaux, mais la situation était bien différente maintenant qu'il s'agissait de l'homme qu'il aimait. Au moins cela lui donna-t-il quelque chose à faire pour faire passer le temps tout en le rassurant sur le fait que le cœur de Gabe battait toujours.

— Tu n'as pas intérêt à mourir, Gabe, déclara Flynn à son amant inconscient lorsque ce dernier cessa de respirer un instant, juste lorsque Flynn le prenait dans ses bras.

Flynn relâcha le souffle qu'il retenait lorsque Gabe soupira.

— L'ambulance est en route et Calley aussi. On va t'emmener à l'hôpital, mon amour.

Flynn resta là, assis dans le froid de l'écurie, pendant ce qui lui sembla être une éternité, berçant Gabe à chaque fois que sa respiration se bloquait. Calley finit par arriver dans un crissement de pneus. Elle avait l'air inquiet.

— Qu'est-ce qui s'est passé ? demanda-t-elle à Flynn après avoir regardé Gabe puis son pied.

— Il a trébuché sur un ballot de paille, lui expliqua Flynn. Comme il ne rentrait pas, je suis sorti le chercher et je l'ai trouvé ici.

— Je suppose que c'est déjà un miracle que ce ne soit pas arrivé plus tôt.

Flynn n'était pas sûr de comprendre ce qu'elle voulait dire.

— Tu t'attendais à ça ?

Calley acquiesça.

— Quand il s'est blessé la première fois, ils avaient peur de ne pas pouvoir sauver son pied. Les os étaient brisés et il y avait apparemment un problème de circulation sanguine. Je ne suis pas médecin, je ne connais pas les détails. Enfin bref, quand ça a commencé à guérir, Gabe n'a plus voulu qu'on y touche. La première fois que je l'ai laissé seul ici, il s'est tapé le pied contre une table dans la maison et il a regonflé, et ils lui ont dit qu'il allait le perdre, mais il n'a rien voulu entendre. C'est pour ça qu'il refuse d'aller chez le médecin.

Flynn serra Gabe un peu plus contre lui.

— Qu'est-ce que vous êtes en train de me dire, exactement ?

— Tout ce dont parlent les docteurs, c'est de l'amputer, Flynn. Et Gabe refuse catégoriquement ne serait-ce que d'y songer. Il a consulté d'autres médecins, mais ils sont tous d'accord : d'ici peu, il n'aura plus d'autre choix.

Flynn observa le visage endormi de Gabe.

— Maintenant, il n'a même pas le luxe de choisir.

— C'est ce que je craignais, répondit Calley.

Ils relevèrent tous deux la tête en entendant une voiture s'arrêter devant l'écurie. La lumière clignotante qui l'accompagnait ne laissait aucun doute quant au type de véhicule dont il s'agissait. Calley se releva de là où elle s'était accroupie devant Gabe pour aller voir. Elle dut bien vite retenir Bridget qui, tentant de protéger son maître, aboyait contre les ambulanciers qui arrivaient avec un brancard et un sac d'équipement.

— Je l'ai trouvé inconscient, leur expliqua Flynn. Il s'est blessé au pied un peu plus tôt. Maintenant il a de la peine à respirer et parfois il s'arrête, mais il recommence quand je le berce.

Un des hommes le regarda avec compassion.

— On va s'occuper de lui maintenant, monsieur, déclara-t-il.

Flynn eut de la peine à lâcher sa prise sur Gabe, mais le regard sévère que l'ambulancier lui lança lui fit comprendre qu'il n'avait pas le choix. C'est à ce moment-là que son cœur se mit à battre la chamade.

— Allez Flynn, venez dans ma voiture. On va les suivre jusqu'à l'hôpital, dit Calley en passant un bras autour de ses épaules avec compassion.

Flynn secoua la tête en les regardant transférer précautionneusement Gabe sur le brancard.

— Je veux être là-dedans avec lui, déclara-t-il en montrant l'ambulance du doigt.

— Je suis navré monsieur, mais elle a raison. Il n'y a pas de place dans le véhicule pour vous. Vous feriez mieux de nous suivre.

Flynn secoua la tête avec encore plus de conviction.

— Non ! J'ai besoin d'être avec lui. S'il meurt là-dedans, j'ai besoin d'être avec lui.

Le fait de s'entendre prononcer ces mots choqua Flynn, mais il ne pouvait rien y faire. C'était sa plus grande peur, et il espérait qu'il se trompait.

Calley l'attira plus contre elle et le serra fort dans ses bras. Puis elle prit son visage entre se main et le força à la regarder.

— Flynn, écoute-moi. Tout ira bien. Il est entre de bonnes mains !

— On va bien prendre soin de lui, monsieur, dit l'ambulancier lorsqu'ils eurent hissé Gabe à l'arrière de la petite ambulance. Suivez-nous.

Dans son état, Flynn n'aurait pas osé conduire sur les routes de campagne plongées dans l'obscurité la plus totale jusqu'au petit hôpital local, mais Calley était une excellente conductrice, et malgré sa propre angoisse, elle les conduisit jusqu'à la ville sans le moindre incident. Toutefois, le médecin qui avait été appelé donna presque immédiatement l'ordre de transférer Gabe dans un établissement plus important, aussi se retrouvèrent-ils à nouveau derrière l'ambulance, cette fois-ci sur des routes moins familières, mais mieux éclairées.

La salle des Urgences de l'hôpital de la ville était bien plus grande et bien plus effervescente que la réception de fortune de leur hôpital local. On leur demanda d'attendre et de remplir des formulaires, et Flynn se rendit compte qu'il ne savait pas grand-chose de Gabe. Heureusement, Calley savait ce qu'elle faisait.

— Ce n'est pas la première fois que je fais ça, Flynn. Juste après l'accident, il était régulièrement à l'hôpital et toujours pour une bonne raison, donc je suis passée par là plusieurs fois.

Elle posa sa main sur son bras pour le consoler.

— Je ne sais même pas s'il a de la famille, marmonna Flynn. Je ne sais rien de lui.

Calley serra son bras.

— Il n'est pas très bavard, pas vrai ?

Flynn secoua la tête.

— Gabe a de la famille éloignée dans l'Est, mais personne avec qui il soit en contact de façon régulière.

Flynn soupira.

— Donc il n'a personne.

C'était plus une affirmation qu'une question.

— Il t'a toi, Flynn.

— Vraiment ?

Flynn observa le visage de Calley qui n'exprimait que de la compassion. Il tourna le regard vers la direction dans laquelle ils avaient disparu avec Gabe et soupira à nouveau.

— On s'est disputé. C'est pour ça que j'ai mis autant de temps avant de partir le chercher.

Flynn ne savait pas s'il pouvait tout raconter à Calley. Ce qui s'était passé était très personnel, mais il avait besoin d'en parler à quelqu'un et il espérait que Calley pourrait faire la part des choses.

— Par moment il est doux et attentionné, et l'instant d'après j'ai l'impression qu'il ne veut de moi que pour le…

Flynn s'interrompit. Il ne connaissait pas assez bien Calley pour entrer dans ce genre de détails. Calley lui sourit d'un air indulgent.

— Et moi qui pensais que vous autres, les hommes, étiez tous pareils.

Flynn ne put s'empêcher de sourire un petit peu à cela. Le comportement décontracté et la compassion de Calley le faisaient se sentir plus accepté qu'il ne l'avait jamais été. Il avait été un peu appréhensif, étant donné que Gabe et lui ne lui avaient jamais véritablement parlé de la nature de leur relation, mais d'une certaine façon, il avait le sentiment qu'elle le comprenait. Quoi qu'il en soit, elle savait que Gabe était gay puisqu'elle connaissait toute l'histoire avec Grant, et Gabe lui avait dit une chose sur elle, c'était qu'il lui faisait totalement confiance.

— J'ai tout de suite su que tu étais différent, dit Calley, rompant le silence.

Son ton était sérieux, la note d'amusement avait complètement disparu de sa voix. Elle sourit à nouveau lorsque Flynn leva les yeux vers elle, mais il n'y avait pas d'humour sur son visage.

— Il a beaucoup souffert, Flynn, et je ne pensais pas qu'il s'en remettrait un jour, et je ne suis pas en train de parler de l'aspect physique de son accident. Pour une raison qui m'échappe, il était amoureux de cet homme et ça lui a pris des mois pour accepter le fait qu'il l'avait quitté. Si tout ça est trop pour toi aussi, je comprendrais, mais s'il te plaît, fais les choses en douceur. Dis-le-lui et ne le laisse pas espérer en vain.

— Je ne vais pas partir, répondit Flynn avec détermination.

Puis son courage le quitta.

— Sauf s'il me dit qu'il veut que je m'en aille.

— Il le fera sûrement, mais juste pour se protéger, lui répondit Calley, exprimant ce que Flynn pensait.

En entendant ces mots, la confiance de Flynn lui revint.

— Je ne suis pas comme Grant, tu sais. Quoi qu'il arrive, je ferai face.

— Dieu merci tu n'es pas comme Grant !

Elle serra à nouveau sa main et l'observa brièvement, puis tourna le regard vers le corridor qu'ils surveillaient tous deux depuis leur arrivée et la conversation s'arrêta là.

Mal à l'aise dans ce silence et peu habitué à rester assis sans rien faire pendant longtemps, Flynn se leva.

— Il faut que je m'étire les jambes. Tu veux un café ?

— Noir, s'il te plaît, acquiesça Calley.

Flynn se mit en route, espérant pouvoir glaner des informations sur l'état de Gabe tout en allant leur chercher de quoi se réchauffer et les tenir éveillés. La fille à la réception lui donna la réponse standard : ils étaient encore en train de l'opérer et un médecin viendrait leur parler sous peu. Flynn retourna donc vers Calley et lui tendit un gobelet en papier d'un liquide tiède qui méritait à peine le nom de café. Ils burent en silence et après quelques temps, Flynn sentit Calley s'appuyer contre lui lorsqu'elle commença à s'endormir. Malgré le fait qu'il n'avait pas fermé l'œil depuis presque vingt-quatre heures, Flynn était incapable de dormir. Il avait besoin de savoir dans quel état était Gabe, et bien qu'il présente une apparence de calme, il avait l'impression que son estomac jouait au hockey avec ses intestins. Il était sûr que la situation était vraiment mauvaise, et il redoutait presque le moment où le docteur sortirait de là où il se cachait pour leur faire part de l'ampleur de la catastrophe.

— Mmmm, murmura Calley lorsqu'elle sursauta et se redressa, essuyant le coin de sa bouche en rouvrant des yeux rougis par le sommeil. Toujours pas de nouvelles ?

— Non, rendors-toi, répondit Flynn, essayant d'être aussi apaisant que possible envers une Calley toujours attentionnée.

Elle n'en eut toutefois pas l'occasion : un homme d'une quarantaine d'années s'avançait vers eux avec un air sérieux.

— Vous êtes les proches de M. Sutton ? demanda-t-il avant de serrer la main de Flynn puis celle de Calley lorsqu'ils se levèrent. Je suis le Dr Isaacs. Je suis responsable des soins intensifs.

— Comment va-t-il ? demanda Flynn, l'estomac tellement noué par la nervosité qu'il avait l'impression d'être sur le point de vomir.

— Il est stable, mais ce fut un sacré combat et on n'est pas encore au bout du tunnel, répondit le docteur en s'adressant directement à Flynn. C'est une bonne chose que vous l'ayez trouvé à ce moment-là.

— Peut-on le voir ? demanda Calley.

— Je ne pense pas que ce soit une bonne idée pour l'instant.

Le Dr Isaacs sembla hésiter avant de continuer, comme s'il cherchait les bons mots pour bien se faire comprendre.

— Il est relié à beaucoup de machines.

— J'ai besoin de le voir, murmura Flynn d'une voix à peine audible.

— Il a besoin de le voir, répéta Calley avec plus d'aplomb. Je peux attendre ici, mais il faut qu'il puisse le voir.

Elle avait saisi le bras de Flynn pour appuyer ses dires et le Dr Isaacs acquiesça.

— Avant, il va falloir que quelqu'un signe l'autorisation pour l'opération, déclara le docteur en se tenant fermement entre Flynn et Calley et le couloir.

— Vous ne pouvez pas amputer son pied, répondit sèchement Flynn. Il ne veut pas le perdre !

Le Dr Isaacs leva la main pour le calmer.

— Nous n'avons pas d'autre choix, monsieur. Il a une infection, et entre ça et sa blessure, son pied ne reçoit plus assez de sang. Les tissus sont en train de se nécroser, ce qui envoie des toxines dans son système sanguin. Il a fait un choc et nous avons dû l'intuber et lui donner des médicaments pour aider sa pression artérielle et son cœur. Il a une forte fièvre, et j'ai peur que si on n'ampute pas son pied, ses chances de survie soient proches de zéro.

— Mais… Vous pouvez restaurer sa circulation, réparer tout ça ! Il ne s'est pas blessé si gravement !

Flynn savait qu'il plaidait vainement avec le médecin, mais il ne pouvait pas imaginer dire à Gabe qu'il avait perdu son pied. Le Dr Isaacs regarda Calley en espérant trouver de l'aide, mais elle se contenta de poser une main dans le dos de Flynn.

— Calme-toi, Flynn. Il faut qu'on y réfléchisse. Dr Isaacs, s'il vous plaît, laissez-nous le voir. Je vous promets qu'ensuite nous vous donnerons notre décision.

Le Dr Isaacs acquiesça, faisant un pas sur le côté pour les laisser passer. Il les guida à travers une série de couloirs et une porte verrouillée, qu'il ouvrit avec sa carte de médecin. Ils passèrent plusieurs lits en se dirigeant vers le fond de la grande pièce jusqu'à ce que le médecin s'arrête devant l'un d'eux.

Flynn ne reconnut pas immédiatement l'homme au teint gris branché à plus d'équipement médical qu'il en avait jamais vu, même dans des films. Ce n'est que lorsque le Dr Isaacs leur suggéra de se rapprocher que Flynn reconnut Gabe. Des tuyaux sortaient de sa bouche et de son nez, et une des machines émettait un son presque hypnotisant au rythme de sa respiration.

— Nous respirons pour lui pour le moment, expliqua le Dr Isaacs à voix basse. En fait, nous accomplissons un grand nombre de ses fonctions vitales à sa place.

Calley acquiesça, mais Flynn ne pouvait pas quitter Gabe des yeux, essayant de reconnaître son amant sous la masse de fils et de tuyaux. Avec hésitation, il tendit la main pour prendre celle de Gabe, mais il la retira lorsqu'il vu que ses mains étaient attachées au lit.

— Vous pouvez le toucher si vous voulez, intervint le Dr Isaacs. On dit que ça fait du bien aux patients d'être touché par leurs proches, même lorsqu'ils sont inconscients.

— Pourquoi ses mains sont-elles attachées ? demanda Flynn.

— Ce n'est qu'une précaution, répondit Calley. Ce n'est pas la première fois que je le vois comme ça.

Elle leva les yeux vers le Dr Isaacs à la recherche d'aide, mais il se contenta d'acquiescer et de reculer.

— Je vais vous laisser un petit moment. S'il vous plaît, essayez de discuter de la signature de l'autorisation.

Dès qu'il se fut assez éloigné pour ne plus les entendre, Flynn se tourna vers Calley.

— Je ne peux pas signer ça, Calley. Il ne me le pardonnera jamais !

Calley soupira.

— Tu ne peux pas, mais moi oui. J'ai sa procuration. Mais il faut qu'on prenne cette décision ensemble. Flynn, si on dit non, il va mourir, et ça je ne peux pas le laisser arriver !

— On n'en sait rien ! Tu as dit que ça lui était déjà arrivé. Tu as dit que tu l'avais déjà vu dans cet état et il s'en est sorti la dernière fois. Je ne peux pas les laisser lui couper la jambe, Calley !

Calley attira Flynn dans ses bras et le serra fort contre elle.

— Il n'a jamais été aussi mal, Flynn. La dernière fois que je l'ai vu dans cet état, c'était juste après qu'ils lui aient opéré le pied. Il était aussi sous anesthésie parce qu'il s'était cassé plusieurs côtes, mais il n'était pas aussi mal en point que maintenant.

Elle relâcha son étreinte pour regarder son visage désespéré.

— Il faudra lui expliquer que c'était une question de vie ou de mort. Qu'on l'aurait perdu si on n'avait pas donné l'autorisation. Il comprendra.

Flynn connaissait assez bien Gabe pour savoir que non, il ne comprendrait pas, et à en juger par l'expression de Calley, elle le savait aussi. Il se tourna vers Gabe et prit la main de son amant dans la sienne. Elle était froide et humide et il n'avait pas du tout l'impression que c'était celle de Gabe.

— On n'a pas le choix, mon amour. Je ne peux pas perdre quelqu'un que j'aime à nouveau. Je ne peux pas rester assis à te regarder mourir sans savoir que j'ai fait tout mon possible pour te sauver, et bien que tu ne nous pardonneras peut-être jamais, au moins nous t'aurons donné une chance de vivre.

Flynn se tourna vers Calley, essuyant ses larmes du revers de la main.

— Allons signer ce truc.

XI

FLYNN PASSA les jours suivant sur la route entre le ranch et l'hôpital, puisqu'on ne le laissait entrer dans la salle pour s'asseoir à côté du lit de Gabe qu'à des heures fixes l'après-midi et le soir.

La nuit, il se couchait dans le lit de Gabe, essayant de capturer son odeur et sa présence, mais elles s'effaçaient vite, aussi après s'être retourné dans ses draps toute la nuit, il se levait à l'aube et allait travailler sur le ranch. Travailler d'arrache-pied lui avait toujours permis de faire passer le temps plus vite et il se motivait en se disant qu'ainsi le ranch serait impeccable pour le retour de Gabe. En début d'après-midi, Flynn prenait le volant en direction de la ville pour aller s'asseoir à côté du lit de Gabe.

Malgré l'amputation pour laquelle ils avaient donné leur autorisation à contrecœur, Gabe ne se remettait toujours pas comme l'avait prédit le Dr Isaacs. Il était toujours sous sédatif, il avait toujours des pics de fièvre extrême pendant lesquels il devenait tellement instable que parfois ils demandaient à Flynn de sortir pour qu'ils puissent s'occuper de lui et ses amis avaient de plus en plus de peine à le reconnaître. Lorsque Gabe était calme et ne semblait pas souffrir, Flynn détachait une de ses mains pour la porter à son visage en lui parlant d'une voix apaisante, espérant que le cerveau de Gabe enregistrerait sa conversation au sujet des chevaux et de Bridget. Au fur et à mesure que Flynn s'habituait au fonctionnement de la salle, il commença à laver le visage et la poitrine couverts de sueur de Gabe, du moins les quelques endroits qui n'étaient pas recouvert par les patchs des moniteurs ou les bandages des intraveineuses. Ces gestes lui donnaient l'impression de prendre soin de son amant, bien qu'il sache qu'il devait laisser les infirmières faire la majorité du travail. Sous ses mains, Flynn pouvait sentir les muscles de Gabe fondre et le fait que chaque jour il semble plus pâle et plus enflé que la veille rendait difficile pour Flynn de ne pas perdre espoir.

Il eut encore plus de peine à garder espoir le jour où il découvrit en arrivant qu'on avait ajouté de l'équipement supplémentaire autour du lit de Gabe. Le cœur battant la chamade, il partit à la recherche du Dr Isaacs.

— Je ne pense pas avoir besoin de vous dire qu'il est mal en point, lui dit ce dernier avec compassion. Ses reins avaient de la peine à filtrer les toxines dues à l'infection et maintenant ils ont complètement arrêté de fonctionner, nous avons donc dû donner un coup de main à son corps.

Flynn acquiesça, essayant d'assimiler les informations.

— Donc l'opération n'a servi à rien ? Il meurt quand même ?

— Ne perdez pas espoir, M. Tomlinson. Il faut laisser à son corps le temps de se soigner. En attendant, nous faisons tout ce que nous pouvons.

Même si le médecin faisait preuve de compassion et semblait savoir ce qu'il faisait, Flynn n'était toujours pas convaincu d'avoir pris la bonne décision. D'autant plus après ce nouveau revers.

— Et ensuite, il se passe quoi ?

Le Dr Isaacs joignit les mains et prit une profonde inspiration.

— Nous l'avons mis sous dialyse pour aider son corps à se débarrasser des toxines qui attaquent ses organes. Nous espérons que cela nous permettra de réduire la dose de médicaments qu'il reçoit afin de pouvoir commencer à l'en sevrer.

Flynn ne prétendait pas comprendre tous les détails, mais il avait besoin de connaître les bases.

— Alors il y a toujours un risque qu'on le perde ?

Isaacs acquiesça.

— Quel pourcentage de chance ?

Le Dr Isaacs se mordit l'intérieur de la lèvre.

— Je préfère ne pas donner de chiffre.

— J'ai besoin de savoir, demanda calmement Flynn.

C'était la vérité. Depuis des jours, il s'attendait à recevoir l'appel l'informant de la mort de Gabe. Il avait besoin de savoir à quoi s'attendre.

— Je dirais que c'est du cinquante-cinquante.

Flynn acquiesça. Ce n'était pas la réponse qu'il voulait entendre, mais au moins maintenant il savait que même le docteur qui avait été là tous les jours pour Gabe n'en savait pas plus que lui.

— Merci. Je crois que je ferais mieux d'aller le voir, maintenant, déclara doucement Flynn en se leva de la chaise du bureau médical.

Il sortit sans serrer la main du Dr Isaacs. Il avait besoin d'être auprès de Gabe, de passer autant de temps que possible avec lui, même s'il ne savait pas si ce dernier se rendait compte de sa présence ou non. Ça n'avait pas d'importance, il ne le faisait pas pour Gabe, du moins pas uniquement. Il avait besoin d'être là pour lui-même, pour ne plus jamais avoir à regretter de ne pas avoir été présent pendant les dernières heures de son amant.

Flynn commença à rester à l'hôpital entre les heures de visite et bien que ce fût difficile de le convaincre, le Dr Isaacs finit par lui en donner officiellement la permission.

Dans les jours qui suivirent, ils déplacèrent Gabe de la chambre commune à une chambre privée en soins intensifs et bien que toutes les alarmes qui se déclenchaient autour du lit de Gabe toutes les cinq minutes rendaient Flynn fou, il ne pouvait pas s'éloigner de son amant. Il se retrouva à ne plus faire que le strict nécessaire au ranch afin de se précipiter au plus vite à l'hôpital pour pouvoir le veiller pendant des heures interminables. Au début, il comptait les heures, chérissant chaque instant où Gabe survivait, mais quand sa fièvre baissa et qu'il se stabilisa, l'ennui s'installa et Flynn commença à amener avec lui le journal qu'il lisait à haute voix, puis un livre. Il se lia d'amitié avec les infirmières et continua à les aider à s'occuper de Gabe lorsqu'elles le lavaient et le tournaient d'un côté à l'autre.

Un après-midi, après trois semaines où il dormait à peine et mangeait encore moins, Flynn s'était assoupi, assis à côté du lit. Il fut réveillé par la main de Gabe sur son visage. Lorsque Flynn leva les yeux, se demandant au début s'il n'avait pas rêvé, Gabe avait toujours l'air endormi, mais ensuite ses doigts se mirent à nouveau à bouger.

— Gabe, mon amour, ouvre les yeux pour moi ? demanda gentiment Flynn.

Au début Gabe ne réagit pas, puis son respirateur commença à biper. Trois semaines plus tôt, Flynn aurait complètement paniqué, mais il était bien plus calme à présent ; ce bruit n'était pas tellement inhabituel, il l'avait déjà entendu. Puis Gabe se mit à tousser en tirant sur les liens qui retenaient ses mains.

— Gabe, calme-toi. Tu es à l'hôpital, l'informa Flynn en répétant les mots qu'il avait entendu les infirmières prononcer maintes fois. Laisse la machine respirer pour toi.

Cette fois-ci les mots ne semblèrent avoir aucun effet sur Gabe et deux infirmières se précipitèrent dans la chambre tandis que la machine se mettait à protester plus fort. Elles ajustèrent quelques réglages sur le respirateur et répétèrent les mots de Flynn, qui avait reculé. Il se sentait impuissant et regardait Gabe se débattre contre ses liens et contre le respirateur, et il ne voulait qu'une seule chose : que cette torture prenne fin. Lorsque les alarmes ne s'arrêtèrent pas, le Dr Isaacs les rejoignit dans la chambre.

— Je pense que vous feriez mieux d'attendre dehors, Flynn. Je vous promets que nous allons bien nous occuper de lui.

Le Dr Isaacs montra le couloir d'un geste de la tête, mais Flynn ne voulait pas partir. Il craignait qu'il se passe quelque chose de grave et que l'état de Gabe empire.

— Il va bien. Je viendrai vous chercher dès qu'il sera plus calme.

Flynn n'avait pas d'autre choix que de sortir. Il voulait tenir la main de Gabe dans la sienne et lui dire que tout irait bien, mais il savait qu'il ne ferait que gêner, aussi se dirigea-t-il vers la salle d'attente à l'entrée des soins intensifs, où il tomba sur Calley.

— On dirait que tu viens de voir un fantôme. Flynn, tout va bien ?

Flynn acquiesça.

— Je crois qu'il se réveille, mais il était en train de se débattre pour se libérer.

— C'est pour ça qu'ils l'ont attaché. Il pourrait se faire beaucoup de mal sinon.

— Je sais, murmura Flynn.

Il était content que Calley soit là, comme c'était le cas presque tous les jours. Elle s'assurait qu'il mange quelque chose et qu'il garde espoir, même dans les moments les plus sombres, et il était content de ne pas avoir à rester assis seul à attendre des nouvelles. Pendant qu'elle allait leur chercher du café à la machine, Flynn se rendit compte que malgré tout le temps qu'ils avaient passé ensemble les trois dernières semaines, il ne savait toujours pas s'il y avait plus entre elle et Gabe que simplement le fait qu'elle lui livre des produits de son magasin. Il n'arrivait pas à croire à quel point il avait été égoïste, à ne parler que de Gabe sans jamais montrer d'intérêt pour Calley.

— Tu connais très bien Gabe, pas vrai ? demanda-t-il en prenant le gobelet de café que Calley lui tendait.

— Oh, toutes les histoires que je pourrais te raconter ! rit Calley. Mais je ne le ferai pas. Je ne raconte pas les secrets des autres. Un jour, Gabe voudra te les raconter lui-même.

— Il n'est pas très bavard, lui rappela Flynn.

— Je sais, en convint Calley. Mais un jour il t'en dira plus, j'en suis sûre. Ça lui prend juste du temps pour faire assez confiance aux gens et s'ouvrir à eux. Il t'a parlé de Grant, pas vrai ?

Flynn acquiesça sans un mot.

— Il t'en dira plus. Peut-être même te racontera-t-il ce qu'on a fait quand on était jeunes.

Flynn lui trouvait un air espiègle et mourrait d'envie d'en savoir plus, mais il avait l'impression qu'elle aimait être mystérieuse et ne divulguerait plus aucun secret. Il espérait qu'il aurait l'occasion d'en apprendre d'avantage sur Gabe de la bouche de l'homme lui-même.

À ce moment-là, le Dr Isaacs entra dans la salle d'attente, sa blouse blanche flottant derrière lui.

— Je crois que vous pouvez y retourner maintenant, mais ne restez pas trop longtemps. J'ai bien peur de devoir vous demander de ne plus faire que de courtes visites, dorénavant. Gabe est toujours très faible et il va avoir besoin de repos, mais j'ai l'impression qu'il meurt d'envie de vous voir. Pour ainsi dire.

Flynn regarda Calley, puis le docteur.

— Vous voulez dire qu'il est réveillé ?

— Oui, sourit Isaacs. Il est encore sous respirateur, ça va lui prendre du temps pour ne plus en avoir besoin après ces trois semaines, mais oui, il est réveillé. Nous lui avons donné quelque chose pour la douleur, mais nous avons arrêté les sédatifs. Il ne peut pas parler, ce qui sera sûrement très frustrant pour lui, alors essayez de le maintenir aussi calme que possible, d'accord ? Il est encore un peu somnolant et il va s'assoupir de temps à autres. Laissez-le dormir. Il a besoin de repos. Et peut-être vaudrait-il mieux que vous y alliez un seul à la fois ?

Flynn ne pouvait s'empêcher de penser qu'Isaacs aussi avait l'air soulagé par la tournure des événements, et ça le mit de bonne humeur.

— Vas-y, Flynn, c'est toi qu'il veut voir, le pressa Calley.

Flynn n'en était pas aussi sûr, malgré le fait qu'il avait envie de courir jusqu'à Gabe plutôt que de marcher.

— Je ne sais pas Calley, on a eu une sacré grosse dispute juste avant…

Calley secoua la tête.

— C'est du passé. Vas-y.

Flynn suivit le Dr Isaacs le long du corridor et le dépassa juste avant qu'ils atteignent la chambre de Gabe. En entrant, il vit son amant allongé sur le côté, les deux mains attachées du même côté du lit, l'air confortable, les yeux fermés. Il soupira, son estomac pas encore tout à fait dénoué, bien que l'anticipation de voir enfin son compagnon réveillé se soit quelque peu apaisée. Il se remémora les paroles du médecin et n'essaya pas de le réveiller.

Puis Gabe ouvrit les yeux. Son regard avait encore l'air un peu perdu et il mit un peu de temps avant de reconnaître la personne qu'il regardait, puis il essaya de parler et le respirateur se mit à biper bruyamment.

— Chuuut, fit Flynn pour l'apaiser.

Il prit les mains de Gabe dans les siennes.

— Tu ne peux pas encore parler. Tu as un tuyau dans la gorge pour t'aider à respirer et plein de fils attachés à toi, mais ils m'ont dit que si tu restais calme et essayais de te reposer, ils pourraient bientôt enlever le tuyau.

Gabe essaya à nouveau de parler et cette fois-ci la machine bipa encore plus fort lorsqu'il s'étouffa et tira sur ses liens.

Flynn prit le visage de Gabe entre ses mains et le força à le regarder.

— Calme-toi. Respire. Inspire et expire. Inspire et expire.

L'attention de Flynn fut momentanément détournée par la présence de l'infirmière qui gardait ses distances comme si elle donnait à Flynn la permission d'essayer de calmer son amant. En d'autres mots, il ne s'en sortait pas trop mal, comme le démontrait la machine qui avait arrêté ses bips agaçants lorsque Gabe avait commencé à suivre les consignes de Flynn.

Gabe se détendit et s'assoupit à nouveau pendant que Flynn caressait sa joue et l'infirmière quitta son poste de vigile à l'entrée de la pièce. Ce fut une soirée épuisante pour tous les deux. Gabe avait de la peine à accepter les circonstances et Flynn sursautait à chaque fois que Gabe se réveillait et s'étouffait. Lentement, il s'ajusta, et Flynn n'avait plus qu'à prendre sa main et faire un signe de tête pour lui rappeler ce qu'il devait faire. Calley passa brièvement pour dire bonne nuit et promit de revenir lui rendre visite le lendemain, et Flynn s'installa sur le canapé à côté du lit de Gabe jusqu'à ce qu'on lui demande poliment de rentrer chez lui.

Flynn revint tôt le lendemain matin, après avoir rapidement chevauché jusqu'aux enclos pour s'assurer que les chevaux allaient bien. À sa grande déception, Gabe était toujours sous respirateur et peu de choses avaient changé, mais il fut heureux de voir dans le regard encore un peu confus de son amant que celui-ci le reconnaissait. Gabe était assis plus ou moins droit, et Flynn remarqua que les médecins avaient remis en place une arche qui empêchait les draps d'appuyer sur ses jambes, comme ils l'avaient fait juste après l'opération. Flynn savait que Gabe aurait déjà assez de peine à accepter l'amputation, aussi préférait-il lui en parler lorsque son amant aurait retrouvé la parole et pourrait poser des questions. Pour l'instant, ils pouvaient faire comme si de rien n'était, et Flynn était satisfait de s'asseoir à côté de lui et de lire pendant qu'il se reposait.

La chambre de Gabe était juste en face de la salle des infirmières, et après que Calley soit passée leur dire bonjour, Flynn s'installa avec son livre et Gabe s'assoupit. Lorsqu'il releva la tête, il aperçut un homme grand, aux cheveux noirs et bouclés, en train de parler à l'infirmier en charge de Gabe. Il ne lui prêta pas particulièrement attention, jusqu'au moment où il remarqua que le visiteur fixait Gabe du regard pendant que l'infirmier lui parlait. Flynn se leva dans l'intention de fermer la porte pour empêcher cet insolent de fixer son amant. C'est alors que l'alarme du respirateur se déclencha et que Flynn vit la panique dans les yeux de Gabe. L'infirmier entra pour voir ce qui se passait, mais Gabe avait déjà réussi à arracher le tuyau du respirateur pourtant toujours attaché.

Malgré le fait que toutes les personnes qui se précipitaient autour de lui avaient un air calme et professionnel, Flynn pouvait sentir son cœur battre la chamade. Il voulait rester aux côtés de Gabe, mais il était plus qu'un peu curieux de savoir qui était cet étranger et pourquoi il avait eu cet effet sur son amant.

— Nous allons devoir lui donner une chance de respirer seul un petit moment, l'informa le Dr Isaacs. Espérons qu'il s'en sorte assez bien pour que nous n'ayons pas besoin de l'intuber à nouveau.

Flynn acquiesça avant de se tourner vers Gabe, qui était clairement épuisé. Il remit en place une mèche de ses cheveux et embrassa son front.

— Qui était cet homme, Gabe ?

— Grant, articula silencieusement Gabe.

Flynn sentit la colère monter en lui et se précipita hors de la pièce en direction du couloir, espérant pouvoir rattraper l'ex de Gabe. À sa grande surprise, Grant était toujours dans la salle d'attente, en train de parler avec Calley.

— Grant, c'est bien ça ? appela Flynn pour que l'homme se retourne.

Lorsque Grant acquiesça, Flynn fit un pas en avant et balança son poing contre la mâchoire de l'autre homme.

XII

FLYNN N'ÉTAIT pas un homme violent de nature, mais il n'arrivait pas à croire qu'après tout ce qu'avait traversé Gabe à cause de lui, Grant avait eu le cran de se pointer au chevet de Gabe. Et de voir, par-dessus le marché, Calley parler aussi amicalement à Grant l'avait fait voir rouge.

— Comment osez-vous venir ici ?! hurla-t-il sur Grant avant de se tourner vers Calley et de pointer un doigt sur elle. Et toi, tu n'es pas beaucoup mieux !

— Flynn, s'il te plaît, plaida Calley tout en essayant à la fois d'empêcher Grant de répondre et de retenir Flynn de recommencer. Arrête ça !

— Tu sais pertinemment tout le mal que cet homme a fait à Gabe, continua Flynn. On te faisait confiance, mais je parie que c'est toi qui lui as dit où était Gabe.

Calley secoua la tête.

— Elle ne m'a rien dit, répondit Grant en se frottant la mâchoire là où le poing de Flynn avait atterri.

Il ne s'était pas entièrement calmé, mais il essayait clairement de contrôler sa colère.

— Alors pourquoi être revenu ici après plus d'un an ?

— Je passais en ville en chemin pour… un autre job et quelqu'un m'a dit que Gabe avait été hospitalisé en urgence. Je savais que ça devait être grave, donc je suis venu le voir.

La réponse de Grant fit encore bouillir le sang de Flynn.

— Je ne vous crois pas. La dernière fois que Gabe était blessé, vous n'étiez pas là pour appeler l'ambulance et vous n'avez même pas pris la peine de dire au revoir avant de vous enfuir comme un lâche. Et tout à coup vous auriez une conscience ?

Grant soupira, l'air abattu.

— Vous n'avez pas la moindre idée de comment c'était.

Flynn lui lança un regard sévère.

— Les gens parlaient dans notre dos. Je n'aurais jamais retrouvé d'emploi si ça avait continué.

Flynn mordit l'intérieur de sa joue pour s'empêcher de le frapper à nouveau.

— Un gros macho comme vous ? se moqua-t-il à la place. Je suis sûr que vous auriez pu prouver votre masculinité d'une façon ou d'une autre.

Il lança un regard venimeux à Calley et se retourna.

— Bon, je retourne là où on a besoin de moi.

Flynn prit plusieurs profondes inspirations et essaya de se calmer sur le chemin du retour, mais il s'inquiétait au sujet de l'impact qu'aurait sur Gabe le fait d'avoir revu Grant. Il savait toutefois qu'il n'était pas un lâche. Il ne s'enfuirait jamais, ne quitterait jamais Gabe tant qu'il avait besoin de lui. Pour être honnête, il était content d'avoir enfin rencontré Grant. Il pouvait comprendre l'attraction physique entre Gabe et lui maintenant qu'il l'avait vu, mais il peinait à imaginer son amant prendre le dessus avec Grant comme il aimait le faire.

Il n'arrivait pas à imaginer Gabe forcer Grant à faire ce qu'il voulait comme il l'avait fait avec lui dans l'écurie, puis à nouveau sous la douche extérieure. Grant était l'archétype du dominant, grand et autoritaire, avec des muscles saillants sous ses vêtements. Entre ça et ce que lui avait dit Gabe sur Grant – le fait qu'il avait de la peine à accepter son homosexualité – Flynn avait un mauvais pressentiment quant à leur relation. Peut-être était-ce une bonne chose que Grant soit parti quand il l'avait fait. Flynn espérait juste qu'il repartirait bientôt.

Lorsqu'il atteignit la chambre de Gabe, celui-ci dormait. Il respirait calmement, confortablement installé malgré son explosion d'émotions d'un peu plus tôt.

— Il s'en sort bien, dit un infirmier qui était apparu derrière Flynn pendant qu'il regardait son amant. On dirait qu'il ne va plus avoir besoin de la machine pour respirer.

— J'espère bien, répondit Flynn. Il y a beaucoup de choses dont il faut qu'on parle.

IL NE put pas vraiment parler avec Gabe les premiers jours. Bien que les infirmières et le Dr Isaacs s'accordent à dire qu'il s'en sortait bien et qu'il pourrait bientôt quitter les soins intensifs, il passait la plus claire partie de son temps à dormir, et quand il se réveillait, Flynn devait lui répéter encore et toujours où il était et comment il était arrivé là. Même si l'infirmier qui s'occupait principalement de Gabe lui avait dit que Gabe avait vu ce qui restait de sa jambe quand il s'occupait de sa blessure, Flynn et lui n'en avaient pas encore parlé.

Lorsque Gabe fut transféré dans une chambre normale de l'hôpital, Flynn sut qu'ils allaient bientôt devoir aborder le sujet. Il ne savait toutefois pas du tout comment s'y prendre. Gabe se fatiguait toujours rapidement et souvent, pendant qu'ils parlaient, il fermait les yeux et s'endormait presque immédiatement. Leurs interactions étaient donc principalement à sens unique et Flynn se sentait extrêmement seul, surtout depuis qu'il n'adressait plus la parole à Calley.

— Je veux rentrer à la maison, annonça brusquement Gabe.

Flynn n'avait pas remarqué qu'il s'était réveillé et il reposa son livre avant de se rapprocher du lit de Gabe.

— Tu ne peux pas. Tu n'es pas encore assez rétabli.

— Mais je ne fais que rester allongé et dormir. Je peux très bien faire ça à la maison.

Flynn soupira.

— Tu es toujours sous dialyse. Les médecins pensent que tes reins sont en train de se remettre, mais tant que ce n'est pas le cas, tu devras toujours passer au moins trois jours par semaine à l'hôpital.

Ce n'était pas la première fois qu'ils avaient ce genre de conversation, mais il parvenait généralement assez facilement à le convaincre. Pas cette fois.

— Au moins je pourrais être à la maison entretemps. Je veux rentrer, Flynn.

Flynn se mordit la lèvre et essaya de rassembler son courage.

— Il faut que tu sois patient, Gabe. Tu étais très mal en point.

Gabe secoua la tête.

— Je me sens claustrophobe, ici.

— Il va falloir que tu apprennes à marcher à nouveau.

Flynn ne regarda pas Gabe en prononçant ces mots, mais il eut pour seule réponse un silence pesant. Pendant un moment il se dit que Gabe s'était rendormi, mais lorsqu'il osa relever les yeux, il vit que son amant souriait.

— Je suis en train de reprendre des forces.

Pour étayer ses dires, il lui montra ce qu'il restait de ses biceps.

— Je sais que je suis tout le temps fatigué, mais ça s'arrangera une fois que je serai à la maison et que je pourrai passer du temps avec les chevaux et dormir dans mon propre lit.

Flynn avala sa salive.

— Tu as besoin de physiothérapie pour ta jambe, Gabe.

— Elle ne me fait plus mal, Flynn. Tout ce temps passé au lit aura au moins servi à quelque chose.

— Gabe…

La voix de Flynn l'abandonna. Gabe était dans le déni, malgré le fait que n'importe qui pouvait voir en entrant dans la pièce qu'il n'y avait qu'un seul pied sous les draps. L'autre jambe de Gabe semblait… s'arrêter, tout simplement. Flynn avait vu le moignon quelques fois, il s'était forcé à regarder lorsque Gabe était encore sous sédatif, sachant que si tout se passait comme il le voulait, il devrait s'y habituer, parce qu'il allait devoir le voir pendant encore longtemps. La première fois, il avait eu la nausée rien qu'à imaginer la réaction de Gabe. À présent, il pouvait le regarder et y penser sans montrer de grosse réaction, mais au fond de lui, le fait que Gabe n'avait toujours pas mentionné son existence l'inquiétait encore.

— Gabe, répéta-t-il en plaçant une main sur la jambe de son amant, juste au-dessus du genou et loin du moignon couvert de bandages.

Lorsque Flynn regarda son visage, les yeux de Gabe se remplirent de larmes et il secoua la tête, si doucement que Flynn aurait presque pu ne pas le voir.

— Je ne peux pas rester ici, murmura Gabe. Cet hôpital me rend malade.

— Je vais parler à un docteur et voir ce que je peux faire, d'accord ? le rassura Flynn en se rapprochant pour passer un bras autour de ses épaules.

Il n'osa pas aller plus loin. Il avait envie de toucher son amant, de le faire se sentir aimé et désiré, mais ils ne s'étaient même pas ne serait-ce qu'embrassé depuis cette affreuse nuit. Lorsque Flynn se retira, Gabe attrapa sa main pour le retenir. Il ne dit pas un mot, mais Flynn ne put résister à la demande muette dans son regard.

— Fais-moi un peu de place, lui dit-il gentiment avant de se glisser dans le lit étroit à côté de Gabe et de se serrer contre lui.

Il devait admettre que c'était agréable de l'avoir dans ses bras, malgré le fait que son amant n'avait plus que de la peau sur les os et que le lit était vraiment trop petit pour deux personnes.

— Il va falloir que je t'engraisse, informa-t-il Gabe en posant délicatement une main sur son estomac.

— Ta cuisine me manque, répondit doucement Gabe avant de s'endormir dans ses bras.

Flynn parla au médecin, et celui-ci fut assez poli pour ne pas lui rire au nez. À la place, il expliqua à Flynn pourquoi il serait extrêmement difficile de s'occuper de Gabe chez lui. Aucun de ses arguments n'était inattendu. Gabe était à peine sorti de son lit. Les infirmières le transféraient chaque jour dans un fauteuil confortable, mais il était épuisé après tout juste une heure. Il ne pouvait même pas se tenir debout, sans parler de se déplacer dans la maison avec des béquilles ou même en chaise roulante. Et il y avait les dialyses et la physiothérapie dont il avait besoin pour reprendre ses forces afin de pouvoir faire des essayages de prothèses. Toutes ces choses étaient bien plus pratiques à fournir à l'hôpital, à moins bien sûr que Flynn puisse garantir une assistance médicale permanente.

Connaissant très bien la situation financière de Gabe, Flynn savait que l'assistance permanente retomberait entièrement sur *ses* épaules, et il n'avait ni l'expérience ni l'énergie de faire cela tout en s'occupant du ranch en même temps. Les factures d'hôpital s'empilaient, et bien que Flynn ait quelques idées pour gagner un peu d'argent, il avait besoin de la coopération de Calley, puisqu'elle avait la procuration de Gabe. Légalement, Flynn n'était qu'un employé temporaire, et bien que Calley se soit assurée que Flynn reçoive toujours son salaire, il ne pouvait ni vendre de cheval ni acheter d'équipement pour le ranch sans son consentement.

Cela signifiait que Flynn allait devoir passer au magasin de Calley pour lui parler. Ils n'avaient pas vraiment eu de contact depuis qu'il l'avait vue discuter avec Grant. Il savait qu'il allait devoir passer outre ses propres sentiments sur cette histoire, parce que Gabe passait en premier. Mais il n'avait pas hâte d'y être pour autant.

Comme Gabe n'était plus en danger, Flynn prit le temps de passer au magasin de Calley avant d'aller à l'hôpital.

— Mais regardez qui voilà, se moqua Calley en guise de bienvenue. Alors, qu'est-ce qui t'amène ici après tout ce temps ?

— Je crois qu'on devrait parler du ranch, répondit Flynn, trop nerveux pour tourner autour du pot. Et bien sûr d'argent.

— Il y a assez pour payer ton salaire, déclara Calley en continuant à empiler ses pommes.

Flynn secoua la tête, résistant à l'envie de simplement s'en aller. Il n'arrivait pas à croire qu'après tout ce temps, Calley pense toujours qu'il était là pour l'argent.

— Je n'ai pas été payé pendant des semaines avant que Gabe vende les chevaux, Calley. Je crois que je vous fais assez confiance à Gabe et toi pour savoir que je serai payé.

Calley sourit et détourna le regard.

— Je sais, Flynn, dit-elle doucement. C'est juste que… Je ne pensais pas que tu viendrais me voir pour autre chose que de l'argent pour le ranch. On dirait bien que je ne suis plus bonne qu'à ça ces jours-ci.

— On doit parler du ranch, en effet… commença Flynn.

Il aurait vraiment aimé parler d'autres choses également, comme de son soutien dans son projet de changer le fonctionnement du ranch, ou lui demander à quoi elle pensait en discutant avec Grant comme s'il était un ami de la famille… Mais il n'osa pas. À la place, il commença à lui passer les oranges qui se trouvaient dans le cageot à ses pieds.

— Alors c'est ça, ton plan financier ? demanda Calley d'un ton léger.

Elle rit lorsque Flynn souleva un sourcil interrogateur.

— Tu essaies d'obtenir un boulot ici, au magasin ?

— Non merci. Entre le ranch et Gabe, j'ai bien assez à faire.

Calley rit à nouveau.

— J'imagine bien ! Comment se porte notre cher Gabe, d'ailleurs ?

— Toujours dans le déni, répondit tristement Flynn en haussant les épaules. Il va mieux. Ses reins sont en train de se remettre et les médecins pensent qu'il est prêt pour la rééducation, mais il refuse de ne serait-ce que reconnaître qu'il a été opéré. Chaque fois que j'aborde le sujet, soit il parle d'autre chose, soit il fait semblant de s'endormir.

Calley arrêta d'empiler ses oranges.

— Il a toujours été têtu comme un âne.

— Il n'arrête pas de me dire qu'il veut rentrer à la maison, mais personne ne pense qu'il est prêt pour ça.

Flynn commençait à s'agiter sur place. Il voulait demander à Calley son aide pour convaincre Gabe, mais il ne savait pas comment s'y prendre.

— Je crois que Gabe calcule tous les frais dans sa tête, suggéra Calley.

Elle attrapa les deux dernières oranges que lui tendait Flynn, les posa au sommet de la pile et ramassa le cageot vide avant de continuer :

— Il sait que le ranch tourne à peine et il a une bonne idée de l'effet que va avoir son séjour à l'hôpital sur son budget déjà serré, donc il se dit que s'il rentre chez lui, il se débrouillera. C'était pareil juste après l'accident. Je voyais à peine Bill pendant les premières semaines. Entre le magasin et l'aide que j'apportais à Gabe…

Elle ne termina pas sa phrase, mais Flynn savait où elle voulait en venir.

— Ce n'est pas que je ne veux pas m'occuper de lui, Calley, c'est juste que…

— Je sais, répondit Calley en regardant Flynn avec compassion. Tu es l'opposé total de Grant et j'en suis bien heureuse.

— Tu n'avais pas l'air d'avoir de problème à être gentille avec lui lors de sa visite surprise. Malgré toute la peine qu'il a causée à Gabe, la confronta-t-il.

Calley prit une profonde inspiration avant de répondre.

— Ce qui s'est passé entre Gabe et Grant ne me regardait pas, Flynn. Je sais que Grant a blessé Gabe, mais je ne peux pas prendre parti. Il faut que tu comprennes ça.

—Je sais que Grant est parti sans même dire au revoir. Comme un lâche. Et tu es tout aussi lâche de ne pas t'impliquer !

Flynn pouvait sentir monter en lui la même colère que lorsqu'il avait vu l'ex de Gabe.

— Peut-être que Grant n'était pas le bon homme pour Gabe et qu'il le savait. Flynn, l'accident de Gabe n'était pas de la faute de Grant. Je ne sais pas ce que Gabe t'a dit, mais leur relation n'était en rien comme la vôtre et Grant est un macho. Il a arrêté les frais, mais ça ne veut pas dire que je doive arrêter de lui parler !

Flynn bouillonnait de rage. Il n'écouta même pas la fin de ce que Calley disait et sortit, claquant la porte derrière lui. Comment pouvait-elle protéger Grant comme ça ? Comment pouvait-elle défendre cet homme après tout ce qu'il avait fait à Gabe ? Flynn fit les cent pas dans le parking, essayant de se calmer. Il avait besoin de Calley. Chaque fois qu'il disait avoir besoin d'argent pour acheter du matériel, Gabe lui disait de voir ça avec Calley, aussi ne pouvait-il rien faire sans son aide. Mais en ce moment, elle lui mettait les nerfs à vif.

— Je sais que tu l'aimes, Flynn.

Flynn entendit la voix de Calley derrière lui, mais il ne se retourna pas. Elle avait l'air calme et amicale, mais il n'était toujours pas sûr de pouvoir se retenir de lui dire des choses qu'il pourrait regretter plus tard, aussi continua-t-il à fixer la rue presque déserte.

— Tu l'aimes probablement plus que quiconque ne l'a jamais aimé de sa vie, aussi est-ce difficile pour toi d'imaginer que quelqu'un puisse ne pas ressentir ça pour Gabe. Grant ne l'aimait pas comme toi tu l'aimes, Flynn.

Flynn soupira. Elle avait raison. Il connaissait les types comme Grant. Pour eux, ce n'était qu'une question de sexe, et si une quelconque forme d'engagement montrait le bout de son nez, ils s'enfuyaient. Flynn ne fonctionnait pas comme ça. Bien sûr, il n'avait rien contre rouler dans le foin à l'occasion, mais il en voulait toujours plus. Il voulait la totale. La grande maison avec sa belle barrière blanche et une relation sur laquelle il pouvait compter.

Il se retourna pour faire face à Calley.

— Tu as raison. Et peut-être que c'est ça qui gêne Gabe ? Peut-être que je suis un peu trop intense avec lui.

Calley s'approcha précautionneusement.

— Je pense qu'il est très attaché à toi et qu'il sent qu'il peut te faire confiance, mais qu'en même temps il ne sait pas à quoi il a affaire.

Flynn acquiesça.

— Est-ce qu'il… ?

— M'a parlé de toi ? l'interrompit Calley. Pas avec autant de mots, mais il a fait assez d'allusions pour que je sache à quel point tu es important pour lui.

Flynn lui trouvait un air très satisfaite d'elle-même, mais c'était la Calley qu'il connaissait, toujours un peu secrète et énigmatique.

— Il a des étoiles dans les yeux quand il parle de toi, ajouta Calley. On dirait un adolescent à chaque fois. C'est vraiment mignon.

Flynn ne savait pas quoi penser en entendant Calley qualifier Gabe de mignon. Il n'était toutefois plus en colère contre elle.

— Donc, on doit s'attendre à revoir Grant d'ici peu ?

Calley secoua la tête.

— Il a trouvé un boulot pas loin d'ici, mais je lui ai dit que ce serait mieux pour lui de ne pas revenir te voir. Il a dit qu'il était heureux que Gabe ait trouvé quelqu'un pour prendre sa défense.

— Ouais, c'est sûr, répondit sèchement Flynn.

Il eut soudain le besoin pressant de grimper dans sa voiture et d'aller voir Gabe à l'hôpital.

À LA grande surprise de Flynn, Gabe n'était pas dans sa chambre lorsqu'il arriva. L'infirmière au bureau d'accueil ne put pas l'aider, aussi retourna-t-il à la chambre de Gabe, où il trouva un homme qu'il ne connaissait pas appuyé contre l'embrasure de la porte dans un uniforme blanc.

— Craig, se présenta-t-il en tendant la main. Gabe est en train d'arriver. Il est déterminé à rentrer aussi vite que possible, alors il a décidé de revenir tout seul de l'ascenseur à sa chambre.

— En marchant ? demanda Flynn dans un haussement de sourcil.

— Bien sûr que non, rit Craig. Pour l'instant on travaille sur sa dextérité avec une chaise roulante, mais il m'a dit que dans la maison, il devrait monter un escalier étroit ?

Flynn acquiesça.

— Sans parler des quatre marches du porche et du sol inégal devant la maison. Je lui ai dit qu'il n'était pas encore prêt pour rentrer.

Craig lui sourit avec compassion.

— Il est têtu comme ça.

— À qui le dites-vous ! rit Flynn.

Lorsque Flynn regarda dans le corridor, il vit Gabe assis sur une chaise roulante arrêtée au milieu du couloir, ses coudes appuyés sur les accoudoirs et la tête baissée entre ses épaules. Il eut envie d'aller vers lui mais Craig le retint.

— Laissez-le faire. Je veux qu'il se rende compte de l'effort que lui demande même la moindre petite chose. C'est le seul moyen de le convaincre qu'il est trop tôt pour rentrer.

Bien que Flynn sache à quel point Gabe était têtu et doute que Craig gagne, il pouvait comprendre la stratégie du thérapeute. Ce qui ne rendit pas pour autant plus facile pour lui de regarder Gabe se débattre pour chaque mètre parcouru le long du couloir. Au bout d'un moment, Flynn finit par rentrer dans la chambre pour l'attendre et il fut heureux de voir Gabe passer la porte. Il garda ses distances pour observer la façon dont Craig aidait Gabe à se tenir sur sa jambe intacte pour ensuite le transférer sur le lit, où Gabe s'écroula, complètement épuisé.

— Encore beaucoup de boulot, mon vieux, dit Craig en tapotant le genou de Gabe. Reposez-vous, maintenant.

Gabe acquiesça et le regarda s'en aller, après quoi il se tourna vers Flynn.

— Tu es en retard. J'espérais que tu viendrais à ma séance de physio, je t'aurais montré à quel point je me débrouille bien.

Flynn se rapprocha du lit et prit la main de Gabe dans la sienne.

— Je suis désolé d'avoir manqué ça. Je me réconciliais avec Calley.

Gabe ne répondit rien, mais le silence n'était pas vraiment inconfortable.

— Craig dit que je vais bientôt pouvoir rentrer à la maison.

Flynn secoua la tête.

— Craig dit que tu dois être patient. Il y a encore beaucoup de choses à faire, comme les essayages pour ta prothèse.

Gabe ferma les yeux et Flynn sut qu'il avait mal. Son amant ne répondit rien, ignorant une fois de plus la demande de Flynn pour qu'ils en parlent.

— Je ne peux pas rester ici encore longtemps, Flynn. J'ai besoin d'être chez moi et de pouvoir voir les chevaux et ensuite tout ira bien, je te le promets.

— Mais tu es épuisé rien que d'avoir fait cent mètres en chaise roulante, plaida Flynn.

Gabe le tira vers lui.

— Mais à la maison je sais où sont les choses. C'est MA maison. S'il te plaît, Flynn.

Il fit un peu de place pour que Flynn s'installe à côté de lui.

Le jeune homme se glissa dans le lit de Gabe, comme il le faisait souvent depuis plusieurs semaines, et se blottit dans ses bras. Il savait que Gabe allait s'endormir dès qu'ils seraient bien installés, mais il aimait le fait que Gabe appréciait de l'avoir là, que ce geste renforçait leur lien. Il s'était attendu à ce qu'il lui en veuille d'avoir donné sa permission pour l'opération, même si Calley avait été celle qui avait signé les papiers, mais Gabe s'était montré étonnamment aimant et Flynn se délectait d'être l'objet de tant d'attention. Il devait lui laisser un peu de temps.

— Tu es toujours réveillé ?

— Mmmm, gémit Gabe.

— Donne-moi quelques jours et je te ramènerai à la maison.

XIII

FLYNN PASSA chercher Gabe à l'hôpital et le ramena au ranch. Gabe était très nerveux. Il avait désespérément besoin de revoir sa maison, s'asseoir à nouveau sur le porche, regarder les enclos et respirer l'air frais, mais les choses n'allaient pas être faciles. Il n'avait pas hâte de devoir grimper l'escalier jusqu'à sa chambre et il avait horreur de l'idée de rester assis à ne rien faire pendant des heures en attendant que Flynn ait terminé ses tâches sur le ranch, mais tout cela valait toujours mieux que de rester étendu sur ce fichu lit d'hôpital. Il fut surpris de voir tant de neige et dut se rappeler qu'il avait manqué quelques semaines de sa vie quand il était dans cette chambre d'hôpital, du temps qu'il ne pourrait jamais récupérer.

Gabe était conscient de l'énorme poids qu'il mettait sur les épaules de Flynn en le suppliant de rentrer, mais il n'avait pas le choix. Il n'avait jamais été du genre à rester enfermé entre quatre murs pendant longtemps et il ne le serait jamais, le ranch était donc son seul moyen de vraiment se remettre. Il aurait juste souhaité connaître un moyen de faire tout ça sans Flynn. Pour l'instant, Gabe savait qu'il avait besoin que le jeune homme prenne soins de lui, fasse des choses à sa place, sans compter qu'il lui était reconnaissant de la façon dont il s'était occupé du ranch, mais il ne voulait pas l'emprisonner. Lorsqu'il l'avait engagé, il savait que Flynn était du genre vagabond et que tôt ou tard, il repartirait. Qu'est-ce qui pourrait bien le retenir ici, de toute façon ?

Malgré le fait qu'il était éreinté rien que d'être monté dans le pick-up, le voyage sur les routes de campagne si familières était agréable. Flynn était clairement nerveux lui aussi, à en juger par la façon dont il conduisait particulièrement lentement, sans dire un mot. Il n'y avait pas grand-chose à dire de toute façon. Flynn lui avait parlé de tout ce qui se passait sur le ranch quand il était encore à l'hôpital. Gabe ne pouvait pas demander à Flynn de partir parce qu'il savait qu'il n'était pas encore prêt à s'occuper de lui-même, mais il ne pouvait pas lui demander de rester parce qu'il n'avait rien à offrir au jeune homme.

— Il faut juste qu'on s'arrête chez Calley pour faire des courses et ensuite on rentre à la maison, annonça Flynn.

Gabe grogna en réponse. Il n'était pas encore prêt à supporter l'inquiétude de Calley et peut-être de Bill. Il voulait arriver chez lui le plus rapidement possible.

— Elle a déjà tout préparé pour nous, poursuivit Flynn. On doit juste charger les cartons dans la voiture et bien sûr elle voudra te voir. C'était soit ça, soit je lui demandais de passer amener le tout à la maison et là elle serait restée plus longtemps. Au moins comme ça, on peut partir quand on veut.

Gabe sourit timidement à Flynn. Il avait raison. Bien qu'il aime beaucoup Calley, au moins ainsi ils pourraient juste rester sur le parking devant son magasin quelques minutes et ce serait fini. Il soupira lorsqu'ils entrèrent sur ledit parking, qui était abondamment décoré de guirlandes lumineuses, et Calley se précipita hors du magasin avant même qu'ils se soient arrêtés. Elle n'avait même pas pris le temps d'enfiler son gros manteau d'hiver.

— Viens là et laisse-moi te regarder ! l'accueillit-elle après avoir patiemment attendu qu'il descende la vitre de sa portière. Est-ce que tu vas bien ? Flynn me tient au courant, mais entre le magasin et le fait que tu avais besoin de repos, je ne t'ai pas assez vu ces dernières semaines.

Elle prit tendrement son visage entre ses mains et frotta ses joues avec ses pouces.

Gabe acquiesça.

— Je vais bien. Ça me fera du bien d'être à la maison.

Calley jeta un regard inquiet en direction de Flynn avant de reporter son attention sur Gabe.

— Laisse Flynn prendre soin de toi, d'accord ? Et Flynn ? S'il ne se laisse pas faire, rappelle-toi que j'ai l'habitude de m'occuper de ce type-là quand il ne va pas bien.

Elle fit un signe de tête à Gabe avant de le relâcher tandis que Flynn sortait du pick-up pour aller chercher les cartons.

Gabe fut soulagé lorsqu'ils disparurent tous deux dans le magasin, le laissant seul. Il posa sa tête contre l'appuie-tête et ferma les yeux jusqu'à ce qu'il entende Flynn poser un grand carton à l'arrière du véhicule.

91

— C'est bon, on peut y aller, annonça Flynn en tournant la clef dans le moteur. Ça te dit, des pommes de terre au four avec des carottes ?

L'estomac de Gabe gronda.

— Ça m'a l'air délicieux, répondit-il doucement.

— Tant mieux, dit Flynn en lui serrant brièvement le genou. Je ne plaisantais pas quand je parlais de t'engraisser un peu.

Lorsque Flynn posa ses yeux sur lui, Gabe ne put soutenir son regard. Il avait trop peur de pouvoir lire toutes ses attentes dans ses grands yeux bruns, aussi regarda-t-il par terre, puis par la fenêtre, jusqu'à ce que Flynn retire sa main de son genou pour aborder le virage en épingle de la route qui menait au ranch.

Bien que sa nervosité grandisse au fur et à mesure qu'ils se rapprochaient de la maison, Gabe était heureux de revoir son domaine, ainsi que Bridget qui sortit de sa cachette pour les accueillir. C'était chez lui, le seul endroit où il se sentait en sécurité, où il pouvait être lui-même, où personne ne remettait en question son style de vie. Son cœur se souvenait du plaisir que ça avait été de partager tout cela avec Flynn, mais son esprit lui répétait sans cesse que tout allait être différent désormais. Flynn restait en raison d'une sorte de sens du devoir et Gabe savait que dès qu'il pourrait se débrouiller seul, Flynn s'en irait et qu'il serait à nouveau seul dans cette grande maison. Cette idée lui compressait la poitrine, mais ainsi allait la vie. Il avait été seul pendant la majorité de son existence, donc il savait qu'il s'en sortirait.

Flynn gara la voiture de façon à ce qu'il y ait le moins de distance possible entre la portière passager et le porche et sortit pendant que Gabe était encore en train de rassembler son courage. Bridget sauta sur la portière et dans son excitation, lécha la vitre, mais Flynn la fit rentrer dans la maison en lui promettant qu'elle aurait du temps avec Gabe plus tard.

— Allez, c'est parti, annonça Flynn en ouvrant la portière de Gabe et lui tendant les béquilles que Craig lui avait appris à utiliser.

Les bras de Gabe n'avaient pas encore récupéré toute leur force, ils avaient l'air trop frêles pour le métal épais mais léger des soutiens qui allaient sous ses aisselles.

Gabe glissa ses jambes vers l'extérieur et prit les béquilles. Il mit lentement du poids sur sa jambe, essayant de trouver l'équilibre, pendant que Flynn se tenait à côté de lui. Gabe remarqua que son amant avait essayé de dégager la neige de l'entrée et des marches du porche pour qu'il ne glisse pas et dut reconnaître qu'il lui en était reconnaissant.

— Je vais y arriver, dit-il à Flynn d'un ton ferme. Laisse-moi juste seul un petit moment.

— Mais… protesta Flynn.

Gabe secoua la tête.

— Prend ma valise, ouvre la porte, rentre les courses. Fais ce que tu veux, ne reste juste pas dans mes jambes.

Il s'interrompit, une note d'irritation dans la voix. Il savait que Flynn méritait mieux que cela, mais il le mettait mal à l'aise à le regarder, et ce serait déjà bien assez dur sans que le jeune homme le voie échouer. Il se laissa retomber sur le siège de la voiture et attendit que Flynn s'en aille.

La frustration remonta lorsqu'il se rendit compte de l'effort que lui demandait le moindre geste. Tout ce à quoi il pouvait penser était qu'il avait envie de s'allonger, mais son lit était à l'étage et il avait déjà bien peur de tout juste pouvoir monter les quatre marches du porche, alors il ne fallait même pas songer à parvenir jusqu'à sa chambre. Il devrait se contenter du canapé et il se remémora le conseil de Craig : il faut prendre les choses un pas à la fois. Il n'avait pas le choix. En grimpant lentement les marches du porche, Gabe aperçut Flynn près de la porte d'entrée, faisant semblant de s'affairer à l'intérieur, mais gardant un œil sur lui. C'était à la fois rassurant et agaçant, mais au moins Flynn faisait ce qu'il lui avait demandé et lui laissait un peu d'air.

Les marches étaient difficiles, mais Gabe parvint à atteindre le sommet sans tomber. Il dut toutefois s'arrêter pour reprendre son souffle et en regardant vers la porte, il vit que Flynn le fixait. Il détourna le regard et essaya de penser à autre chose en s'étirant le dos avant de faire un nouveau pas en avant. Lorsqu'il regarda à nouveau la porte, Flynn avait disparu, mais dès que Gabe franchit le palier il fut à nouveau à ses côtés, fermant la porte derrière lui.

— Tu dois être épuisé. On a un…

Flynn s'interrompit lorsque Gabe vacilla en voyant le lit dans le salon. C'était un petit lit tout simple, couvert de draps qu'il n'avait encore jamais vus, et il était posé contre le mur, sous la fenêtre qui donnait sur les enclos et l'écurie. Bridget était assise à côté comme si on lui avait donné l'ordre de ressembler à un tableau de Norman Rockwell, mais le battement de sa queue trahissait son excitation.

— J'avais peur que tu sois trop fatigué pour monter l'escalier pendant les premiers jours, sinon tu peux toujours l'utiliser pour faire des siestes pendant la journée ou même juste te reposer, déblatéra Flynn. Il vient de chez Calley, elle nous le prête pour aussi longtemps qu'on en a besoin. Que tu en aies besoin, se corrigea-t-il.

Gabe acquiesça. Ça l'ennuyait d'avoir un rappel aussi évident de son handicap sous les yeux, mais d'un autre côté, ce lit lui semblait très tentant dans l'immédiat, aussi s'y dirigea-t-il comme il put avant de se laisser tomber sur le matelas en soupirant. Il leva les yeux vers Flynn lorsque celui-ci récupéra ses béquilles et les posa contre le mur avant de prendre quelques coussins supplémentaires et de les arranger autour de Gabe.

— Flynn, s'il te plaît, lui demanda-t-il en attrapant la main du jeune homme pour qu'il arrête de s'agiter. Je vais bien. Le lit est très bien. Donne-moi juste un peu de temps pour récupérer. Tu n'as pas du travail à faire là dehors ?

Gabe indiqua la direction de l'écurie.

— J'ai tout fait ce matin, répondit Flynn.

Il resta là un moment avant de décider d'aider Gabe à enlever sa chaussure.

— Tu as dû te lever aux aurores !

— Il faisait encore nuit, en fait, sourit Flynn.

Gabe, qui tenait toujours le poignet de Flynn, le tira vers lui, ne lui laissant pas d'autre choix que de s'asseoir à côté de lui.

— Je crois que tu as besoin de te reposer un peu, toi aussi.

Flynn hésita un instant puis se blottit contre lui, forçant Gabe à passer un bras autour de ses épaules.

— Je veux que tu sois à l'aise ici.

— C'est le cas, murmura Gabe, le visage à moitié enfoui dans les boucles de Flynn – qui étaient devenues bien longues, remarqua-t-il, comme si elles n'avaient pas été coupées depuis des mois.

Il pouvait inhaler la douce odeur de Flynn. Gabe ferma les yeux, se délectant de pouvoir être aussi proche sans risquer de se faire déranger par les infirmières ou un médecin arpentant les couloirs de l'hôpital. Il était éreinté et se sentait lentement tomber dans les bras de Morphée.

— Je ferais mieux d'aller m'occuper du dîner, comme ça tu pourras te reposer tranquillement, dit Flynn, le tirant de son demi-sommeil.

— Je crois que j'aimais bien t'avoir tout contre moi, tenta Gabe.

Mais Flynn s'était déjà extirpé de son étreinte et se relevait du lit.

— Tu crois ? demanda Flynn pour le taquiner.

Il commença à partir en direction de la cuisine mais se retourna.

— Tu seras endormi avant que j'aie quitté la pièce. Couche-toi et repose-toi.

Gabe ne put qu'acquiescer, sachant que Flynn avait raison. Il avait à peine hissé ses jambes sur le lit que Bridget posa la tête à côté de lui. Il caressa sa fourrure douce et sentit ses paupières s'alourdir.

Lorsqu'il se réveilla, on avait déposé une couverture sur lui et sa tête reposait sur un oreiller. Il avait des crampes et mal partout, mais pas plus que d'habitude après avoir dormi, et une odeur délicieuse s'échappait de la cuisine.

— Flynn ?

— J'arrive, répondit Flynn de très loin.

Gabe laissa sa tête retomber sur l'oreiller et sourit. Il était chez lui.

— Je suis à la maison, se murmura-t-il à lui-même en écoutant les sons de Flynn qui s'activait dans la cuisine, et il se rendit compte que ça le rendait tellement heureux qu'il en pleurait presque.

Il secoua la tête et s'étira un peu avant de se redresser dans le lit et de faire glisser ses jambes sur le côté. C'est à ce moment-là qu'il réalisa qu'il ne pouvait pas atteindre ses béquilles que Flynn avait posées trop loin du lit pour qu'il puisse les utiliser. Cela n'allait toutefois pas l'arrêter. Se retenant au bord du lit, il se hissa debout, en équilibre sur sa bonne jambe, et se retourna. Tout cela lui était familier, d'une certaine façon : en étant de retour dans son propre environnement, son corps se souvenait de comment faire les choses depuis la dernière fois qu'il n'avait pas pu utiliser sa mauvaise jambe. S'agrippant au lit comme point d'appui, il sautilla plus près de l'endroit où se trouvaient ses béquilles, mais il sous-estima sa propre faiblesse et sentit son genou lâcher sous lui. Cela suffit à lui faire perde l'équilibre et il cria lorsque sa hanche se cogna contre le sol dur.

En l'espace de quelques secondes, Flynn était penché au-dessus de lui.

— Gabe ! Est-ce que ça va ? Tu peux bouger ? J'ai dit que j'arrivais dans juste une minute ! Le dîner est presque prêt et je ne voulais pas que ça brûle. Je pensais…

— Tu pensais quoi ? siffla Gabe.

Il avait mal aux côtes et à peine la force de bouger, sans parler de se relever du sol, aussi resta-t-il où il était.

— Jouons un peu à la maman poule avec l'infirme ? Faisons-le se sentir encore plus impuissant qu'il ne l'est ? Mettons ses béquilles de l'autre côté de la pièce pour qu'il ne soit pas tenté de bouger ne serait-ce que d'un pouce pendant que je ne suis pas là ?

Flynn tendit la main pour aider Gabe à se relever, mais Gabe la repoussa d'un geste vif.

— Juste… Va-t-en.

— Mais tu as besoin d'aide…

— Oui, cracha Gabe. Merci de me le rappeler. Ça te fait te sentir un homme, que j'aie besoin de toi pour tout ? Que je ne puisse même pas aller pisser sans que tu m'aides ? Tu te sens comme un vrai homme maintenant que tu es responsable de moi ?

Gabe sentait sa colère exploser. Flynn se tenait là, au-dessus de lui, et lui ne pouvait pas se lever. Flynn lui tendait toujours la main et Gabe n'avait qu'à l'attraper pour qu'il l'aide, mais il préférait encore rester couché par terre pendant les prochaines heures que de montrer encore une fois à quel point il était impuissant.

— LAISSE-MOI ! cria-t-il, sapant ses dernières forces, après quoi il se laissa retomber sur le sol.

Flynn hésita. La respiration saccadée, il recula d'un pas et se redressa, puis se retourna et sortit de la pièce.

XIV

FLYNN FAISAIT les cent pas sur le porche, n'osant pas partir plus loin. Il avait les larmes aux yeux et l'estomac noué, se sentant dix fois pire que lorsqu'il était allé chercher Gabe à l'hôpital le matin même. Il savait que ça n'allait pas être facile, mais il ne s'était pas attendu à ce que Gabe lui crie dessus et le repousse ainsi. Pas si tôt. Tout ce qu'il voulait, c'était rendre Gabe heureux d'être rentré chez lui et oui, il espérait aussi que Gabe se remettrait vite et qu'ils pourraient commencer le reste de leur vie.

Toutefois, l'infirmière en chef du service où se trouvait Gabe à l'hôpital l'avait prévenu que ce genre de comportement pouvait arriver. Ce n'était pas suffisant que Flynn se sente terriblement coupable d'avoir pris part à la décision de l'opérer : ce n'était qu'une question de temps avant que Gabe commence à le lui reprocher et peut-être était-ce déjà le cas. S'était-il attendu à ce que ce soit plus facile ? Avait-il sous-estimé le mur que Gabe s'était construit pour se protéger pendant toutes ces années ? Un mur qui n'avait été que renforcé par sa blessure et par ce que Grant lui avait fait ? Flynn ne savait que penser. Sa résolution de rester vacillait. Il ne pouvait toutefois pas partir maintenant. Il ne se pardonnerait jamais d'abandonner Gabe dans cet état-là.

Flynn n'arrivait juste pas à comprendre son attitude contradictoire. Par moments, Gabe se montrait tendre et aimant. Ils se faisaient des câlins et étaient gentils l'un envers l'autre, même si ça n'allait pas plus loin. Ils ne s'étaient toujours pas vraiment embrassés depuis la nuit de leur dispute, du moins pas comme des amants, sur la bouche. Ils avaient échangé le genre de baisers qu'un parent donne à son enfant, sur la joue, le front, dans les cheveux, mais toujours plus attentionné que passionné. Leurs vrais baisers lui manquaient, mais il était patient. Il espérait qu'un jour, lorsque Gabe se

97

sentirait plus fort, ils s'embrasseraient à nouveau. Pour le moment, la tendresse qu'ils partageaient était suffisante.

Mais ce qu'il n'arrivait pas à comprendre, c'était pourquoi Gabe finissait toujours par se retourner contre lui juste après. À l'hôpital, il faisait semblant de dormir, ignorant Flynn, mais il ne lui avait encore jamais crié dessus.

S'étant quelque peu calmé, Flynn s'assit sur la plus haute marche de l'escalier, là où il se mettait avant que Gabe et lui ne deviennent intimes. Il regarda en arrière, vers la chaise et le repose-pied où Gabe s'installait toujours, mais la place était vide. Pendant les longues journées où Gabe se battait pour rester en vie, Flynn était venu s'asseoir sur le porche au milieu de la nuit, se répétant qu'il avait pris la bonne décision. À la vue de la chaise vide, ses yeux se remplirent de larmes. Il ne pouvait pas perdre un autre amant, ça avait été sa motivation, et même maintenant l'idée que Gabe puisse mourir, malgré le fait qu'il était en train de se remettre, lui serrait le cœur. Rompre était une chose, mais il ne pouvait pas supporter l'idée que Gabe aurait pu mourir.

Ce que Flynn avait envie de faire, c'était de retourner dans la maison, ramasser Gabe de là où il se trouvait sur le sol et lui dire exactement à quel point il l'aimait. Mais s'il avait appris une chose, c'était que Gabe se sentait étouffé par ses démonstrations d'amour. Calley le lui avait clairement dit : il ne savait pas ce que c'était que d'être aimé à ce point-là et ne savait pas comment s'y prendre. Aussi Flynn devait-il continuer à faire ce qu'il faisait déjà. Montrer à Gabe qu'il l'aimait plutôt que de le lui dire. Garder ses distances alors qu'il voulait vraiment être près de lui vingt-quatre heures sur vingt-quatre. Et le seul moyen auquel il arrivait à penser pour faire cela était de prendre soin de lui, de sa maison et de son ranch, de faire la cuisine et le ménage pour lui et de s'assurer qu'il avait tout ce dont il avait besoin. Bon sang, on aurait dit qu'il décrivait une femme au foyer. Peut-être était-ce ce qu'il était ?

Flynn se releva à la vitesse de l'éclair lorsqu'il entendit le plancher grincer et vit Gabe, sur ses béquilles, apparaître dans l'embrasure de le porte.

— Tu as besoin de quelque chose ? demanda Flynn.

Ce n'est qu'en voyant le sourcil haussé de Gabe qu'il passa le revers de sa main sur son visage et vu qu'il avait pleuré. Il renifla.

— Désolé. Je pensais à trop de choses.

— Le repas est en train de refroidir et c'est bien dommage, répondit Gabe. Ça sentait vraiment bon pendant que tu cuisinais.

Flynn acquiesça et rentra dans la cuisine. Il pouvait certainement rattraper une bonne partie des plats pour s'assurer qu'ils aient un dîner correct.

Gabe le suivit lentement, mais Flynn résista à l'envie de l'aider. Ce n'était pas facile, mais il parvint à se retenir de tirer la chaise pour lui ou d'empêcher Bridget de courir devant lui, mais il pouvait à peine le regarder.

Ils mangèrent sans un mot, ne rompant le silence qu'une seule fois lorsque Gabe s'appuya contre le dossier de sa chaise et poussa son assiette vers le milieu de la table.

— C'était un repas délicieux, Flynn. Je ne crois pas qu'aucune nourriture n'ait jamais été aussi bonne.

Flynn acquiesça, acceptant silencieusement le compliment et se leva de table pour faire la vaisselle. Bridget, comme une demoiselle bien éduquée, s'assit à côté de lui en espérant que quelques restes du dîner parviendraient jusqu'à elle, mais cette fois-ci Flynn ne lui donna rien.

Il ne savait pas quoi faire et il était de plus en plus inquiet de ce que la nuit allait apporter. Il détestait cette tension, cette impression de marcher sur des œufs, sans jamais savoir s'il montrait à Gabe l'attention et l'amour dont il avait besoin ou s'il l'étouffait avec. Il allait devoir lui parler et il espérait que Gabe se montrerait coopératif.

Après avoir nettoyé la table et la cuisinière, Flynn rejoignit Gabe dans le salon, où il était en train de s'endormir sur un fauteuil. Peut-être n'était-ce pas le moment de mettre de l'huile sur le feu et de remettre Gabe en colère. Ils étaient tous deux fatigués et ils n'avaient pas encore décidé d'où allait dormir Gabe, aussi Flynn tira-t-il une chaise près de Gabe avant de toucher sa main.

— C'est l'heure d'aller au lit, mon chéri.

Gabe ouvrit lentement les yeux et au grand soulagement de Flynn, il lui sourit un petit peu.

— Je voulais te remercier de m'avoir ramené à la maison et d'avoir été là pour moi tout le temps où… j'étais à l'hôpital. Et de t'être occupé du ranch.

Flynn haussa des épaules.

— Ce n'est rien. C'est ce qu'on fait quand…

— C'est ce que *tu* fais, oui, l'interrompit Gabe en serrant sa main. Je sais que je ne suis pas très doué pour…

Flynn secoua la tête, plus un geste apaisant qu'une négation de ce que Gabe était sur le point de dire.

— Laissons la longue conversation pour demain, d'accord ? Ça a été une longue et fatigante journée.

Gabe acquiesça.

— J'aimerais dormir en haut. Mais je sais que ça me prendra du temps pour monter.

— Je peux…

Flynn avait envie de dire qu'il pouvait l'aider, mais Gabe lui lança un regard d'avertissement, alors il referma la bouche avec un sourire désolé.

— Je vais déjà monter pour vérifier que tout est prêt là-haut.

Il fut récompensé par un sourire de Gabe.

Ce ne fut pas facile pour lui de rester à l'étage et d'attendre que Gabe atteigne le haut de l'escalier. Craig avait expliqué à Gabe que tant que ses bras n'étaient pas assez forts pour qu'il utilise des cannes courtes, le moyen le plus facile de monter était de s'asseoir par terre et de se hisser une marche après l'autre, mais Flynn avait l'impression que ça lui prenait une éternité. Il avait déjà jeté un coup d'œil aux progrès de Gabe deux fois après s'être lavé et avoir enfilé son pyjama. Il avait monté les béquilles de Gabe pour qu'il puisse les utiliser à l'étage et les avait posées contre le mur entre la table de nuit et le lit. Flynn les regardait fixement lorsque Gabe apparut sur le pas de la porte, en équilibre sur une jambe.

— Elles pourraient m'être utiles, si ça ne te dérange pas ?

Flynn se précipita pour les amener à Gabe avant de reculer pour le laisser passer.

— Ton pyjama est juste, là, bien chaud. Je l'ai posé sur le radiateur quand je suis monté.

Gabe se contenta d'acquiescer, un sourire amusé jouant sur ses lèvres et Flynn fut soulagé qu'il ne s'emporte pas à nouveau, parce que quand il y réfléchissait, il savait qu'il était trop mère poule. Il ne pouvait pas s'en empêcher. Aussi, dès que Gabe fut assis sur son lit, il s'excusa et quitta la chambre, donnant à son amant l'espace dont il avait besoin pour se déshabiller.

Lorsqu'il revint, Gabe était sous les draps.

— Je croyais que tu étais allé te coucher ?

Flynn acquiesça silencieusement avant de répondre.

— Je pense que je devrais dormir ici, au cas où tu aurais besoin de quelque chose pendant la nuit.

Gabe lui lança un regard d'avertissement, mais Flynn continua.

— S'il te plaît, Gabe. Je n'arriverai pas à dormir dans l'autre chambre si je m'inquiète pour toi toute la nuit. Et si tu tombais du lit et n'arrivais pas à te relever ?

— Je t'appellerai.

— Je pourrais ne pas t'entendre. Donne-moi au moins ça, d'accord ? Je promets de te laisser faire tout ce que tu voudras.

Gabe soupira, puis capitula, et Flynn se glissa dans le grand lit.

— Je resterai de mon côté et toi du tien, plaisanta Flynn en dessinant une ligne imaginaire entre eux, ce qui fit rire Gabe.

Flynn s'allongea de son côté du lit pendant que Gabe éteignait la lumière. Il savait qu'ils étaient tous deux fatigués, mais il doutait de pouvoir s'endormir avant que la respiration de Gabe soit assez ralentie pour qu'il sache qu'il s'était assoupi, aussi restèrent-ils tous deux éveillés un moment. Puis il sentit la main de Gabe se refermer sur la sienne. Il la serra en retour et s'endormit, heureux du contact avec Gabe.

Il se réveilla quelques temps plus tard en sentant un mouvement. Il ouvrit les yeux et lorsqu'ils se furent ajustés à l'obscurité, il entendit Gabe se lever et sautiller hors de la pièce puis revenir.

— Tout va bien ? demanda-t-il.

Gabe acquiesça avant de répondre.

— Besoin de pisser. Pouvais pas dormir.

Flynn attendit que Gabe se soit glissé sous les draps pour se rapprocher un peu.

— Je pourrais te prendre dans mes bras comme je le faisais à l'hôpital. Si tu veux. Ça te faisait toujours t'endormir, tu te souviens ?

Après un moment d'hésitation, Gabe se rapprocha et Flynn le prit dans ses bras jusqu'à ce qu'il devienne lourd. Ils se réveillèrent tous deux quelques fois cette nuit-là, mais bien que leur première nuit à la maison ne fut pas entièrement reposante, Flynn la jugea tout de même un succès.

LE LENDEMAIN matin, ils descendirent tous deux tôt pour prendre un petit déjeuner relativement silencieux, ce qui n'était pas très différent de la façon dont les choses étaient avant l'opération de Gabe. Flynn sortit pour s'occuper des chevaux et, bien qu'il sache qu'il était important de laisser Gabe se débrouiller seul un petit peu, il eut de la peine à se concentrer sur le travail. Il y avait encore trop de non-dits entre eux, ce qui rendait Flynn nerveux et inquiet. Le fait que Gabe n'avait pas voulu qu'il partage son lit la veille lui faisait encore mal. Il comprenait que faire l'amour était hors de question pour le moment, tant que Gabe n'avait pas repris des forces, mais le fait que son compagnon n'ait pas pensé que, même sans sexe, Flynn voudrait partager son lit, l'inquiétait. Ça faisait quoi de lui ? Quels étaient les sentiments de Gabe pour lui, maintenant ?

En retournant vers la maison, Flynn se décida à tenter d'aborder le sujet avec Gabe, bien qu'il n'ait pas la moindre idée de comment s'y prendre. Lorsqu'il entra, Gabe se tenait près de la fenêtre, un large sourire aux lèvres.

— C'est long de passer la matinée enfermé ici tout seul.

Flynn ferma la porte derrière lui.

— Je suis à toi pour tout l'après-midi si tu veux. Il faudra juste que je commence à préparer le dîner, mais ça peut attendre après le repas de midi.

Gabe avait l'air d'être de bonne humeur.

— Pourquoi ne pas t'asseoir pendant que je nous prépare des sandwiches ? Je te proposerais bien de nous installer sur le porche, mais il fait un peu froid pour manger dehors.

Il sourit en se souvenant des heures qu'ils avaient passées là cet été, à dévorer leur déjeuner en silence avant de se remettre au travail.

Lorsqu'il revint, Flynn ne fut pas surpris de trouver Gabe à nouveau assoupi.

— Réveille-toi, dit-il en lui touchant la main.

Gabe lui sourit et fit se déplacer Bridget pour que son compagnon puisse s'asseoir. Puis il prit l'assiette que lui tendait Flynn.

Ce dernier espérait que la bonne humeur de Gabe rendrait leur conversation moins difficile.

— Il faut qu'on parle, Gabe.

— D'accord, répondit Gabe en mordant à pleines dents son sandwich. C'est super bon !

Comment pouvait-il lui expliquer ce qu'il ressentait sans le blesser ? Il soupira puis prit une profonde inspiration.

— Je veux être honnête avec toi, Gabe.

Le sourire de Gabe disparu et il baissa les yeux vers son assiette.

— Je sais que tu veux t'en aller et ce n'est pas un problème.

Flynn n'arrivait pas à en croire ses oreilles. Est-ce que Gabe voulait vraiment qu'il s'en aille ?

Avant que Flynn ait réussi à formuler une réponse, Gabe repoussa son assiette et commença à se lever du canapé.

— Désolé, faut que j'aille pisser, dit-il comme toute forme d'excuse.

Flynn recula et lui tint ses béquilles pour qu'il puisse trouver son équilibre sur une jambe plus facilement. Puis Gabe lui arracha les béquilles des mains avec une telle force qu'il en tomba presque. Il parvint toutefois à rester debout et se dépêcha de s'en aller vers le fond de la maison. Flynn l'entendit jurer et frapper quelque chose, mais il ne se rapprocha que lorsqu'il vit une des béquilles voler dans le couloir.

— Gabe ?

Pas de réponse, juste un coup sourd, comme une porte qu'on claquait. Bridget alla se réfugier sous le lit d'appoint.

Flynn s'approcha de la porte de la salle de bain du bas, une sorte de long couloir avec des WC au fond et un lavabo près de l'entrée, et vit qu'elle était encore entrouverte. Il la poussa doucement pour l'ouvrir plus.

— LAISSE-MOI ! Juste… VA-T-EN D'ICI !

La puissance et le ton impératif de la voix de Gabe, en général si calme et discrète, surprirent énormément Flynn.

— Gabe, je ne veux pas partir. Je suis là pour toi.

Flynn essaya d'empêcher sa voix de trembler, mais ne réussit qu'à moitié.

Soudain, la porte fut arrachée de la main de Flynn et Gabe apparut, appuyé sur une béquille et se retenant à la porte pour garder l'équilibre. Son regard était furieux, son visage rouge et sa respiration saccadée.

— Pourquoi ne t'en vas-tu pas tout de suite ? Je suis sûr que Calley t'hébergera pour la nuit. Tu n'as jamais eu de peine à trouver un endroit pour dormir, pas vrai ?

— Gabe, je…

— Tu quoi ? cracha Gabe avant de reprendre son souffle. Ça y est, tu te sens coupable ? Je n'étais pas assez bien pour toi avec mon pied blessé, pas vrai ? Et bien maintenant c'est pire. Calley et toi avez enfin obtenu ce que vous vouliez. Mais je ne vais pas me laisser faire par vous deux. Déjà qu'elle a tous les hommes à ses pieds, prêts à faire tout ce qu'elle veut ! Mais je ne pensais pas qu'elle aurait aussi ton aide à toi.

Flynn n'arrivait pas vraiment à suivre le fil de la pensée de Gabe. En fait, il avait l'impression que son amant disait n'importe quoi.

— Gabe, s'il te plaît, calme-toi.

— Va-t-en, exigea Gabe. Sois un bon garçon et va récupérer le vieux sac avec lequel tu es arrivé et ferme la porte derrière toi quand tu pars. Tu peux prendre le vieux pick-up, ce n'est pas comme si j'allais m'en servir.

Il essaya de refermer la porte, mais il devait reculer pour le faire et il n'y arrivait pas vraiment.

— Putain de merde !

Dans sa frustration, Gabe donna un coup de poing dans le mur sur lequel était accroché un miroir qui s'écrasa au sol, explosant en un million de morceaux.

Flynn voulut entrer pour éloigner Gabe des éclats de verre, mais celui-ci claqua la porte, l'enfermant à l'extérieur.

— Gabe, tu vas te blesser.

— Va-t-en. Je ne veux plus jamais te voir.

Ces mots lui firent mal. Même s'il l'avait voulu, Flynn n'aurait pas pu partir, il n'aurait juste pas pu.

— Gabe…

— Va-t-en !

Flynn se laissa glisser sur le sol, n'osant pas répéter encore une fois le nom de Gabe. Il savait que l'autre homme finirait par se calmer et revenir à la raison, mais il ne pouvait qu'espérer qu'il ne se blesse pas avant.

XV

FLYNN NE savait pas depuis combien de temps il était assis par terre devant la salle de bain, à écouter les sons qui en provenaient. Il entendit Gabe jurer et donner des coups et marmonner et jurer à nouveau. Les sons finirent par s'arrêter, ce qui ne fit que rendre les choses pires.

Finalement, il frappa à la porte.

Lorsque Gabe ne répondit pas, Flynn l'ouvrit lentement et regarda à l'intérieur. Il faisait à moitié sombre et il vit Gabe lever les yeux vers lui depuis l'autre bout de la pièce. Les éclats de verre crissèrent sous les semelles de Flynn, qui était bien content de ne pas être rentré par la buanderie pour une fois, sinon il y aurait retiré ses bottes.

— Je peux entrer ?

Gabe avait l'air perdu et confus et ne répondit rien.

Lorsque Flynn s'approcha, il vit le sang sur la main de Gabe, et quand il voulut allumer la lumière, il remarqua que l'ampoule avait également été brisée. Flynn se dépêcha de mouiller une serviette et s'approcha lentement de Gabe. Lorsque ce dernier ne réagit pas, Flynn s'agenouilla à côté de lui, maintenant une distance minimale entre eux sans que leurs corps ne se touchent.

— Je peux nettoyer ta main ? demanda-t-il doucement. Tu vas me laisser vérifier que tu n'as rien ?

Gabe n'acquiesça pas, mais il tendit sa main blessée et laissa Flynn délicatement nettoyer le sang séché. En dehors de quelques coupures superficielles, il ne semblait rien y avoir de grave, aussi Flynn garda-t-il la main de Gabe dans la sienne. La position de Gabe était un peu étrange. Sa mauvaise jambe était repliée sous lui et son côté était appuyé contre le mur.

Flynn avait envie de lui demander de se relever et de venir au salon, où il faisait aussi plus chaud.

— Tu te sens mieux maintenant ?

— Pourquoi es-tu toujours là ? demanda Gabe.

Bien que la question en elle-même fût dure, il n'y avait plus aucune récrimination dans la voix de Gabe, comme s'il voulait simplement la réponse à une question bien moins importante.

— Parce que je ne pourrais pas te quitter. Je ne pouvais pas le faire quand tu étais malade et j'en serais encore moins capable maintenant, répondit honnêtement Flynn. Je veux qu'on soit ensemble, Gabe, et je crois que tu sais que ça pourrait marcher entre nous. Tout au fond de toi, tu le sais.

Flynn ne savait pas si son ton illustrait bien sa certitude, mais il voulait que Gabe comprenne qu'il avait pris sa décision bien plus tôt.

— Tu aurais dû me laisser mourir.

Flynn ferma les yeux un instant, essayant de ne pas se laisser submerger par les émotions que les mots de Gabe provoquaient en lui.

— Je ne pouvais pas faire ça, dit-il en frottant la paume de Gabe avec son pouce. Je n'aurais pas pu vivre avec ta mort sur la conscience.

— Eh bien moi, je ne peux pas vivre comme ça.

Malgré le fait qu'il n'ait pas véritablement prononcé les mots, Flynn sut que pour la première fois, Gabe acceptait de reconnaître son amputation.

— Je sais que c'est dur en ce moment, mais les choses vont s'améliorer. Quand tu auras repris tes forces et appris à marcher avec une prothèse, il n'y aura pas de raison pour que tu ne puisses pas monter à cheval et travailler sur le ranch ou prendre la voiture en ville pour aller faire des courses et tout ça. Ça demandera du travail, mais le travail ne t'a jamais fait peur, Gabe. Vois ça comme un défi. Quelque chose à dépasser, quand tu as déjà dépassé tant de choses. Ce n'est qu'un nouvel obstacle.

Le visage de Gabe était toujours sans expression, mais au moins ils parlaient. Flynn posa doucement sa main sur la cuisse de Gabe, qui ne la repoussa pas, ce qui le calma encore un peu.

— Et si on se levait de ce sol froid pour aller au salon et que je puisse nettoyer tout ça, d'accord ?

Il lui fallut tirer un peu et se contorsionner, mais Flynn finit par réussir à ramener Gabe au lit d'appoint dans le salon en le laissant s'appuyer d'un côté sur une béquille et de l'autre en passant son bras autour des épaules de Flynn. Bridget sortit de sa cachette et les rejoignit à côté du lit.

— Qu'est-ce que t'en penses ma belle ? demanda Flynn à Bridget, dont les oreilles se dressèrent immédiatement. Tu restes avec Gabe pendant que je vais nettoyer la salle de bain ?

Il ne lui fallut pas longtemps pour revenir, et, à sa grande surprise, Gabe était toujours réveillé, aussi s'assit-il à côté de lui.

— Tu sais, tu comptes beaucoup plus pour moi vivant que mort. Je peux te raconter une histoire ?

Gabe acquiesça légèrement.

— Je t'ai dit que j'étais parti de chez moi très jeune, pas vrai ? J'ai travaillé un peu sur d'autres ranchs, mais mon père a trouvé le moyen de convaincre mes employeurs de ne plus m'engager, donc j'ai dû partir plus loin et je me suis retrouvé en ville. J'ai trouvé un job comme cuisinier dans un bistrot bas de gamme et c'était agréable d'être seul et loin de ma famille. C'est là que j'ai rencontré Lee. Il était chinois, et venait d'une famille très conservatrice…

— Nuage et pluie, l'interrompit Gabe.

— Oui, répondit Flynn, c'est Lee qui m'a parlé de faire nuage et pluie.

— Et qui te l'a montré ?

— Et qui me l'a montré, admit Flynn avec un sourire. Ses parents voulaient qu'il épouse une Chinoise de bonne famille, mais ça nous était égal. On était heureux ensemble, c'était tout ce qui comptait. Enfin, c'est ce qu'on croyait.

Flynn se laissa tomber à côté de Gabe sur le lit et essaya de trouver une position confortable sans être trop collé à Gabe. Ce n'était pas facile sur un si petit lit.

— Alors, que s'est-il passé ? Ses parents vous ont démasqués ?

— Oh, ils étaient au courant. Lee leur avait dit que je vivais avec lui.

— Ce n'est pas tout à fait la même chose, ça.

Flynn se tourna légèrement pour pouvoir voir l'expression sur le visage de Gabe.

— Non, c'est vrai. Ils lui présentaient toujours de jolies Chinoises.

Gabe posa la main sur la cuisse de Flynn et l'attira près de lui, et Flynn se laissa enfouir dans les bras chauds de Gabe.

— Il est tombé malade. Une leucémie. C'était très soudain et on a eu très peu de temps pour parler. Il savait qu'il allait avoir besoin d'une chimiothérapie assez lourde et qu'il devrait rester à l'hôpital quelques temps, et c'est là que sa mère a pris les choses en main. Elle ne me laissait pas lui rendre visite et je ne me suis pas battu. Je pensais qu'on avait le temps. Qu'il rentrerait à la maison quand il irait mieux et qu'on serait à nouveau ensemble, mais son état n'a fait qu'empirer.

Flynn leva les yeux vers Gabe.

— Je n'ai appris qu'il était mort que quand son père m'a fait éjecter de l'appartement.

Gabe le serra fort contre lui et le berça doucement.

— Donc tu vois, je devais rester avec toi, Gabe. Je ne pouvais pas repasser par-là, par toute cette douleur. Je devais me battre pour toi, parce que je ne me suis pas battu pour Lee.

Gabe embrassa ses cheveux et lorsque Flynn releva la tête, il sentit les lèvres de Gabe se poser doucement sur les siennes. Flynn en avait tellement envie, avait tellement envie de se sentir à nouveau aimé par Gabe. Il répondit à son baiser, d'abord doucement et tendrement, mais bien vite leur baiser devint plus passionné. Les mains de Flynn se promenaient sur Gabe, jusqu'à ce que ce dernier recule soudain.

— Je ne peux pas, je suis désolé.

Flynn caressa la mâchoire de Gabe.

— Ne t'en fais pas, je comprends que c'est un peu trop tôt. Tu dois encore reprendre des forces.

Gabe s'allongea sur le dos autant que possible sur ce lit étroit et se couvrit les yeux de la main. Flynn essaya d'être patient, mais le silence de Gabe l'inquiétait et il avait peur qu'il se renferme à nouveau sur lui-même.

— C'est plus qu'une question de reprendre des forces, finit par dire Gabe.

— Tu ne veux plus rien faire avec moi ? demanda Flynn, se raclant la gorge lorsque sa voix sortit toute enrouée.

Gabe prit une profonde inspiration.

— Il n'y a rien que je voudrais plus que de te faire l'amour, Flynn. J'en rêve même la nuit, mais… Je suppose que ça n'a pas tellement d'importance vu que c'est moi qui me fais pénétrer…

Gabe haussa les épaules.

C'était un soulagement d'entendre que Gabe le voulait, mais son hésitation à lui dire où se situait le problème rendait Flynn confus. Mais encore une fois, parler des sujets importants n'avait jamais été le point fort de Gabe.

Puis Flynn eut une épiphanie et il comprit pourquoi c'était un sujet aussi délicat.

— Tu veux dire que tu ne peux pas…

Il agita un doigt dans la direction générale de l'entrejambe de Gabe.

— Non, répondit calmement Gabe. Ça ne marche plus.

— Gabe…

Flynn ne savait pas comment réagir. Gabe avait l'air triste et Flynn savait que c'était ce qu'il ressentirait s'il était à sa place.

— Je ne sais pas quoi dire.

Gabe haussa les épaules, mais Flynn voyait bien qu'il essayait de cacher à quel point il en souffrait.

— Ça n'a pas d'importance pour moi, Gabe.

— Mais ça en a pour moi, Flynn, répondit doucement Gabe. Si je n'avais pas autant besoin de toi, je te mettrais à la porte.

— Si mes souvenirs sont bons, tu as essayé et j'ai refusé de partir, répondit Flynn sans réfléchir.

C'était la vérité, bien sûr, mais en s'entendant prononcer les mots à voix haute, il se dit que rappeler à Gabe sa crise d'un peu plus tôt n'était pas sa meilleure idée.

— Laisse-moi reformuler.

Il essaya de lever la tête de Gabe afin de pouvoir le regarder, mais Gabe refusa.

— Ça m'est égal. Parce que j'ai horreur de te voir triste et oui, j'ai de la peine à imaginer vivre le reste de ma vie en me passant de sexe, mais il y a plus derrière tout ça, Gabe. Tu as été très malade. Ton corps a besoin de temps pour guérir et le sexe n'est pas vraiment une priorité dans l'immédiat.

Gabe haussa à nouveau les épaules et Flynn eut de la peine en le voyant si défaitiste.

— Concentrons-nous d'abord sur ta guérison. Bats-toi pour reprendre des forces et remarcher et ensuite tu pourras monter à cheval à nouveau et tu sais que ça t'aidera à te sentir mieux.

Gabe acquiesça et Flynn l'attira une fois de plus contre lui.

— Je serai là pour toi. Tu devrais le savoir depuis le temps, murmura-t-il en l'embrassant sur la tempe.

— Mais si je ne peux plus jamais…

— On affrontera la situation à ce moment-là, répondit Flynn d'un ton ferme.

Il devait admettre que l'idée l'effrayait et qu'il n'était pas sûr de pouvoir vivre avec un homme sans partager l'intimité d'une relation.

— S'il y a une chose que la vie m'a apprise, c'est qu'on ne peut pas prédire le futur et qu'on ne sait jamais ce qui va arriver. Vivons dans le moment présent, d'accord ?

Gabe acquiesça, mais Flynn pouvait bien voir que le cœur n'y était pas. Au moins Gabe n'essayait plus de le repousser.

— C'est seulement que je ne veux pas t'enchaîner à moi.

Flynn regarda Gabe avec compassion.

— Je suis un adulte. Je peux partir quand je veux.

Il savait que Gabe devait être épuisé, aussi s'allongèrent-ils ensemble un moment jusqu'à ce que Gabe s'endorme. Ce ne fut pas évident, mais Flynn parvint à quitter le lit sans le réveiller, et après avoir posé une couverture sur ses épaules pour le garder au chaud, il commença à préparer tout ce qu'il lui faudrait pour le dîner avant de retourner dans l'écurie.

Il nettoya le box de T.C., comme il avait fait celui de Brenner le matin même et sortit le hongre pour aller faire le tour du périmètre et vérifier l'état des barrières, une tâche qu'il savait avoir négligée pendant les dernières semaines. À peu près aux trois quarts du parcours, Flynn inspecta une section de barrière qui semblait avoir été réparée récemment et essaya de se souvenir si c'était quelque chose que Gabe avait fait avant d'être malade. Il haussa les épaules. La seule chose qu'il savait, c'était qu'il ne l'avait pas fait lui, mais la barrière avait l'air bien solide, donc ça n'avait pas d'importance. Près de la fin de son circuit, il fit tourner T.C. vers l'abri sous lequel se rassemblaient les chevaux pendant les orages et là aussi, il remarqua qu'un trou sur le côté avait été refermé avec une planche de bois et quelques clous. Ce n'était pas très esthétique, mais ça renforçait clairement le mur et le rendait moins perméable au vent, donc ça faisait le travail. La dernière chose qu'il remarqua fut le nouveau cadenas sur la porte qui séparait le ranch de Gabe de celui de Hunter.

Sur le chemin du retour, Flynn considéra échanger son cheval contre la voiture et aller rapidement faire quelques courses pour demander à Calley si elle avait envoyé Bill donner un coup de main, mais il se dit qu'elle nierait probablement tout, même si c'était la vérité, aussi rentra-t-il directement à la maison.

À la grande surprise de Flynn, Gabe était réveillé mais toujours allongé sur le lit d'appoint, à fixer le vide. Il retira ses bottes et les laissa dans la buanderie avant d'aller s'asseoir près de Gabe.

— Tu t'es bien reposé ?

Gabe acquiesça d'un air distrait.

— Je vais aller préparer le dîner.

Flynn tapota la cuisse de Gabe et se leva.

— Je n'ai pas faim.

Flynn fit demi-tour et s'assit à nouveau sur le lit.

— Tu n'as rien mangé non plus à midi et tu as dépensé beaucoup d'énergie cet après-midi. Je fais des spaghettis, comme tu les aimes, avec plein de viande et des tomates fraîches de chez Calley.

Gabe acquiesça, mais Flynn avait l'impression que ce n'était que pour qu'il le laisse tranquille. Il ne pouvait toutefois pas y faire grand-chose. Il se remotiva et alla préparer les spaghettis dans la cuisine. Il avait l'impression que c'était là tout ce qu'il pouvait faire : continuer à penser positif et espérer que les choses se calmeraient bientôt. Il n'avait toutefois pas oublié les cris de Gabe, ou la conviction avec laquelle il lui avait dit ne plus jamais vouloir le revoir. Peut-être qu'il prenait toutes ses décisions en pensant que Gabe l'aimait et peut-être n'était-ce pas le cas. Et s'il n'avait été qu'un bon coup ?

Flynn siffla entre ses dents lorsqu'il se coupa et sentit l'acidité de la tomate se glisser dans la blessure. Il passa sa main blessée sous l'eau, résolu à ne pas prendre de grandes décisions toute de suite. Il aimait travailler sur le ranch et les tâches ménagères ne le dérangeaient pas. Sa présence était nécessaire pour prendre soin de Gabe et pour l'instant, il devrait s'en contenter. Gabe semblait bien plus calme et si cela voulait dire qu'il n'allait plus crier sur Flynn, c'était une bonne chose. Peut-être que dans le futur, l'amour qu'il ressentait pour Gabe lui serait rendu, et si ce n'était pas le cas, il pourrait toujours s'en aller quand Gabe irait mieux. Au moins, d'ici là le temps aurait guéri certaines blessures émotionnelles.

Laissant la sauce mijoter, Flynn alla dans la réserve à l'arrière de la maison et en sortit la table de lit dont lui avait parlé Calley. Elle avait besoin d'être lavée, mais il supposait qu'elle serait utile.

Lorsque Flynn entra dans le salon avec deux assiettes et la table de lit, Gabe était couché sur le côté sur le lit d'appoint. Il était réveillé, mais tellement plongé dans ses pensées qu'il ne remarqua pas Flynn.

— Je sais que tu as dit que tu n'avais pas faim, mais j'aimerais un peu de compagnie pendant que je mange, d'accord ?

Gabe s'assit sur le lit.

— D'accord.

Flynn fut un peu surpris que Gabe ne proteste pas contre la table de lit ou le fait que Flynn place une assiette devant lui. Essayant de maintenir sa bonne humeur, il s'assit à côté de Gabe avec le dos au mur et commença à manger, son assiette sur les genoux. Il remarqua bien que Gabe touchait à peine à son assiette, mais il ne voulait pas le bousculer maintenant qu'ils avaient plus ou moins établi un cessez-le-feu. Quand Flynn alla se resservir, il vit que Gabe regardait dans sa direction lorsqu'il revint de la cuisine et ça le rendit heureux. Il allait devoir se raccrocher aux petites choses comme celle-là pendant quelques temps.

Les jours suivants se passèrent à peu près de la même manière. Flynn laissait Gabe seul la majeure partie de la matinée et une partie de l'après-midi pour travailler sur le ranch et chaque fois qu'il revenait, il trouvait Gabe en train de fixer le mur. Cela l'inquiétait et l'attristait, mais il savait que Gabe avait besoin de temps pour s'ajuster. Il semblait tout de même s'habituer à se déplacer dans la maison et trouvait moins difficile de monter l'escalier le soir.

Un après-midi, après que Calley soit passée leur amener des provisions pour la semaine, Flynn s'assit à côté de Gabe.

— Je sais que tu penses que je suis trop mère poule, mais je peux t'aider à prendre une douche si tu veux.

— Est-ce que tu essaies de me dire que je pue ? demanda Gabe avec une lueur d'amusement dans les yeux pour la première fois depuis des semaines.

— Non, répondit Flynn. Je dis juste que ça te ferait peut-être du bien de prendre une douche, mais je sais que ça te demandera beaucoup d'énergie, donc si tu as besoin d'un coup de main…

— Je peux me débrouiller, répondit Gabe.

Il y avait toujours l'ombre d'un sourire sur ses lèvres et Flynn serra brièvement la cuisse de Gabe avant de se rendre dans la cuisine avec un bien plus grand sourire sur son propre visage.

Un peu plus tard, Flynn entendit le banc être trainé sur le sol en béton dehors, puis le jet de la douche gicler le sol. Il sortit rapidement une serviette de bain du placard dans le hall et la plaça dans la mijoteuse pour la réchauffer un peu. Lorsque la douche s'arrêta, il ne lui fallut qu'un court instant pour amener la serviette chaude dehors.

Lorsque Gabe vit Flynn arriver, il était assis sur le banc et ressemblait à un chat tombé dans une baignoire. Il se dépêcha de se recouvrir de la serviette qu'il avait lui-même amenée, cachant sa jambe blessée.

Flynn passa la serviette chaude sur les épaules de Gabe et frotta pour les sécher.

— Je me suis dit que tu apprécierais.

— C'est gentil. Merci, répondit doucement Gabe, comme si on l'avait attrapé à faire quelque chose qu'il n'aurait pas dû.

Flynn frissonna dans l'air froid du soir et ne pouvait qu'imaginer ce que Gabe devait ressentir.

— Je ne pensais pas vraiment à la douche extérieure…

— Oui, je sais. Je n'ai pas réalisé qu'il faisait aussi froid jusqu'au moment où j'ai enlevé mes vêtements.

Gabe rit légèrement en regardant rapidement Flynn avant de détourner à nouveau le regard.

— Tu pourras rentrer sans problème ? Peut-être que tu devrais te sécher et te rhabiller à l'intérieur, il fait un froid glacial ici !

Gabe acquiesça et Flynn le laissa seul à contrecœur. Quelques minutes plus tard, il entendit le *tack*, *tack* familier des béquilles de Gabe et attendit aussi longtemps qu'il le put dans la cuisine avant d'aller le rejoindre au salon. Gabe était à moitié habillé, et bien qu'il essaye de le faire discrètement, Flynn le vit rapidement tirer sur la jambe de son jean pour cacher son moignon dès que Flynn entra.

— Tu sais, ça ne me dérange pas de la voir. Ta jambe, élabora Flynn en s'asseyant sur le lit à côté de Gabe.

— Eh bien moi ça me dérange, répondit sèchement Gabe.

— Je suppose que j'ai eu plus de temps pour m'y habituer, déclara Flynn avec un haussement d'épaule et un ton détaché. Je l'ai vu juste après l'opération, et ensuite, pendant que ça guérissait…

Gabe se déplaça plus loin sur le lit, s'éloignant de Flynn, mais celui-ci posa sa mais sur le moignon recouvert de denim. Il fit bien attention à ne pas regarder le visage de Gabe, sachant qu'il pourrait y trouver n'importe quelle expression, allant de la surprise au dégoût. Mais lorsque Gabe ne bougea pas, Flynn glissa la main à l'intérieur de la jambe du pantalon et leva les yeux vers Gabe. C'était une sensation étrange que de toucher le moignon, mais il espérait pouvoir garder un visage neutre.

— C'est une partie de toi, Gabe.

Les yeux de Gabe se mirent à briller et il détourna le regard.

— Eh bien je n'arrive pas à accepter cette partie de moi pour le moment.

— Ne veux-tu pas pouvoir remarcher ? Pouvoir abandonner ces béquilles encombrantes ?

Gabe ne répondit pas.

— Il faudra bientôt qu'on appelle Craig, parce que plus on attend, plus ce sera difficile.

Gabe acquiesça et Flynn voyait bien qu'il se battait contre ses émotions.

— Tu n'es pas seul dans tout ça, Gabe. Je suis là pour toi.

Flynn relâcha la jambe de Gabe et se déplaça sur le lit afin de pouvoir le prendre dans ses bras. Bien que d'habitude il l'eût qualifiée d'étouffante, l'étreinte de Gabe le rendit heureux.

XVI

GABE FIT semblant de dormir le lendemain matin. Comme d'habitude, Flynn se levait tôt pour aller travailler, et ces derniers temps, Gabe le rejoignait généralement pour prendre le petit-déjeuner, mais ce jour-là Gabe ne se sentait pas prêt à l'affronter.

La soirée avait été pleine d'émotions et il ne voulait pas vraiment repenser à tout ce qui s'était passé, mais il n'arrivait pas à chasser ces pensées. La révélation de Flynn, qu'il essayait de rattraper une erreur de jeunesse en s'occupant de lui, n'était pas des plus faciles à avaler, mais Gabe devait bien admettre que l'attention de Flynn était plus ou moins la seule chose qui le retenait de mettre fin à ses jours en ce moment.

Flynn était resté avec lui, le serrant contre sa poitrine, et Gabe s'était petit à petit assez calmé pour parler. Ils avaient bien sûr évité les sujets vraiment importants et avaient discuté du ranch, de comment tout se passait et du fait que Flynn allait devoir travailler plus maintenant que l'hiver touchait à sa fin. Plus tard, après que Flynn l'ait aidé à monter l'escalier et qu'ils soient allés au lit, Flynn l'avait à nouveau attiré contre lui, cette fois-ci dans le but de le convaincre d'appeler Craig, mais Gabe n'était pas prêt. Il avait accepté, juste pour que Flynn cesse de le tanner, mais sa jambe lui faisait encore trop mal pour qu'il réapprenne à marcher. Il se débrouillait bien avec ses béquilles. Il s'en était servi pendant des semaines après l'accident et maintenant que ses forces lui revenaient lentement, c'était encore plus facile.

Les matinées étaient toutefois longues et regarder par la fenêtre en essayant de voir ce que faisait Flynn près de l'écurie et des enclos du bas ne le tenait pas occupé très longtemps. Il savait qu'il ne servirait à rien dans l'écurie avec ses béquilles, mais il avait envie de revoir Brenner et T.C. et de sentir l'odeur des chevaux. La neige avait fondu et il se dit qu'il arriverait bien à aller jusque là-bas et qu'il se reposerait un peu avant de refaire le chemin en sens inverse. Il faisait encore raisonnablement froid dehors, aussi enfila-t-il son manteau en toile cirée avant de se diriger vers l'écurie. Malgré son courage initial, il dut s'arrêter à mi-chemin pour reprendre son souffle. Il n'allait toutefois pas s'avouer vaincu, d'autant moins lorsqu'il se mit en plus à pleuvoir. Gabe leva les yeux vers le ciel sombre et vit un éclair le déchirer, aussi prit-il une profonde inspiration avant d'accélérer la cadence en direction de l'écurie, où il serait au chaud et à l'abri.

Gabe ne regrettait pas d'être venu. L'odeur des chevaux et de la paille entassée sur le côté l'aidait à se sentir à nouveau chez lui. Après un coup de tonnerre particulièrement puissant, il entendit Brenner hennir, aussi se dirigea-t-il vers le box de son cheval.

— Doucement mon grand, tout va bien.

L'étalon s'approcha, reconnaissant clairement son propriétaire, et frotta son museau contre sa main.

— Désolé, je n'ai pas apporté de carotte ou de pomme, s'excusa Gabe en caressant le nez de l'animal. Est-ce que Flynn s'est bien occupé de toi ?

Pour toute réponse, Brenner se rapprocha encore.

Soudain, Gabe entendit un fracas et se tourna vers la porte, où il vit une silhouette trempée se précipiter dans l'écurie sur le dos de T.C. Flynn ne portait rien pour se protéger de la pluie et Gabe pouvait à peine discerner les motifs à carreaux de sa veste polaire.

Flynn descendit de cheval et secoua ses longs cheveux trempés par la pluie avant de relever la tête et de sursauter en se rendant compte qu'il n'était pas seul.

Gabe sourit en voyant la réaction un peu excessive de Flynn.

— Tu fais quelque chose que tu ne devrais pas ?

Flynn avait toujours les yeux fermés, en train d'essayer de calmer les battements de son cœur.

— Je ne m'attendais juste pas à trouver qui que ce soit ici, répondit-il en regardant Gabe d'un air penaud.

— Je comprends, répondit Gabe d'un ton taquin.

— Je me suis fait surprendre par la pluie, continua Flynn en essayant clairement de changer de sujet. Je ne l'ai pas vue venir.

— Tu devrais pourtant savoir maintenant que le temps peut être assez imprédictible dans la région, dit Gabe en allant s'asseoir sur un ballot de paille.

— La météo annonçait un risque de cinq pour cent de pluie et le ciel était grand bleu quand je suis parti.

Gabe rit doucement.

— Le jour où la météo pourra vraiment prévoir ce temps-là…

Flynn s'assit à côté de lui et retira sa veste détrempée.

— Alors, qu'est-ce que tu fais ici ?

Gabe haussa les épaules.

— J'en avais marre de rester assis à ne rien faire, alors je suis passé faire un tour à l'écurie.

— C'est bien, sourit Flynn. Tu veux faire un tour à cheval quand il ne pleuvra plus ?

Le visage de Gabe s'assombrit à nouveau et il secoua la tête.

— Tu manques à Brenner, essaya Flynn. Mais peut-être que pour commencer tu devrais plutôt monter T.C., vu qu'il est plus docile ?

Gabe secoua à nouveau la tête.

Flynn posa la main sur le genou de Gabe.

— Tu es un cavalier expérimenté. Tu n'as pas besoin des étriers. On peut les enlever ou les attacher pour qu'ils ne te gênent pas ? Je suis sûr que tu peux le faire sans soucis.

— J'aurais toujours besoin de grimper sur le cheval, Flynn.

— Ah, j'y ai pensé figure-toi ! s'exclama Flynn en se levant et en attrapant une poignée de foin pour le compresser en boule.

Il se dirigea vers T.C. qui, toujours trempé, s'agitait un peu et commença à brosser le pelage du hongre pour en faire tomber l'eau de pluie.

— On prend deux ballots de foin, on grimpe dessus et je t'aide à te hisser sur la selle.

Gabe y réfléchit un peu.

— Je ne sais pas trop, Flynn.

— On n'est pas obligés de le faire aujourd'hui, mais pourquoi pas demain ? Je peux enlever la barrière sur le côté du porche et amener T.C. jusqu'à toi. Ça te permettra de partir depuis la maison. Je pense que le porche est à la bonne hauteur.

— Tu y as vraiment bien réfléchi, dis-moi ?

Flynn acquiesça.

— J'ai beaucoup de temps pour penser quand je travaille. Et puis, ça me donnera l'occasion de monter un peu plus Brenner. Il a autant besoin d'exercice que T.C., mais je selle T.C. plus souvent parce que c'est un meilleur cheval pour le travail. Brenner a tendance à s'ennuyer pendant qu'on contrôle les barrières et il fait plein de bêtises.

Flynn retira la selle de T.C. et la rangea à sa place contre le mur, puis il continua à sécher T.C. avec de la paille.

Gabe prit le temps de réfléchir en regardant Flynn travailler. Il mourrait d'envie de remonter à cheval, mais le pouvait-il vraiment ? Il savait qu'il pouvait monter sans étriers, il avait monté T.C. à cru plus d'une fois avant l'accident et même après, mais il devait encore arriver à grimper en selle et il se souvenait à quel point cela avait été difficile la première fois après qu'il s'était blessé le pied. Et plus important encore, pouvait-il échouer devant Flynn ?

Ce dernier mena le cheval dans son box et ferma la demi-porte avant de revenir vers Gabe, se laissant tomber à côté de lui avec un profond soupir.

— Tu as fini tout ce que tu avais à faire ? demanda Gabe en se rapprochant un peu de Flynn.

Celui-ci secoua la tête.

— Je devrais graisser une partie du cuir. J'ai cassé un étrier sur une des selles de dressage hier, je devrais aussi réparer ça. J'ai bien peur d'avoir été un peu coulant côté maintenance, ajouta-t-il doucement.

— Et tout ça alors que tu venais tout juste d'améliorer les choses, lui dit gentiment Gabe, lui rappelant à quel point tout était mal entretenu avant l'arrivée de Flynn et combien il avait aidé. Je peux m'occuper des selles. C'est quelque chose qu'on peut faire en restant assis. Je sais que ça veut dire que tu dois faire tout le travail fatigant, mais pour l'instant c'est ma meilleure offre.

Flynn acquiesça et sourit même un peu.

Gabe était soulagé que Flynn ne relance pas le sujet de Craig ou de réapprendre à marcher. Il savait que c'était inévitable, mais sa tendance à tout remettre au lendemain le retenait pour l'instant.

— Tu es trempé, déclara Gabe en ébouriffant les cheveux de Flynn.

Celui-ci se serra contre lui.

— Toi aussi. Heureusement qu'il fait chaud ici, parce qu'il tombe des cordes là-dehors.

Flynn tourna la tête dans la direction de Gabe et ce dernier se pencha pour laisser leurs lèvres se toucher. Il n'osa pas aller plus loin, sachant très bien à quelle vitesse ces petits gestes se transformaient en quelque chose d'autre, quelque chose qu'il ne pouvait pas donner à Flynn pour l'instant. Au début, Flynn n'approfondit pas non plus le baiser, mais Gabe le sentit soudain ouvrir la bouche et plonger. Il en avait également envie, mais il se recula tout de même. Pour adoucir son geste, il serra Flynn dans ses bras.

— Je suis désolé.

Flynn haussa les épaules et passa la langue sur ses lèvres.

— Ce n'est pas grave.

— Flynn ? Pourquoi y a-t-il deux juments dans l'écurie ? demanda Gabe en espérant briser la tension. Ce sont des chevaux d'extérieur. Elles ont l'habitude du mauvais temps, tu n'as pas besoin de les materner.

Flynn détourna le regard.

— Je sais.

— Alors pourquoi sont-elles là ? Elles boitent ? Elles sont malades ? Est-ce qu'il faut qu'on appelle Bill pour qu'il les ausculte ?

Flynn secoua la tête.

— Bill les a déjà vues, c'est lui qui a suggéré de les garder à l'intérieur tant qu'il fait aussi froid.

Un soupçon commençait à grandir dans l'esprit de Gabe ; Flynn évitait de répondre à sa question.

— Il y a plus de cinquante chevaux là-dehors. En quoi ces deux-là sont-ils différents ?

— Elles attendent des poulains.

— Comment est-ce qu'un étalon est entré dans l'enclos des juments ?

Gabe commençait à avoir un mauvais pressentiment.

Flynn soupira. Il s'écarta un peu de Gabe et posa ses coudes sur ses genoux.

— Écoute, je sais que tu as dit que tu ne voulais pas faire de l'élevage de chevaux, mais Hunter voulait un poulain de Brenner et je me suis dit qu'on pouvait essayer.

— Brenner est le père des poulains ?

Flynn acquiesça.

— Je sais que j'aurais dû te demander.

— J'avais explicitement dit que je ne voulais pas faire de l'élevage avec nos chevaux, l'interrompit Gabe. Ce n'est pas ton ranch, Flynn !

Flynn se leva, mettant de la distance entre eux.

— Je sais, mais j'étais seul à prendre des décisions à ce moment-là. Et on n'avait pas d'argent pour acheter de nouveaux chevaux et je ne pouvais pas préparer ceux qu'on avait déjà pour l'enchère tout seul.

— Mais je n'y connais rien en élevage de chevaux, Flynn, répondit Gabe, exaspéré. Et on n'a déjà pas l'argent pour payer les factures de vétérinaire normales.

Flynn se retourna.

— Moi je m'y connais. J'ai grandi dans un haras.

— Tu m'as dit que tu n'avais pas le droit de travailler sur le ranch !

— Rien n'aurait pu m'en empêcher, Gabe. Et ça ne dérangeait pas du tout mes frères que je fasse leur travail à leur place. Comment crois-tu que je sois devenu aussi bon à tout ça ? Ils préféraient rouler dans les blés avec leurs petites amies pendant que je faisais les box. Et Bill s'en occupe en tant qu'ami. Ce ne sont que deux chevaux, Gabe. C'est un essai.

Flynn se rassit à côté de Gabe qui acquiesça. Lorsque Flynn prit sa main, il soupira et se pencha vers lui.

— Je suis désolé. Ce n'était pas très juste de ma part.

— Si, ça l'était, répondit doucement Flynn. Tu as raison, tu m'avais dit de ne pas faire s'accoupler de chevaux, mais je n'en ai fait qu'à ma tête. J'aurais d'abord dû te demander.

— J'aurais dit non.

— Je sais, reconnut Flynn. Et je ne voulais vraiment pas que tu te fasses des soucis pour l'argent.

— La situation est si mauvaise ? demanda Gabe, même s'il ne voulait pas vraiment connaître la réponse.

Flynn haussa les épaules sans un mot puis secoua la tête.

— Tu devrais voir ça avec Calley.

— Flynn, l'avertit Gabe. Qu'est-ce que tu me caches ?

Flynn hésita, puis sembla décider qu'il était inutile de se taire.

— Tes factures d'hôpital sont très élevées.

— Tu es en train de me dire qu'on est en faillite ?

Flynn secoua la tête.

— Non, mais on doit une bonne petite somme à Calley et Bill, et ces poulains appartiennent déjà à Hunter.

— Il a pris un sacré risque.

Flynn acquiesça.

— Il a fallu le convaincre, mais si on finissait par perdre le ranch, je voulais être sûr d'avoir fait tout ce qui était en mon pouvoir pour l'empêcher. Oui, ça veut dire qu'on travaille pour gagner de l'argent qu'on a déjà dépensé, mais la banque menaçait de nous forcer à vendre des chevaux et je devais empêcher ça. Certains de ces chevaux nous rapporteront beaucoup quand on les vendra aux enchères l'année prochaine et d'autres auront besoin de plus de temps, mais si on les vend maintenant, ce sera en gros et on n'en tirera pas la moitié de ce qu'ils valent !

Gabe voyait bien que Flynn prenait la situation très à cœur et cela lui fit plaisir. Il parlait du futur, de travailler jusqu'à l'année prochaine et peut-être plus longtemps, et il n'avait plus l'air d'avoir envie de partir. Pour la première fois, Gabe eut le sentiment que les mots de Flynn n'étaient pas qu'une simple tentative de le faire se sentir mieux. La passion avec laquelle il défendait ses décisions indiquait clairement qu'il faisait aussi cela pour lui-même.

— Tu aimes vraiment être ici, pas vrai ? demanda doucement Gabe.

— Évidemment, répondit Flynn sans l'ombre d'une hésitation. Tu n'as pas idée de ce que ça représente pour moi, Gabe. J'aime travailler ici. J'aime les chevaux et le fait que la grande majorité du travail se fasse dehors…

— Sous une pluie battante, interrompit Gabe avec un petit rire.

— Sous une pluie battante. C'est mieux quand je porte un manteau comme le tien, mais même quand il fait aussi froid que maintenant et qu'en sellant un cheval pour aller jusqu'aux enclos tu les vois tous serrés les uns contre les autres pour se tenir chaud, c'est génial.

— Oui, je sais, répondit doucement Gabe.

Flynn se rapprocha un peu afin de pouvoir embrasser Gabe. Encore une fois, ce fut un baiser chaste, plein de tendresse et Gabe laissa sa main glisser de l'épaule de Flynn au creux de son dos. C'était agréable de sentir Flynn tout contre lui, de respirer son odeur légèrement musquée, bien que, comme il sortait tout juste de sous la pluie, il sente aussi un peu le chien mouillé. Pour une raison quelconque, cela fit sourire Gabe et Flynn recula, l'air surpris.

— Je me disais juste que c'était très agréable, expliqua timidement Gabe.

Flynn lui sourit, les yeux brillants.

— Je ferais n'importe quoi pour te faire sourire, murmura-t-il dans le cou de Gabe.

— Non, répondit Gabe.

En voyant l'incertitude sur le visage de Flynn, il continua :

— Tu es une personne à part entière. Je ne veux pas que ton bonheur dépende entièrement du mien. Je suis un connard grognon, Flynn.

— Et malgré ça, je t'aime, répondit Flynn. Va savoir pourquoi.

Gabe soupira.

— Je suis désolé de m'être emporté au sujet des juments.

— Je suis désolé de ne pas t'avoir consulté.

Tout à coup, Flynn fut pris d'un violent frisson.

— Tu as froid.

Gabe ouvrit son manteau et enveloppa Flynn dedans, le tirant tout contre lui, se délectant de sentir les bras de son amant se glisser autour de sa taille.

Flynn prit une profonde inspiration.

— Je suis très bien comme ça, mais je commence à avoir faim. Je crois qu'on devrait rentrer.

Le moment était passé trop vite. Flynn se levait, laissant Gabe sentir l'air froid, lorsqu'ils entendirent Bridget gratter à la porte de l'écurie puis se secouer.

— Salut ma belle, tu es venue nous chercher ? demanda Flynn en lui gratouillant la tête. Tu es presque sèche. Il ne pleut plus ?

Elle pencha la tête sur le côté, l'air de dire : 'Bien sûr. Tu crois que je serais sortie s'il pleuvait encore ?'

Flynn revint vers Gabe et lui donna un petit baiser.

— Mmm, on devrait probablement profiter de l'accalmie et rentrer à la maison. Sans parler du fait qu'il faut que je te nourrisse.

Il planta son doigt dans les côtes de Gabe.

— Tu es encore beaucoup trop maigre.

Après que Flynn se soit à nouveau extirpé de ses bras, Gabe se leva et reprit ses béquilles. Juste au moment où Flynn se retournait pour partir, Gabe ne put se retenir de prendre la parole.

— Flynn.

Il hésita, surtout lorsque Flynn se retourna pour le regarder, souriant toujours tout en caressant Bridget.

— Qu'est-ce qui te retient ici ?

— Gabe, répondit Flynn, comme si la réponse était trop évidente pour qu'il ait besoin de la donner.

— Je suis désolé, mais j'ai besoin de savoir.

— Je reste, parce qu'ici j'ai tout ce que j'ai toujours voulu, répondit Flynn en s'approchant d'un pas avant de s'arrêter. Un ranch avec des chevaux, assez petit pour qu'on puisse le tenir juste nous deux. On travaille dur, mais au final ça en vaut la peine, pas vrai ? Gabe, j'ai envie de vieillir ici. Si je vis longtemps et qu'ensuite on m'enterre dans ce sol, j'aurai eu une vie magnifique.

Gabe baissa les yeux, observant la paille sur le sol.

— Mais la chose qui me retient ici, c'est toi, Gabe. Le fait que je peux partager tout ça avec toi. Et je sais que c'est présomptueux de ma part. C'est ton ranch et il sera toujours à toi, mais j'espère que tu me laisseras le diriger avec toi.

— Tu fais tout le travail.

Gabe ne pouvait toujours pas regarder Flynn. Il n'était pas prêt à voir le regard dans ses yeux. Le regard qui trahissait à quel point Flynn l'aimait. Il ne pouvait pas regarder, parce qu'il se sentait coupable. Il savait à quel point il avait peu donné à Flynn en retour.

— Tu sais que ça ne me dérange pas. Je sais bien que c'est temporaire. Un jour tu te sentiras assez bien pour revenir travailler avec moi.

Gabe déglutit pour essayer de retenir ses émotions, mais Flynn se tenait trop près de lui. Il pouvait sentir son odeur et la chaleur qu'émettait son corps, puis il sentit les lèvres de Flynn sur son front.

Flynn lui fit signe de se taire et l'embrassa à nouveau.

— Allez, rentrons avant que le déluge recommence, d'accord ?

Il s'écarta et se dirigea vers la porte.

— Je t'aime, Gabe. C'est tout ce qui compte.

Et avec ces mots, il disparut à l'extérieur, emmenant Bridget avec lui et laissant Gabe seul dans l'écurie.

Gabe attendit un petit moment avant de s'adresser aux chevaux.

— Vous avez entendu ça, le gars ? Il m'aime. Il doit être cinglé, mais bon, je ne vais pas me plaindre.

XVII

FLYNN RENTRA à la maison d'un pas vif et le cœur beaucoup plus léger. C'était bon de savoir que Gabe savait exactement où ils en étaient. Flynn savait aussi que s'entendre prononcer ces mots ne les avait rendus que plus vrais. Oui, il aimait Gabe, de tout son cœur. Ils en avaient vu de toutes les couleurs et avaient encore beaucoup de chemin à parcourir, mais au moins Gabe ne s'était pas refermé sur lui-même et n'avait pas nié les sentiments de Flynn, et il n'avait même pas été aussi en colère que ce à quoi IL s'attendait lorsqu'il lui avait parlé de sa petite expérience d'élevage de chevaux.

Bridget courrait autour de lui, sentant clairement sa bonne humeur. Ce ne fut qu'à ce moment-là que Flynn se rendit compte qu'elle avait été particulièrement calme ces derniers temps.

— T'es heureuse, ma belle ?

La chienne lui sauta dessus et il prit sa tête entre ses mains et la gratta derrière les oreilles.

— Tu crois que Gabe est heureux, lui aussi ?

Elle essaya de le lécher.

— Oui, je pense aussi qu'il va être heureux, maintenant.

Ils arrivèrent à la maison et Flynn décida de prendre une petite douche avant de préparer le dîner. Lorsqu'il redescendit, vêtu d'habits propres, chauds et avant tout secs, Gabe était assis à la table de la cuisine, en train de préparer le repas de Bridget. Flynn ne pouvait pas s'empêcher de sourire en voyant la différence d'attitude de Gabe. Était-ce d'être allé voir les chevaux ou sa déclaration d'amour qui avait engendré ce changement en lui ? Dans un cas comme dans l'autre, Flynn était heureux de voir Gabe prendre l'initiative de faire autre chose que de rester assis sur son lit à regarder dans le vide.

— Tu vas avoir un dîner digne d'un grand restaurant, ma belle, dit Flynn à Bridget, qui était assise à côté de Gabe, la langue pendante et les yeux fixés sur son maître avec anticipation.

Elle quitta des yeux à peine une fraction de seconde la viande que Gabe était en train de couper pour elle pour jeter un coup d'œil à Flynn, mais ce dernier ne la regardait pas non plus. Il regardait Gabe, qui souriait. Flynn ne put résister à la tentation de s'approcher de lui et de poser sa main sur son épaule.

— Je vais commencer à préparer le dîner, d'accord ? informa Flynn plus qu'il ne posa la question.

— J'ai pelé les patates, déclara Gabe comme s'il s'agissait de la chose la plus naturelle au monde.

— Merci, répondit doucement Flynn, incapable de formuler une réponse plus éloquente.

Il s'approcha du four, sur lequel se trouvait une casserole remplie de pommes de terre et fut bien content que Gabe soit trop occupé par le repas de Bridget pour voir le tumulte d'émotions sur son visage. Flynn ne savait pas ce qui avait engendré ce changement chez son amant, mais il en était heureux. Cela signifiait que Gabe allait enfin de l'avant plutôt que de s'apitoyer sur le passé, et c'était une bonne chose. Peut-être que suite à leur discussion dans l'écurie, Flynn allait à nouveau pouvoir le toucher. Il avait horreur de l'admettre, mais il avait besoin de plus de Gabe que ce qu'il lui avait donné ces derniers temps, et le sexe n'était qu'une toute petite partie de ce qui lui manquait. Il n'osait toutefois pas aborder le sujet, de peur que Gabe rentre à nouveau dans sa coquille. Il devrait trouver un autre moyen de le lui faire comprendre.

Pendant que Flynn s'affairait au-dessus des casseroles, son nez commença à le chatouiller et à couler, aussi se moucha-t-il dans une serviette en papier.

— Tu as pris froid ? demanda Gabe, l'air inquiet.

— Nan, le rassura Flynn. Ça va aller.

Gabe lui sourit et Flynn sut que tout irait bien, même si se promener dans des vêtements mouillés un jour aussi froid était probablement la cause de son rhume passager.

Le dîner passa rapidement et ils ne parlèrent de rien d'important, échangeant simplement des idées au sujet du ranch et de l'argent qu'ils devaient, et Flynn se délecta de son attitude ouverte et positive. Après avoir fait la vaisselle, il retourna à l'écurie s'assurer que les chevaux étaient bien installés pour la nuit.

Sur le chemin du retour, après avoir éteint la lumière dans l'écurie, il se prit les pieds dans un seau qu'il ne se souvenait pas avoir laissé là et se sentit immédiatement mal à l'aise. Ça pouvait très bien être un des voisins qui savait ce par quoi Gabe était en train de passer et avait décidé de donner un coup de main. Mais il n'aimait pas trouver des objets qui avaient été déplacés si près de leurs précieuses juments ou de la maison. Pour ce qu'il en savait, cet étranger pouvait ne pas avoir que de bonnes intentions, et bien que rien n'ait disparu, Flynn aurait voulu avoir un moyen de mieux sécuriser la maison et les animaux. Mais étant donné que la maison de Gabe n'avait même pas de clef pour verrouiller la porte d'entrée, cadenasser l'écurie serait probablement en faire un peu trop.

Flynn remit le seau à sa place et ferma la porte de l'écurie avant de retourner à la maison.

— Tout va bien avec les chevaux ? demanda Gabe depuis le lit d'appoint lorsqu'il entra dans le salon.

— Oui, pourquoi ?

— Tu as l'air inquiet.

Flynn s'assit à côté de Gabe et posa la main sur son genou.

— J'espère que rien ne va leur arriver. Ces poulains valent beaucoup d'argent.

— Je suis sûr qu'ils iront bien, répondit Gabe, posant un bras rassurant sur les épaules de Flynn.

Ce dernier se tourna dans ses bras et embrassa Gabe avec hésitation. À sa grande surprise, le baiser ne fut pas seulement retourné, mais également approfondi. Flynn laissa avec joie Gabe prendre les choses en main. C'était la progression naturelle de ce qui s'était passé plus tôt dans l'écurie et Flynn eut de la peine à se retenir de laisser les choses aller encore plus loin. Après autant de temps privé des caresses de Gabe, le corps de Flynn exigeait d'avantage et Gabe commençait à s'en rendre compte. La température montait trop vite, aussi Flynn recula-t-il.

— Doucement, Gabe.

Gabe le serra plus fort dans ses bras.

— Pourquoi on ne monterait pas ? À moins qu'il soit trop tôt pour aller au lit ?

Flynn comprit le sous-entendu, mais décida de rester prudent pour le moment.

— Il fait nuit dehors, je ne vois pas pourquoi ce serait trop tôt.

Gabe sourit et se leva. Il mit un peu plus de temps que Flynn pour monter l'escalier. Flynn l'attendit dans la chambre, rangeant un peu la pièce pour paraître occupé. Gabe commençait à bien maîtriser la montée de l'escalier avec ses béquilles à présent, donc il n'eut pas à attendre trop longtemps.

La tension était toutefois toujours là, cette même tension qui s'installait entre eux chaque soir lorsqu'ils allaient au lit. Elle s'était un peu dissipée après les premières fois où Gabe avait empêché Flynn de se rapprocher pendant la nuit. À présent, ils dormaient chacun de leur côté du lit, se touchant rarement, mais Flynn espérait que cela changerait à nouveau. Il décida de s'exhiber un peu, se promenant dans la chambre seulement vêtu de son caleçon pendant qu'il rangeait ses vêtements. Il n'eut pas besoin de regarder Gabe pour savoir que son amant le suivait du regard tandis qu'il enfilait le bas de pyjama qu'il avait pris l'habitude de porter après l'opération.

Puisque Gabe ne semblait pas vouloir commencer quoi que ce soit lui-même, Flynn n'eut d'autre choix que de se glisser dans le lit. Il tremblait presque d'excitation.

— Est-ce que tu veux… ? demanda Flynn avec hésitation.

— Oui, répondit Gabe, si vite et avec tant de conviction qu'ils se jetèrent l'un sur l'autre sans se préoccuper de la force de l'impact.

Leurs baisers furent instantanément passionnés, profonds et intenses, et Flynn ne put empêcher ses mains de se promener. Lorsqu'il saisit les fesses de Gabe et l'attira vers lui, frottant leurs corps l'un contre l'autre, Gabe recula.

— Je suis désolé. Je me suis laissé emporter, s'excusa Flynn, relâchant immédiatement sa prise.

Gabe appuya son front contre celui de Flynn. Sa respiration était lourde.

— Ne t'excuse pas. Je veux que tu me baises.

Gabe l'embrassa juste après avoir dit ces mots, comme s'il voulait empêcher Flynn de protester, mais ce fut au tour de Flynn de reculer.

— Gabe ?

Flynn essaya de le regarder droit dans les yeux, mais il évita son regard. Ce n'était pas qu'il n'avait pas envie de faire l'amour à Gabe, au contraire, il était incroyablement excité et savait que son corps en montrait tous les signes.

127

Mais Flynn ne voyait pas les mêmes réactions chez Gabe, et par conséquent, se demandait pourquoi son amant lui avait demandé cela.

— Flynn, s'il te plaît. Ne me fais pas te supplier. J'ai besoin de te sentir en moi, murmura Gabe avant de l'embrasser à nouveau.

Flynn n'eut pas besoin de se le faire dire deux fois. Il voulait sentir Gabe lui aussi, voulait recréer cette nuit où ils avaient été vraiment connectés physiquement. Cela s'était passé dans ce lit et Flynn s'en souvenait clairement, malgré le fait que cela s'était produit des mois plus tôt et avait été entouré de deux tentatives moins réussies.

L'abstinence le rendait incapable de résister à Gabe et les mains de son amant sur lui firent rapidement taire la voix qui lui disait que Gabe ne faisait ça que pour lui.

— D'accord, chuchota Flynn, son corps lui procurant un sentiment d'urgence.

Gabe se retourna, se positionnant sur le côté, dos à Flynn. Ce n'était pas la position préférée du jeune homme, mais elle ressemblait à celle dans laquelle ils avaient déjà fait l'amour, aussi Flynn sortit-il le lubrifiant de la table de chevet avant de se coller contre le dos de Gabe. Il embrassa son cou et sentit Gabe retirer son bas de pyjama.

— Tu sais que je n'ai pas besoin de beaucoup de préparation. S'il te plaît, baise-moi.

La main de Gabe entre leurs corps montrait clairement à Flynn qu'il en avait désespérément envie et Flynn n'avait plus la force de protester. Il lubrifia son érection et la frotta contre l'orifice de Gabe.

— Oui, comme ça, gémit Gabe.

Flynn ne fut pas surpris de glisser facilement à l'intérieur. Il essayait désespérément de ne pas succomber aux exigences de son corps qui lui demandait de s'enfoncer plus profondément. Gabe tourna son torse vers Flynn et l'embrassa, faisant encore un peu plus monter la température dans la pièce. Flynn laissa sa main glisser sur la poitrine de Gabe jusqu'à son ventre, mais son amant la repoussa.

— Non, chuchota Gabe d'une voix tendue, en même temps qu'il reculait ses fesses pour pousser Flynn à bouger.

Leur position était un peu inhabituelle mais ne déplaisait pas à Flynn, à qui les baisers manquaient lorsque son partenaire lui tournait le dos.

Gabe souleva sa jambe du haut.

— Allez Flynn. Donne-moi tout ce que tu as.

Flynn fit quelques mouvements de va-et-vient, et lorsque Gabe gémit en réponse, il cessa de se retenir. Son corps exigeait de pouvoir se soulager, mais lorsque Gabe repoussa à nouveau sa main, il commença à ressentir ce qu'il ressentait toujours pendant les coups d'un soir. Il fit ce que son corps lui demandait, mais il savait déjà que son orgasme ne serait pas très satisfaisant. Il était toutefois trop loin pour s'arrêter et espérait encore pouvoir donner du plaisir à Gabe. Si seulement Gabe le laissait faire.

— S'il te plaît, dis-moi que toi aussi tu vas bientôt jouir ? murmura-t-il entre deux baisers.

Gabe ne répondit pas immédiatement, mais Flynn lut sur son visage que la réponse était non. Gabe l'attira tout de même plus près et Flynn ne put retenir son orgasme. Il donna quelques coups de reins et sentit la tension familière s'accumuler dans son entrejambe, et malgré l'impression de se montrer à nouveau égoïste, il jouit.

Comme il s'en était douté, ce ne fut pas très satisfaisant. Sa respiration était saccadée à cause de l'effort, mais il était loin de l'extase qu'il avait visée. En voyant l'expression triste et abattue de Gabe compléter le tableau, il eut l'impression qu'il n'y avait tout à coup plus d'air dans la pièce. Flynn n'arrivait plus à respirer. Tout ce qu'il put faire fut de se retirer et de s'enfuir. De sortir.

Flynn enfila les vêtements sur la chaise et sortit de la chambre en courant, dévalant l'escalier avant de sortir sur le palier. Il faisait froid dehors, et sombre, mais ça n'avait pas d'importance. Il avait besoin d'air et de solitude.

— FLYNN, RENTRE. Tu es déjà enrhumé et je n'ai pas envie de tomber malade.

— Remonte te coucher. Je vais bien.

— J'ai descendu toutes ces marches, je ne vais pas me trainer jusqu'à l'étage sans m'être excusé, mais j'aimerais d'abord que tu rentres.

— Donne-moi juste une minute, j'ai besoin de temps pour réfléchir.

Flynn éternua, soulignant clairement le fait que Gabe avait raison et qu'il devrait l'écouter. Il était descendu pour s'éloigner de Gabe, pensant que ce dernier ne ferait pas l'effort de descendre l'escalier avec ses béquilles, mais il s'était trompé. Il faisait toutefois terriblement froid et il frissonnait, ce qui n'était pas très surprenant étant donné qu'il ne portait presque rien.

La porte derrière lui s'ouvrit à nouveau.

— Si je remonte dans la chambre, tu reviendras à l'intérieur ?

Flynn se tourna vers Gabe et acquiesça.

— Mais reste en bas. Il faut qu'on parle.

Gabe semblait inquiet et Flynn savait que ses mots n'allaient faire qu'empirer les choses, mais il n'avait pas d'autre choix. Il y avait trop de non-dits entre eux et ce soir n'était qu'un autre exemple flagrant. Il rentra dans la maison, Gabe tenant la porte ouverte pour lui comme il pouvait, appuyé sur ses béquilles. En sentant l'air chaud à l'intérieur, Flynn se mit à frissonner violemment. Il avait envie de se jeter dans les bras de Gabe, mais outre le fait que ça n'aurait pas été très pratique, cela allait également à l'encontre de ses intentions. Ils allaient devoir parler et cela signifiait ne pas s'asseoir trop près l'un de l'autre.

Ce n'est que lorsqu'il passa à la hauteur de Gabe qu'il vit que l'homme tenait à la main son gros manteau en toile cirée. Il remercia rapidement Gabe du regard et l'enfila avant de rentrer.

— Je me suis dit que comme ta veste était encore en train de sécher, dit Gabe avec une pointe d'hésitation dans la voix. On devrait vraiment t'en acheter un comme celui-là. La pluie ne les pénètre pas et ils tiennent bien chaud.

Flynn s'emmitoufla dans le manteau et s'assit sur la chaise à côté du lit d'appoint, sentant la chaleur se diffuser lentement en lui. En plus, le manteau sentait comme Gabe.

— C'est cher, répondit-il, sachant qu'il cherchait juste à dire quelque chose de moins difficile que ce dont ils devaient parler.

Gabe haussa les épaules et s'assit sur le lit d'appoint, mais Flynn pouvait voir qu'il essayait de cacher sa nervosité. Puis l'expression de Gabe changea.

— Tu as pleuré.

Flynn secoua la tête et s'essuya le visage d'une main.

— Il fait putain de froid dehors, répondit-il en sachant parfaitement que c'était un mensonge et que Gabe avait raison.

— Je suis désolé de t'avoir fait pleurer.

Ce fut à présent au tour de Flynn de hausser les épaules. Il ne pouvait toutefois pas regarder Gabe dans les yeux, pas même lorsqu'il se rapprocha un peu. Flynn savait que cela devait être difficile pour lui de garder l'équilibre en se penchant comme ça vers lui. Il laissa Gabe lui prendre la main, mais ne la serra pas dans la sienne.

— Je suis désolé de t'avoir fait faire quelque chose dont tu n'avais pas envie.

Flynn secoua la tête.

— J'en avais terriblement envie, Gabe. Je voulais tellement te faire l'amour, mais je voulais que ce soit aussi agréable pour toi. Pas comme ça. Pas comme ce qu'on a fait là.

Il fit un vague geste en direction de l'étage.

Gabe attira leurs mains jointes contre lui et Flynn résista tout d'abord, mais pas pour longtemps. Il voulait que Gabe le prenne dans ses bras et lui dise que tout irait bien, même s'il savait que ce n'était pas vrai. Il se laissa attirer sur le petit lit d'appoint à côté de Gabe. Il laissa aussi Gabe l'embrasser, pas un de ces baisers passionnés qui avaient mené à la débâcle à l'étage, mais des baisers lents, tendres et chastes.

— J'aurais aimé pouvoir faire plus, mais j'en avais envie moi aussi. Je voulais te sentir en moi, j'espérais que ça réveillerait quelque chose là en bas, mais ça ne l'a pas fait. Les médecins m'ont dit que je pourrais peut-être m'en remettre, mais ils m'ont prévenu qu'il était aussi possible que ça ne revienne jamais.

Flynn osa enfin regarder les yeux de Gabe et vit qu'ils étaient également brillants de larmes. Il passa la main sur les joues de Gabe, bien qu'aucune larme n'y ait encore roulé.

— Je pensais ce que je t'ai dit, Gabe. Je ne vais pas te quitter.

— Tu mérites un vrai homme, protesta Gabe.

— Tu es aussi vrai que n'importe quel homme pour moi, répondit fermement Flynn. On trouvera un moyen.

— Tu mérites mieux.

— Non, c'est faux, affirma Flynn en secouant la tête avec détermination. Je peux vivre sans sexe, Gabe, mais je ne peux pas vivre sans ça. J'ai besoin que tu me laisses être proche de toi. J'ai besoin de pouvoir te toucher et t'embrasser sans avoir l'impression que tu as hâte de pouvoir t'éloigner. Et j'ai besoin de ces petites choses aussi, de ces petits gestes entre amants. J'ai besoin que tu me touches. J'ai besoin que tu aies envie de me toucher, pas d'avoir l'impression que tu le fais uniquement parce que…

Flynn n'arrivait pas à trouver les bons mots.

— Moi aussi j'en ai besoin, Flynn.

131

— Je sais, acquiesça Flynn avant de l'embrasser à nouveau. Ne pense pas que je n'ai pas remarqué toutes ces fois où tu as pris ma main au milieu de la nuit quand tu croyais que je dormais.

C'était un véritable soulagement de pouvoir profiter de ce sentiment d'intimité sans ressentir la tension causée par leur frustration sexuelle mutuelle. Gabe avait passé un bras sous le manteau que portait toujours Flynn et Flynn caressait le dos nu de Gabe sous le tee-shirt que son amant avait rapidement enfilé avant de descendre. C'était de cela dont Flynn avait besoin, plus que du sexe. Il fut tout de même surpris de se sentir durcir à nouveau. Il ne pouvait toutefois pas se reculer. Pas après avoir avoué à Gabe que c'était ça qui le blessait le plus. Aussi resta-t-il contre lui, à essayer d'ignorer les exigences de son corps.

Bien évidemment, Gabe s'en rendit compte.

Ils rompirent leur baiser pour reprendre leur souffle mais restèrent toujours aussi proche.

— Tu me laisses m'occuper de ça ? chuchota Gabe contre la tempe de Flynn en glissant la main entre les jambes du jeune homme.

— Non, c'est bon. Ça va passer, répondit Flynn en retirant gentiment la main de Gabe.

— J'en ai envie, Flynn. Ne me retire pas aussi ça.

Flynn regarda Gabe dans les yeux et n'y vit aucune raison de ne pas le croire. Son conflit interne revint : il voulait pouvoir donner quelque chose à Gabe en retour. Puis il réalisa que peut-être, c'était également ce que ressentait Gabe. Peut-être voulait-il faire un geste désintéressé pour Flynn ?

Dès que Flynn cessa de résister, Gabe lâcha son regard pour remonter son tee-shirt en embrasser sa poitrine. Le temps que Gabe lèche les tétons de Flynn jusqu'à ce qu'ils se dressent et qu'il descende vers son nombril et ses hanches, Flynn était complètement dur et avait de la peine à ne pas amener la tête de Gabe vers son sexe humide. Il essaya de se détendre et de juste apprécier les sensations que lui provoquait le dévouement de Gabe, mais il ne pouvait pas s'empêcher de regarder ce que Gabe était en train de lui faire lorsqu'il baissa son caleçon. Flynn fut heureux de voir Gabe sourire avant de prendre son sexe dans sa bouche et il ne put se retenir de gémir lorsque son amant se mit à le sucer. Le plaisir évident que prenait Gabe à sa tâche ne faisait qu'ajouter à celui de Flynn, repoussant petit à petit son impression d'être égoïste en laissant Gabe le satisfaire de cette manière. Gabe savait clairement ce qu'il faisait et Flynn était certain qu'il n'allait pas tenir bien longtemps. Il écarta instinctivement un peu les jambes et en réponse, Gabe caressa doucement ses testicules, puis la peau sensible juste derrière. Flynn enfonça ses doigts dans le matelas, les jointures blanches sous la tension qu'il exerçait. Il savait qu'il était bruyant, mais il s'en fichait. C'était tellement délicieux, il n'avait aucune intention de se retenir. Lorsque Gabe glissa un doigt dans son orifice, Flynn cria et se cabra, incapable de se retenir de s'enfoncer dans la bouche de Gabe pour y jouir avec force.

Lorsque Flynn reprit ses esprits, il se souvint vaguement du poids du corps de Gabe contre le sien et d'une couverture dont on le recouvrit. Il se blottit instinctivement dans des bras chauds. Gabe captura sa bouche dans la sienne et il put sentir son propre goût sur la langue de son amant.

— Je crois bien que c'est la première fois que je fais s'évanouir un de mes partenaires.

Flynn entrouvrit les yeux et regarda le sourire satisfait de Gabe.

— Je ne me suis pas évanoui, se défendit-il. C'était seulement... assez intense.

Gabe serra Flynn contre lui et le jeune homme sentit la chaleur de son amour se diffuser en lui. Il aurait voulu rester ainsi pour toute l'éternité.

— Merci, murmura-t-il.

— Pourquoi ? Ne t'imagine pas un instant que je n'y ai pris aucun plaisir.

Bien que Flynn ne soit pas sûr de pouvoir croire Gabe, il était fatigué et c'était le milieu de la nuit, aussi se blottit-il dans les bras chauds de son amant avant de s'endormir.

XVIII

— TU DEVRAIS rester à l'intérieur, Flynn, commenta Gabe après que Flynn éternua pour la quatrième fois depuis qu'il s'était assis à la table du petit-déjeuner.

— Non, je vais bien, répondit Flynn avec le nez bouché. Ce n'est qu'un rhume. Les chevaux ont besoin de moi.

Gabe haussa un sourcil mais n'en dit pas plus. Il savait qu'il était inutile d'insister quand Flynn était aussi déterminé. Si Flynn était aussi malade que le laissaient penser ses yeux rouges, il serait de retour dès que la maintenance absolument nécessaire aurait été faite et qu'il se serait assuré que les chevaux dans les enclos allaient bien. Et pourquoi ne serait-ce pas le cas ? Ce n'était pas des chevaux dorlotés qui ne servaient qu'à faire des balades, mais des chevaux d'extérieur, solides et destinés au travail.

— Mets au moins mon manteau, alors ? Il est bien plus chaud que ta veste, et puis comme il pleut de nouveau…

Gabe ne termina pas sa phrase.

— D'accord, concéda Flynn.

Gabe sourit. Il y avait des avantages au fait que Flynn sorte de la maison. Il essayait de reprendre des forces avant d'appeler Craig, sachant que le physiothérapeute lui passerait un sacré savon pour avoir attendu aussi longtemps avant de le faire. Il se sentait enfin prêt à aller de l'avant, mais il aurait besoin de son aide. Il ne voulait juste pas donner de faux espoirs à Flynn. Pas tout de suite, au moins.

— Je vais faire la vaisselle, offrit Gabe lorsque Flynn eut terminé son assiette.

— Tu es sûr ? demanda Flynn, sceptique.

— Bien sûr, fit Gabe avec un haussement d'épaule et d'une voix aussi détachée que possible. Tu sais que je me débrouille vraiment bien avec mes béquilles, maintenant. Si je peux marcher jusqu'à l'écurie, je peux me déplacer dans la cuisine.

Flynn n'avait toujours pas l'air entièrement convaincu, mais il se leva tout de même, enfilant le manteau de Gabe avant de s'aventurer dehors. Gabe se leva dès que Flynn ferma la porte derrière lui et le regarda jusqu'à ce qu'il disparaisse dans l'écurie. Puis il se plaça entre la table de la cuisine et l'évier et commença à faire la vaisselle.

Cela lui prit un peu plus de temps qu'avant l'opération, étant donné que Flynn avait déplacé certaines choses comme le liquide vaisselle et les linges propres, mais ce fut tout de même rapidement terminé. Après un dernier coup d'œil dehors pour s'assurer que Flynn n'était pas dans les parages, Gabe s'allongea sur le lit d'appoint et se mit à faire des abdos. Il avait commencé quelques jours plus tôt et chaque jour l'exercice devenait plus facile. Gabe fit également une série de pompes pour remuscler son dos et ses bras. Il commençait tranquillement à retrouver son équilibre, avec un seul pied pour se soutenir. Il était sûr que Craig pourrait lui donner de bons tuyaux à ce sujet lorsqu'il l'appellerait plus tard.

Le premier jour où il avait fait des exercices, Bridget l'avait regardé l'air confuse par ses actions, mais à présent, elle levait simplement la tête quand il commençait avant de la reposer sur ses pattes avant.

Maintenant qu'il avait enfin décidé d'aller de l'avant, les choses ne pouvaient pas aller assez vite pour lui. Il voulait pouvoir à nouveau travailler dehors, monter à cheval et passer du temps dans les pâturages à chevaucher au milieu du troupeau. Il voulait aussi aider Flynn à dresser les chevaux. Il savait qu'il lui faudrait du temps avant d'avoir récupéré toutes ses compétences, d'être à nouveau capable de monter un jeune cheval farouche et nerveux et de pouvoir le faire l'accepter sur son dos simplement par la force de son propre self-control et de son calme intérieur. Jusqu'à ce qu'il en soit à nouveau capable, il voulait être là-bas avec Flynn, pour l'aider dans toutes les autres tâches à accomplir. Gabe espérait que Flynn le laisserait lui donner des conseils. Il était plus âgé après tout et il avait dressé des chevaux depuis qu'il avait l'âge de monter en selle, donc depuis bien plus longtemps que Flynn.

La soudaine impatience de Gabe ne fut cependant pas récompensée. Lorsqu'il appela Craig, le thérapeute rit et lui dit en plaisantant que ce n'était pas trop tôt. Il insista pour que Gabe vienne en ville pour essayer sa prothèse temporaire avant de pouvoir commencer sa rééducation. Craig ne pouvait simplement pas le faire au ranch. Le problème était que Gabe ne voulait pas encore en parler à Flynn.

Il allait devoir trouver un moyen de maintenir Flynn loin du ranch pour pouvoir demander à Calley de le conduire en ville. Il détestait l'idée de devoir demander de l'aide à quelqu'un, mais dans l'immédiat il allait devoir ravaler sa fierté.

GABE AVAIT déjà commencé à préparer le dîner lorsque Flynn revint enfin à la maison. Gabe le vit arriver en courant de l'écurie, la pluie ruisselant de son chapeau jusqu'au bas de son manteau, et il alla à sa rencontre dans l'entrée. Lorsque Gabe ouvrit la porte, il vit que Flynn frissonnait.

— Rentre donc. J'ai fait un feu, mais tu ferais mieux d'aller prendre une douche chaude ou tu vas être encore plus malade que tu ne l'es déjà, l'avertit Gabe.

Flynn éternua avant de pouvoir répondre et Gabe secoua la tête. Il le laissa retirer ses vêtements trempés et rentrer.

— Ça sent bon ici, fit remarquer Flynn après avoir rejoint Gabe dans la cuisine.

— Je peux éplucher des patates et les mettre à cuire. Pareil pour les légumes. Je peux faire griller un steak, mais j'ai bien peur que tu doives ajouter tous les petits détails toi-même, répondit Gabe avec un sourire avant d'accepter le baiser de Flynn. Maintenant monte te réchauffer, parce que tu es glacé jusqu'aux os.

Lorsque Flynn revint dix minutes plus tard, il portait des habits secs et ses cheveux mouillés étaient tout ébouriffés. Ses joues étaient également un peu rouges. Gabe ignorait si c'était simplement à cause de la douche chaude ou si Flynn en avait profité pour satisfaire une petite envie. Bien que Gabe soit tenté de plaisanter sur le sujet, il ne le fit pas. Il pria silencieusement pour que le temps se réchauffe bientôt, afin que Flynn puisse prendre ses douches en bas et que Gabe puisse le regarder. Quoique, il valait peut-être mieux que ce soit lui qui aille mieux afin qu'il puisse suivre Flynn en haut de l'escalier lorsqu'il entendrait la douche s'enclencher.

Flynn se plaça contre le dos de Gabe et le prit dans ses bras.

— Ajoute un peu de sel et de poivre, lui suggéra-t-il en regardant par-dessus son épaule le chou frisé que Gabe faisait cuire dans une poêle. Je vais chercher un peu de jus de citron.

— Non, ne bouge pas, demanda Gabe d'un ton joueur, serrant les mains de Flynn autour de ses hanches pour l'empêcher de le lâcher.

Au début, Flynn obéit, serrant même Gabe un peu plus fort, mais il finit tout de même par le relâcher.

— Je reviens. J'aime ta façon de cuisiner.

Flynn sortit un citron du réfrigérateur et le coupa en deux de l'air décontracté de quelqu'un dont c'était autrefois le travail. Il le pressa ensuite au-dessus du chou, une main en dessous pour rattraper les éventuels pépins qui pourraient tomber du fruit. La poêle grésilla et émit de la vapeur, mais l'odeur qui s'en dégagea était incroyable. Flynn sortit également une gousse d'ail et commença à la hacher.

— Tu sais, avant ton arrivée je n'avais pas tous ces trucs sophistiqués dans ma cuisine, fit remarquer Gabe.

Flynn rit.

— Je me souviens à quoi ressemblait ta cuisine le jour où je suis arrivé, dit-il avec un frisson dramatique. Pas le genre d'endroit où j'avais envie de préparer à manger. J'ai toujours de la peine à croire que tu ne t'es jamais empoisonné.

— Bah, ce n'est pas la seule chose que tu ais changé dans ma vie, répondit Gabe en se tournant vers Flynn.

Flynn le regarda dans les yeux et s'approcha de lui. Gabe pensa qu'il allait l'embrasser, mais il se contenta de rester là, dans son espace personnel.

— Je finirai bien par te transformer en une bonne épouse.

Gabe haussa un sourcil et recula légèrement la tête.

— C'est-à-dire ?

Flynn sourit, incapable de garder son sérieux.

— Tu fais déjà la cuisine. Bientôt tu pourras aussi faire le ménage et la lessive.

— J'ai toujours fait la lessive, se défendit Gabe.

— D'accord, je l'admets, concéda Flynn. Donc juste le ménage ? le taquina-t-il.

Gabe grogna et lâcha une de ses béquilles pour attraper l'arrière du crâne de Flynn et l'embrasser.

— Mmm, j'adore quand tu t'énerves, admit Flynn avec un petit gémissement lorsque Gabe le lâcha. C'est donc ça qu'il faut pour te faire prendre le dessus ?

Pendant un instant, Gabe ne sut pas quoi dire, étant donné le fiasco de la veille, mais Flynn ne bougea pas d'un cil et Gabe reprit son calme.

— Qui a besoin de prendre le dessus en t'ayant toi ? plaisanta-t-il.

Flynn se colla tout contre lui.

— Parfois, j'aime bien inverser les rôles.

— Je tâcherai de m'en souvenir, répondit Gabe en se penchant pour l'embrasser à nouveau.

Flynn rompit brusquement le baiser. Il poussa Gabe de côté, lui faisant presque perdre l'équilibre.

— Bon sang, le chou est foutu ! Je savais que ça allait arriver.

Il rit en retirant la poêle carbonisée du feu et la mit dans l'évier avant de faire couler l'eau dessus pour la refroidir.

— On peut toujours ouvrir une boite de haricots, suggéra Gabe.

— On est des cas désespérés, pas vrai ? déclara Flynn.

Gabe se rapprocha et fut heureux de voir le large sourire sur ses lèvres.

— Peut-être bien, mais au moins on sera désespérés ensemble.

Flynn acquiesça.

— Oui, au moins on est ensemble.

EN RAISON de leur petit incident en cuisine, le dîner fut singulièrement plus simple que d'habitude, mais ni l'un ni l'autre ne s'en préoccupa vraiment.

— Je parlais avec Hunter, commença Gabe d'un ton décontracté en mordant dans un bon morceau de steak. Il lui manque un palefrenier pour s'occuper d'un grand groupe de chevaux. Je suppose qu'il veut en vendre, et je lui ai suggéré de te poser la question. À moins que tu sois trop malade, bien sûr.

— Je ne suis pas malade, répondit immédiatement Flynn. Ce rhume sera passé dans un jour ou deux. Je peux travailler. Quand a-t-il besoin de moi ?

Gabe était bien content de l'enthousiasme de Flynn. Il essaya toutefois de ne pas avoir l'air trop heureux.

— Après-demain. Il aurait besoin de toi pour la majeure partie de la journée. Il a suggéré d'envoyer une de ses aides ici pour donner un coup de main, mais je lui ai dit qu'on se débrouillerait. Il ne se passe pas grand-chose ici, de toute façon. Et puis, on pourra toujours lui demander de l'aide plus tard en échange. Il te payera pour ton travail, bien sûr.

Gabe regarda son amant du coin de l'œil pour essayer de jauger sa réaction, mais Flynn ne semblait se douter de rien. Bien sûr, il avait appelé Hunter et lui avait demandé s'il pouvait lui faire une faveur. Il savait que Hunter, avec son grand domaine, avait toujours besoin de mains supplémentaires, et que comme l'hiver touchait à sa fin, ils déplaçaient les troupeaux vers les enclos plus élevés et étaient donc très occupés. C'était un petit mensonge, mais Gabe voulait conserver son secret encore un petit peu.

DEUX JOURS plus tard, Gabe appela Calley dès que Flynn fut parti. C'était le seul jour où elle avait un employé au magasin et pouvait s'absenter quelques heures.

— Ravie de te revoir parmi les vivants, lui dit Calley pendant qu'ils arrivaient en ville. Au moins tu as l'air en forme. Flynn prend bien soin de toi.

— Je peux prendre soin de moi-même, merci, répondit directement Gabe avant de se rendre compte de la dureté de sa réponse. Tout va bien, la rassura-t-il. Il prend bien soin de moi, en effet, mais il est temps que je recommence à prendre soin de moi-même.

Calley haussa un sourcil et regarda Gabe du coin de l'œil, mais reporta vite son regard sur la route. Leur silence habituel se réinstalla et Gabe regarda par la fenêtre. La route était un peu longue mais ni l'un ni l'autre n'essaya de faire passer le temps en parlant de tout et de rien.

— Je peux me débrouiller, déclara Gabe lorsque Calley le déposa devant l'entrée de l'hôpital. Je suis sûr que tu préférerais aller faire du shopping ou quelque chose comme ça plutôt que de m'attendre ici à ne rien faire.

Ça aurait peut-être été le cas pour la plupart des femmes, mais Gabe savait que Calley n'était pas de ce genre. Elle ne le contredit toutefois pas.

— Tu passes me reprendre dans environ deux heures ?

Elle lui lança un regard agacé, mais acquiesça et redémarra. Gabe savait qu'il allait devoir trouver un moyen de la remercier, mais qu'elle ne lui en voudrait pas. Ils se connaissaient depuis trop longtemps pour ça.

Dès que la voiture de Calley disparut, Gabe se retourna et entra dans l'hôpital C'était un très grand bâtiment et il dut bien vite s'arrêter pour reprendre son souffle et laisser la douleur dans sa jambe s'apaiser. Il jura à voix basse, comme à chaque fois qu'il était confronté aux limites de son corps, et lorsqu'il se rendit compte qu'il s'était trompé de chemin quelque part dans cet immense labyrinthe, il finit par s'asseoir un moment sur une chaise. Il était déjà en retard pour son rendez-vous avec Craig, mais il avait vraiment besoin de reprendre ses forces. De l'autre côté du couloir, une petite fille chauve, au visage décharné et assise dans un fauteuil roulant lui sourit, et son humeur s'améliora. Pourquoi était-il aussi déprimé ? Il avait perdu son pied, devrait apprendre à remarcher, mais autrement il était plutôt en forme. Cette fille allait probablement mourir d'une terrible maladie et ne reverrait peut-être jamais l'extérieur de cet hôpital, et pourtant elle souriait à un étranger. Gabe lui sourit en retour et les yeux de la petite fille se mirent à briller. Il lui fit un signe de la main, et elle tira sur le bras de sa mère pour lui dire que l'homme de l'autre côté du couloir la saluait.

Gabe se releva et lui fit un clin d'œil. Il se rendit à la réception pour demander comment aller jusqu'au département de rééducation physique, et apprit qu'il était juste à côté.

CRAIG ÉTAIT heureux de le voir, mais comme l'avait prédit Gabe, il lui fit un sermon sur les raisons pour lesquelles il aurait dû venir plus tôt.

— Vos muscles sont en train de fondre, mon vieux, le prévint Craig. Votre petit ami n'a pas encore fait de commentaire là-dessus ? Je parie que vous n'avez plus de belles fesses bien symétriques.

Gabe fronça les sourcils mais ne répondit pas. Craig avait toujours été un peu dur, mais c'était un bon thérapeute et il savait comment le rendre juste assez en colère pour que Gabe veuille lui montrer qu'il avait tort. Et puis, il se tenait debout entre deux barres parallèles et Craig était derrière lui, à le toucher à toutes sortes d'endroit, certains plus appropriés que d'autres.

— Vous avez fait de l'exercice, par contre ? demanda Craig en revenant dans son champ de vision.

Il haussa ses sourcils, ce qui fit lever les yeux au plafond à Gabe.

— Oui, répondit Gabe, incapable de cacher le fait qu'il était content que Craig ait remarqué.

Bien qu'il soit complètement habillé, Craig admirait son corps sans aucune honte, ce qui mettait Gabe un peu mal à l'aise. Et étrangement, le fit remarquer un peu plus son physiothérapeute. Il secoua la tête. Cet homme n'était même pas son genre. Dans sa folle jeunesse, à l'époque où il allait en ville pour draguer et trouver de bons coups, il aurait peut-être considéré la possibilité. Mais maintenant, même si son corps avait été en parfait état de marche, il ne l'aurait pas fait.

— Il va falloir en faire plus, déclara Craig, ramenant Gabe à la réalité. On va faire un moulage pour pouvoir vous faire une prothèse temporaire, et ensuite il faudra décider d'un horaire pour vos exercices.

Gabe acquiesça. Il n'avait pas hâte d'y être, mais il n'était pas du genre à fuir les dures réalités de la vie. Du moins, pas une fois qu'il avait décidé de faire tout ce qu'il pouvait.

GABE NE rentra pas au ranch avant tard dans l'après-midi. Il avait invité Calley à déjeuner pour essayer de se faire pardonner et pour penser à autre chose. Faire le moulage avait été très dur psychologiquement pour lui. Craig avait attentivement examiné le moignon et l'avait fait regarder aussi, lui expliquant ce à quoi il devrait faire attention une fois qu'il porterait la prothèse. Il l'avait averti qu'il ne faudrait pas prendre les choses à la légère et vérifier qu'il n'y avait pas de petites blessures autour de la zone de l'amputation pour s'assurer que tout allait bien. Bien que Craig soit satisfait de la façon dont la plaie avait guéri, pour Gabe cela avait été dur de regarder ce qui restait du bas de sa jambe. Il avait pardonné depuis longtemps à Calley et Flynn d'avoir autorisé l'opération, mais ça ne rendait pas la confrontation avec le résultat plus facile pour autant.

Une fois à la maison, il se rendit compte à quel point il était épuisé. Il savait qu'il devait commencer à préparer le dîner, parce que Flynn allait lui aussi être assez fatigué lorsqu'il rentrerait, mais dans l'immédiat, il n'avait pas l'énergie nécessaire, aussi s'allongea-t-il sur le lit d'appoint où il s'assoupit rapidement.

Lorsqu'un bruit le réveilla, il faisait nuit et il frottait ses yeux embués de sommeil quand Flynn sortit de la buanderie. Il n'avait pas l'air de bonne humeur.

— Tout va bien ? demanda prudemment Gabe.

— Oui, très bien, répondit sèchement Flynn. Qu'est-ce qu'on mange ?

Il n'attendit pas la réponse et monta l'escalier quatre à quatre. Gabe se dit qu'il allait sûrement prendre une douche, alors il se leva pour se rendre dans la cuisine.

Lorsque Flynn redescendit, le reste de pommes de terre de la veille grillait dans une poêle et Gabe y ajoutait quelques légumes et s'apprêtait à casser deux œufs par-dessus.

— Une omelette, ça te va ? demanda-t-il à Flynn, qui acquiesça. Tu ferais mieux de l'assaisonner toi, par contre, ajouta-t-il en essayant d'être de meilleure humeur que Flynn.

Flynn ne sourit pas mais se tint à côté de Gabe devant la cuisinière. Gabe le regarda ajouter du sel, du poivre et un peu de Cayenne, mais soit Flynn l'ignorait, soit il était perdu dans ses pensées.

— Alors, comment ça s'est passé chez Hunter ?

Flynn le regarda d'un air sévère.

— Ça devait être agréable de travailler à nouveau sur un grand ranch, non ? demanda Gabe, espérant que Flynn se décontracterait.

Flynn soupira et se tourna vers Gabe.

— Pourquoi m'as-tu envoyé là-bas ?

Gabe secoua la tête comme s'il n'avait pas la moindre idée de ce que voulait dire Flynn. Au fond de lui-même, en revanche, il redoutait que Flynn ne découvre le pot aux roses.

— Ils avaient l'air surpris de me voir. Ils ont eu de la peine à me trouver des choses à faire, comme si je n'étais qu'un journalier qu'Hunter aurait ramassé au bord de la route. On a déplacé quelques chevaux et j'ai réparé quelques brides et fait quelques box. Content ?

Gabe pouvait sentir la colère dans les mots de Flynn. Satané Hunter ! Enfin, il ne pouvait pas rejeter toute la faute sur lui. Il allait devoir se faire pardonner.

— Je suis désolé, je…

— Pourquoi avais-tu besoin que je ne sois pas là, Gabe ? l'interrompit Flynn. Je suis ton partenaire. Ou du moins je le croyais, après tout ce qu'on a traversé. Qu'est-ce qui se passe ? Tu te remets avec Grant ?

Gabe n'en croyait pas ses oreilles.

— Quoi ? De quoi tu parles ? Qu'est-ce que Grant vient faire là-dedans ?

— Grant bosse sur le ranch de Hunter, cracha Flynn.

Gabe pouvait voir que Flynn était en train de perdre son calme, aussi se rapprocha-t-il.

— Et il travaille ici aussi, même si je ne l'ai pas encore pris la main dans le sac, continua le jeune homme. J'ai eu pas mal de temps pour y réfléchir pendant que je faisais les box dans l'écurie de Hunter et j'en ai déduit que c'était pour ça que tu voulais que je parte. Grant était ici, pas vrai ?

— Flynn ? appela Gabe, mais Flynn était déjà dehors. Je n'ai pas revu Grant depuis le jour où il m'a quitté, Flynn, déclara Gabe depuis le pas de la porte en le regardant sur le porche.

Les cheveux de Flynn étaient toujours mouillés de sa douche et il faisait froid dehors.

— Rentre avant de retomber malade.

Flynn ne bougea pas.

— Je sais qu'il est venu à l'hôpital parce que tu m'en as parlé, mais je ne m'en souviens pas. Je te jure que je ne l'ai pas vu depuis.

Flynn déglutit, mais il semblait déjà plus calme. Gabe espérait qu'il allait bientôt rentrer.

— Pourquoi ne devais-je pas être au ranch aujourd'hui ?

La voix de Flynn était calme, mais il fixait toujours l'écurie d'un air sévère.

Gabe savait qu'il n'avait pas d'autre choix que d'avouer la vérité et exposé son petit mensonge.

— Je suis allé à l'hôpital aujourd'hui.

— Pourquoi ? demanda Flynn en se retournant pour faire face à Gabe, le visage soudain inquiet. Tout va bien ?

Flynn se rapprocha et regarda Gabe de la tête au pied.

— Tout va bien. Je devais juste voir Craig pour un peu de physiothérapie.

Le visage de Flynn s'illumina et il sourit doucement.

— Et il va te faire une prothèse pour ton pied ? Tu vas pouvoir remarcher ?

Gabe acquiesça.

— Pourquoi ne m'en as-tu pas parlé ? Je t'aurais amené et…

Le sourire de Flynn disparut.

— Je suis ton partenaire, Gabe. Pourquoi ne pouvais-tu pas me le dire ?

Gabe devait bien admettre qu'il n'en savait rien. Flynn avait raison. Il aurait dû partager ça avec lui.

— Je ne sais pas, avoua-t-il doucement. Tu avais tout à fait le droit de savoir. Mais je…

— Tu quoi ? demanda Flynn lorsque Gabe hésita un peu trop longtemps.

— Je voulais te faire la surprise, déclara Gabe en détournant le regard.

— T'entendre dire que tu retournais à l'hôpital pour ça aurait déjà été une sacrée surprise, Gabe. Je suis content que tu ailles de l'avant. J'aurais juste aimé que tu m'inclues dans tes projets de temps en temps. J'aurais voulu partager ça avec toi, Gabe. C'est ce que font des partenaires.

Flynn se tenait à présent tout près de Gabe, ce ne fut donc pas vraiment une surprise lorsqu'il pressa ses lèvres contre les siennes.

— Rentrons, tu veux bien ? dit Flynn en donnant un gentil coup de coude à Gabe.

Lorsqu'ils pénétrèrent dans la maison, une odeur de brûlé les accueillit.

— C'est bon, soupira Flynn en jetant l'omelette carbonisée dans la poubelle. Je refuse de manger à nouveau des haricots en boite. Je vais en ville nous chercher du chinois.

XIX

C'ÉTAIT TOUJOURS agréable de se réveiller contre Gabe. Il y avait quelque chose de très masculin dans son odeur, ce qui, combiné aux poils fins qui couvraient de grandes parties de son corps et aux muscles fermes d'un homme habitué à travailler avec ses mains, ne manquait jamais de provoquer chez Flynn une érection s'il n'en avait pas déjà une. Pendant des mois, Flynn avait presque eu honte de sa réaction physique, craignant qu'elle ne moque l'incapacité de Gabe dans ce domaine. Flynn avait pris l'habitude de se soulager sous la douche, le seul endroit où il avait assez d'intimité, mais cela ne voulait pas dire qu'il pouvait se passer des caresses de Gabe.

Lentement, ils s'étaient redécouverts l'un l'autre. Ces derniers jours ils avaient commencé à dormir collés l'un à l'autre, quelque chose qu'ils ne faisaient pas même au début de leur relation. Cela avait tout de même pris du temps pour que Gabe parvienne à convaincre Flynn qu'il avait besoin de leurs ébats lui aussi, de leur intimité, de leur tendresse, même s'il ne pouvait pas avoir d'érection ou jouir. Flynn avait horreur de voir la frustration dans les yeux de Gabe parfois, alors il essayait de compenser avec beaucoup de baisers et de caresses. Voir Gabe détendu et confortable dans ses bras était une récompense suffisante pour le moment. Flynn laissait toujours Gabe amorcer leurs moments intimes, mais il avait arrêté de se sentir coupable de son propre désir et avait commencé à apprécier les fellations de son amant, sachant que Gabe y prenait également plaisir.

En retour, Flynn essayait de trouver les zones sensibles de Gabe. Ses tétons et l'intérieur de ses cuisses avaient été évidents. Il avait eu plus de peine à trouver les fossettes juste au-dessus de ses fesses ou le point entre ses omoplates. Mais l'endroit préféré de Flynn était le cou de Gabe. Il adorait être couché derrière Gabe, le tenant contre lui, et embrasser et lécher l'endroit où le muscle de son épaule rejoignait celui au sommet de sa colonne vertébrale, juste où ses cheveux s'arrêtaient. Flynn adorait sentir son odeur, juste là, et la façon dont Gabe essayait de se rapprocher quand il faisait ça.

La nuit précédente, Flynn avait joui comme ça, son sexe recevant la friction nécessaire entre les fesses de Gabe alors celui-ci se cambrait pendant que Flynn l'embrassait et jouait avec ses tétons. Gabe avait gémit et avait clairement été conscient de l'effet qu'il avait sur Flynn. Pendant un instant, Flynn s'était dit que Gabe en rajoutait parce qu'il savait que ça l'excitait, mais son orgasme l'avait pris si violemment que toute pensée cohérente s'était envolée. Ils s'étaient endormis comme cela, serrés l'un contre l'autre, Flynn sur un petit nuage et Gabe avec un sourire fier sur les lèvres.

À présent, Flynn laissait lentement la lumière du petit matin le réveiller. Gabe était toujours dans ses bras, le dos contre sa poitrine, la respiration calme. Flynn aurait voulu que ce moment dure pour toujours, mais dès qu'il s'étira Gabe se réveilla également.

— Mmm, marmonna Gabe en reculant la main pour toucher la peau nue de Flynn. L'heure de se lever ?

— On a encore quelques minutes.

Flynn se blottit un peu plus, ayant parfaitement conscience que son érection matinale était appuyée contre les fesses de Gabe.

— Baise-moi.

— Quoi ? demanda Flynn, à présent parfaitement réveillé.

— Baise-moi, fais-moi l'amour, répondit Gabe les yeux toujours fermés. Tu es dur comme de la pierre. Ce serait dommage de gâcher ça.

Il tira Flynn un peu plus près de lui pour l'embrasser.

— Ça ne s'est pas super bien terminé la dernière fois, tu te souviens ? lui rappela Flynn.

Gabe se contorsionna pour passer un bras autour de Flynn Ce n'est qu'à ce moment-là qu'il ouvrit les yeux.

— Je sais que tu n'as pas aimé, mais moi si, Flynn. C'était bon de te sentir à nouveau en moi. Et la nuit dernière, quand on a fait l'amour et que tu as joui, en te frottant comme ça contre moi, tout ce à quoi j'arrivais à penser, c'était que je voulais que tu jouisses en moi.

— Mais... Ça doit être tellement frustrant pour toi, répondit doucement Flynn.

Gabe l'embrassa à nouveau.

— Je n'ai plus les mêmes attentes aujourd'hui que ce soir-là. Peut-être que ça ne reviendra jamais, Flynn, mais je ne veux pas arrêter de faire l'amour avec toi. À moins que tu ne veuilles pas, bien sûr.

L'incertitude qui était réapparue sur le visage de Gabe fit céder Flynn.

— Il n'y a rien que je veuille plus que te faire l'amour, mais j'ai toujours l'impression de profiter de toi. Même hier soir…

— Chut, l'interrompit Gabe. C'est à moi de juger de ce genre de chose.

— Mais je sais que… tu m'aimes, continua Flynn avec une pointe d'hésitation. Et ça veut dire que tu serais prêt à le supporter pour me donner… du plaisir.

Gabe se retourna complètement pour faire face à Flynn.

— Je ne t'aime pas à ce point-là !

La dureté des mots de Gabe poussa Flynn à le regarder dans les yeux et il se rendit compte que son expression contredisait ses mots. Son regard était doux et aimant, bien qu'également un peu moqueur.

— Ça me fait peur, Flynn, continua Gabe. Pourquoi resterais-tu avec moi si je ne peux pas…

Gabe ne finit pas sa phrase. Ils savaient tous les deux ce dont il parlait et prononcer les mots les aurait rendus trop réels.

— Mais je ne te demanderais pas de me baiser si je n'en avais pas envie. Je sais que tu… te masturbes sous la douche, continua Gabe en détournant le regard. Mais je préférerais largement que tu le fasses devant moi.

— Gabe !

— C'est la vérité, confessa Gabe. Pourquoi le nier ? Je fantasme à ce sujet parfois, alors pourquoi ne le ferais-tu pas ?

— Parce que c'est embarrassant, rit doucement Flynn.

— De te masturber ?

— Oui, admit Flynn.

Gabe essaya de le faire le regarder à nouveau.

— Juste parce que je ne peux pas, ça ne veut pas dire que ça ne m'excite pas. Te voir te donner du plaisir serait beaucoup moins frustrant que de savoir que tu n'as qu'une hâte, c'est de sauter sous la douche pour pouvoir le faire.

Gabe sortit le lubrifiant du tiroir de la table de nuit. Il ouvrit le tube et demanda à Flynn de lui tendre sa main.

Flynn hésita avant d'obtempérer. C'était une idée étrange, de se masturber devant son amant. Le sexe, c'était une chose, mais se branler ? Il avait presque l'impression d'être de retour au lycée. Flynn se souvenait clairement avoir passé des après-midi d'été, après avoir fini ses tâches, caché dans des meules de foin avec son meilleur ami Davy. Ils se masturbaient, et c'était à celui qui éjaculait le plus vite et le plus loin. Déjà à l'époque, il mourrait d'envie de prendre la verge de Davy dans sa main et que Davy touche la sienne, mais ce n'était jamais arrivé. Ils ne s'étaient même pas embrassés. Aux dernières nouvelles, son ami s'était marié et avait toute une ribambelle de gamins. Ce n'était rien d'autre que ça. Un truc de gamin. Pas quelque chose qu'on faisait avec son amant.

Gabe lui fit un signe d'encouragement.

— Allez, essaie ! Si tu n'aimes pas ça, on ne le refera pas.

Flynn accepta le lubrifiant transparent et frotta ses doigts pour le réchauffer. Puis il enveloppa de sa main son membre à moitié tendu et commença à se caresser lentement. Il devait admettre que c'était agréable, et bien qu'il ait désormais l'habitude de sa propre main, le regard de Gabe sur lui changeait légèrement la donne. Juste au moment où il recommençait à trop réfléchir, Gabe se pencha vers lui et l'embrassa tendrement.

— Tu es terriblement attirant quand tu te caresses comme ça, murmura-t-il contre les lèvres de Flynn pour l'encourager. Prends ton temps. Montre-moi ce que tu aimes.

— Tu sais ce que j'aime, répondit Flynn.

— Mmm, acquiesça Gabe. Mais ce n'est jamais pareil de voir une démonstration.

Flynn ferma les yeux et essaya de se concentrer sur son plaisir sans être constamment confronté au regard de Gabe. C'était une trop grande distraction, bien qu'il puisse toujours sentir la bouche de Gabe près de la sienne et son souffle sur sa peau. Puis Flynn entendit le tube de lubrifiant s'ouvrir à nouveau. Lorsqu'il osa enfin rouvrir les yeux, Gabe avait une main derrière lui.

— Tu es en train de te préparer pour moi ? demanda Flynn avec hésitation.

— Je t'ai dit que je voulais que tu me baises. Juste parce que je ne peux pas… tu sais, ne veut pas dire que je ne peux pas être excité et te voir te branler m'excite énormément.

La respiration de Flynn s'accéléra. Putain oui, bien sûr qu'il voulait baiser Gabe ! C'était évident. Toujours. Il s'était retenu après le dernier désastre, mais maintenant que Gabe l'aguichait avec autant de ferveur, sa capacité à résister fondait comme neige au soleil. Il continua à se masturber tandis qu'il poussait Gabe pour qu'il s'allonge.

Gabe changea immédiatement la position de sa main et écarta les jambes, ouvrant le passage pour que Flynn s'allonge entre elles.

— Vas-y. Jouis en moi. Je suis prêt pour toi.

Flynn essaya d'ignorer le sexe flaccide de Gabe et décida de se concentrer plutôt sur la respiration saccadée de son amant et ses mots encourageants.

— Je te veux en moi. Je suis prêt pour toi, Flynn. S'il te plaît ?

Les supplications de Gabe vinrent à bout de la fin de la résistance de Flynn. Il positionna son membre contre l'entrée de Gabe et se glissa facilement dans l'orifice étroit.

Gabe gémit.

— Oh oui, putain… C'est trop bon !

Flynn acquiesça et se pencha pour embrasser Gabe en commençant un lent mouvement de va-et-vient. C'était si bon d'être si proches, dans les bras l'un de l'autre, face à face et s'embrassant pendant qu'ils faisaient l'amour. Il se sentait dorloté et à l'abri, et les gémissements en rythme de Gabe ainsi que ses mots d'encouragement effacèrent l'impression de prendre avantage de lui.

— C'est si bon, murmura Gabe. J'y suis presque. N'arrête pas.

À ces mots, Flynn s'arrêta tout de même.

— Quoi ?

Il se redressa sur ses coudes et regarda entre leurs deux corps. Gabe l'attrapa par le coup et l'attira vers le bas.

— Ne t'arrête pas. Baise-moi plus fort. Fais-moi jouir. S'il te plaît.

Gabe l'embrassa presque avec violence, et Flynn ne put rien faire d'autre qu'obéir. Les supplications de Gabe enflammaient son désir, il devait céder aux demandes de son corps. Il commença à pénétrer Gabe à toute vitesse. Il n'avait pas la moindre idée de combien de temps il allait tenir, mais c'était si bon d'abandonner ce qui lui restait de self-control. Soudain, le visage de Gabe se contorsionna et son dos se courba violemment. Flynn sentit la semence de Gabe coller entre leurs ventres et ne put s'empêcher de regarder.

— Tu as joui ?

La respiration de Gabe était trop courte pour qu'il puisse répondre, mais il acquiesça.

— Tu n'es même pas dur.

Gabe secoua lentement la tête.

— C'était une sensation incroyable, par contre.

Gabe siffla entre ses dents lorsque Flynn se retira doucement.

— Tu n'as pas encore… ?

Flynn secoua la tête avec un sourire amusé et remit du lubrifiant dans sa main. Il se hissa plus haut sur Gabe afin d'être à cheval sur lui.

— Tu m'as un peu pris par surprise. Et ensuite, je me suis souvenu que tu voulais me voir me branler. C'est toujours le cas ?

— Oh oui, répondit Gabe, le plaisir évident dans sa voix.

Flynn commença lentement à pomper son érection dure comme la pierre. Ce n'était généralement pas son genre de se donner ainsi en spectacle, mais avec la façon dont Gabe se mordait la lèvre en regardant ce que Flynn faisait et sans cacher le plaisir qu'il ressentait, cela devint un moyen de lui donner quelque chose en retour, et Flynn était même tenté d'en rajouter un peu. C'était toutefois de plus en plus difficile de maintenir un rythme lent. Il donnait des coups de reins, comme s'il baisait son poing, et lorsque Gabe saisit ses fesses et commença à les malaxer en rythme avec ses mouvements, Flynn sentit son contrôle lui échapper. Il voulait désespérément jouir, aussi lorsqu'il commença à ressentir le picotement familier à la base de sa colonne vertébrale, il accéléra et contracta les muscles de son abdomen jusqu'à ce que la vague de plaisir l'emporte et qu'il s'écroule dans les bras de Gabe.

Flynn ne savait pas combien de temps ils restèrent étendus là, lui la respiration courte et Gabe le tenant dans ses bras. Il se rendit vaguement compte que Gabe les nettoyait, mais il se sentait si bien et au chaud qu'il finit par s'endormir. Lorsqu'il se réveilla à nouveau, les rayons du soleil s'échappaient des contours des rideaux et son regard était plongé dans celui de Gabe.

— Salut, petit paresseux.

— Désolé, s'excusa Flynn.

— Pourquoi ? On a eu une expérience merveilleuse, puis tu t'es endormi, moi aussi, et maintenant on s'est réveillés.

— Quelle heure est-il ? demanda Flynn, craignant la réponse, même si ce n'était pas très important.

Ils devaient se lever de toute façon, mais Flynn n'avait pas encore envie de quitter leur petit cocon.

— Oh, vers les onze heures ? répondit Gabe d'un ton décontracté.

— Quoi ? s'exclama Flynn, brusquement complètement réveillé.

Il sauta du lit et commença à fouiller à la recherche de ses vêtements.

— Bon sang, il faut qu'on aille bosser !

Gabe ne bougea pas. Il resta assis dans le lit un grand sourire aux lèvres, à regarder Flynn s'agiter.

— Reviens au lit, Flynn.

— Il faut s'occuper des chevaux, faire les box, graisser les cuirs, réparer des barrières et… et…

Gabe rit doucement.

— Les chevaux ne savent pas lire l'heure, chéri. Ils s'en fichent de l'heure à laquelle tu viens. Et s'ils ont de l'eau et de l'herbe bien grasse, ils s'en fichent même si tu ne viens pas.

Il se pencha vers le bord du lit et attrapa la main de Flynn pour l'attirer plus près de lui.

— Moi, d'un autre côté…

Flynn se laissa à contrecœur être tiré sur le lit. Le baiser impitoyable de Gabe vint à bout de sa résistance.

— J'ai réveillé quelque chose en toi, pas vrai ? demanda Flynn lorsqu'ils rompirent le baiser pour respirer.

— Oh, je ne sais pas, répondit innocemment Gabe. J'espérais qu'après ta petite sieste, tu serais partant pour un deuxième tour ?

Flynn leva les yeux au plafond avant de retirer le tee-shirt qu'il avait rapidement enfilé et de se glisser sous les draps.

XX

— Si j'avais su que c'était si facile, je vous aurais appelé il y des semaines, rit doucement Gabe.

Il était debout sur le porche, des petites cannes anglaises dans les mains, les yeux baissés sur Craig.

— Ne faites pas trop vite le fanfaron. Vous vous appuyez à peine sur la prothèse, répondit le thérapeute, accroupi devant lui en train de régler l'alignement du pied de Gabe.

— Je... Oh putain !

— Je vous l'avais dit, s'exclama Craig en se retenant tout juste de rire. Il va falloir y aller doucement. Maintenant, pliez un peu votre genou.

— Comment je suis sensé faire ça, râla Gabe.

— Vous dites à votre jambe de se détendre, puis vous remontez légèrement le genou.

Gabe vacilla un peu et eut de la peine à garder l'équilibre.

— Allez, Gabe, l'encouragea Craig. Concentrez-vous. Ça fait des mois que vous vous déplacez avec des béquilles. Ça ne peut pas être tellement plus dur.

À ce moment-là, Gabe entendit un bruit et lorsqu'il releva la tête il vit Flynn qui revenait vers la maison en courant.

— Tout va... bien ?

Flynn le dépassa sans s'arrêter et s'engouffra dans la maison. Il en ressortit un instant plus tard, le fusil de Gabe à la main.

Avant que l'un d'eux n'ait le temps de réagir, Flynn était déjà reparti en courant en direction de l'écurie.

— Mais que se passe-t-il ? marmonna Gabe avant de commencer à le suivre en se balançant sur ses nouvelles cannes.

— Hé ! cria Craig. Attention avec cette jambe !

Le thérapeute devint vite la troisième personne à se diriger rapidement en direction de l'écurie.

— Flynn ? appela Gabe dès qu'il arriva, à bout de souffle. Flynn ?

— Par ici, répondit Flynn d'une voix abattue.

Gabe contourna le dernier box, vers l'endroit où se trouvait l'échelle qui menait à la réserve de foin à l'étage, et trouva Flynn le fusil pointé sur deux visages familiers. Les deux hommes se tenaient les mains levées, comme dans un Western.

— Hunter, salua Gabe. Grant, continua-t-il sur un ton légèrement différent. Puis-je vous demander ce que vous faites là ?

— Peux-tu d'abord lui dire de baisser ce fusil ? demanda Hunter en indiquant Flynn mais en regardant Gabe.

— Vous êtes sur ma propriété, répondit calmement Gabe.

— Écoute, je peux tout expliquer, dis-lui juste de…

— Je ne peux pas lui donner d'ordre, interrompit Gabe avec une pointe d'amusement dans la voix.

— C'est ton garçon d'écurie, bien sûr que tu peux lui donner des ordres, intervint Grant.

— Oh, il est bien plus que mon garçon d'écurie, Grant. Tu devrais bien le savoir.

Gabe pouvait voir la colère monter en Grant, mais se rendit compte que ça ne lui faisait ni chaud ni froid.

— Écoutez, continua Hunter en reprenant les choses en mains après avoir fait un petit signe de tête à Grant. Flynn, nous ne sommes pas armés, alors s'il te plaît arrête de pointer ce truc sur nous. Ensuite, j'essayerai d'expliquer.

Flynn lança un regard à Gabe, puis baissa le fusil. Il n'avait toutefois toujours pas l'air détendu.

Hunter et Grant baissèrent les mains. Gabe avait toujours de la peine à ne pas rire de la situation et fit un effort pour garder son sérieux.

— On t'écoute, dit Gabe avec ce qu'il espérait être une voix sévère.

— On essaie juste de protéger notre investissement. L'investissement de Hunter, se corrigea Grant.

— Pourquoi n'envoies-tu pas ton garçon d'écurie à la voiture, ou vers tout autre mode de transport que vous avez caché quelque part, Hunter, le réprimanda Gabe.

Du coin de l'œil, il vit Grant froncer des sourcils. Il en ressentit un petit plaisir pervers.

— Grant n'est pas… commença Hunter avant de s'interrompre au milieu de sa phrase et de changer de sujet. On… Je voulais m'assurer que les juments et les futurs poulains allaient bien.

— Allons, Hunter, répondit Gabe en essayant de détendre la situation. Tu aurais pu juste m'appeler et demander à les voir. Bien que j'apprécie ton investissement, pour le moment ce sont toujours mes juments, sur ma propriété, dans mon écurie, à manger mon herbe, mon foin et mon avoine. Il me semble que la seule chose que vous ayez décidée avec Flynn était que les poulains seraient à toi. Après leur naissance.

Hunter acquiesça.

— Donc pour l'instant, laisse-nous nous en occuper et je promets que je t'appellerai dès que l'un d'eux montrera des signes de son arrivée imminente.

Hunter inclina son chapeau en direction de Gabe puis fit signe à Grant de le suivre hors de l'écurie.

Pour la première fois de l'après-midi, un sourire apparut sur les lèvres de Flynn. Gabe et lui échangèrent un regard, mais Flynn ne semblait pas vouloir expliquer quoi que ce soit tant que Craig était encore présent.

— Je crois que je devrais retourner à mes exercices, suggéra Gabe.

— Oui, j'ai aussi du travail qui m'attend, répondit Flynn avec un air malicieux. Tu peux ramener le fusil ?

Gabe souleva ses cannes et lança un regard désolé à Flynn.

— Craig ?

— Oh non, répondit le thérapeute en secouant les mains. Je suis un mec de la ville. Je ne touche pas à ça.

Flynn rit doucement et mit le fusil sur son épaule, lui donnant une allure très James Dean.

— Ouaip, j'ai grandi en chassant des lapins. Deux grands costauds ne me font pas trop peur.

Gabe rit et secoua la tête.

— Allons-y, Craig, avant que l'Inspecteur Harry n'ait d'autres bonnes idées.

Sur le chemin du retour, le professionnalisme de Craig revint au galop.

— Appuyez-vous un peu sur votre jambe, Gabe.

Gabe tenta de poser le pied par terre et il percuta le sol trop fort, le faisant relever à nouveau la jambe.

— J'ai de la peine à savoir où est mon pied. J'ai peur de trébucher.

Craig posa une main apaisante sur l'épaule de Gabe.

— Ça viendra avec le temps. Il faudra d'abord vous y habituer, Gabe. Vous allez devoir apprendre à sentir les choses à nouveau. Pour l'instant, comme vous ne vous êtes pas appuyé sur cette jambe pendant si longtemps, vous avez l'impression que tous vos nerfs sont déréglés, mais ça finira par changer.

Gabe n'en était pas si sûr, mais il ne voulait pas se disputer avec le thérapeute. À la place, il repartit d'un bon pas vers la maison, essayant comme le lui demandait Craig d'au moins poser le pied sur le sol. La sensation était toujours étrange, comme si ce n'était pas vraiment sa jambe, ce qui en fait n'était pas faux.

Plus tard ce soir-là, après qu'ils soient allés se coucher, Flynn s'endormit presque immédiatement. Gabe en revanche était toujours éveillé. Pour une fois, ce n'était pas parce qu'il ruminait ses pensées ; ce soir-là, il avait des courbatures. Ses fesses lui faisaient mal et les masser n'y changeait rien. Peut-être que Craig avait raison et qu'il avait attendu trop longtemps. Le thérapeute l'avait assuré qu'il se remettrait. Ça lui prendrait juste plus de temps qu'en général. Il allait devoir se refaire entièrement certains muscles.

Gabe se tourna sur le côté en prenant garde à ne pas réveiller Flynn. La position était plus agréable pour son dos et ses fesses, mais du coup sa jambe l'élançait. Il fit une grimace, essayant de résister à l'envie de la secouer, de se débarrasser du chatouillement sous la plante de son pied… un pied qu'il ne pouvait plus gratter.

— Tout va bien mon amour ? demanda Flynn.

Gabe haussa les épaules.

— Je ne voulais pas te réveiller. Tu travailles dur. Tu es fatigué.

Flynn se blottit contre lui.

— Ce n'est pas grave, dit-il en prenant Gabe dans ses bras. Ta jambe te fait mal ?

Gabe haussa les épaules.

— C'est si dur à admettre ?

Gabe haussa à nouveau les épaules. Bien sûr que c'était dur à admettre.

— Est-ce que Craig t'en demande trop ?

Gabe secoua la tête.

— Au contraire, il essaie de me retenir. Me dire que je dois faire les choses petit à petit.

— Oui, mais tu ne sais pas faire les choses petit à petit, pas vrai ? dit Flynn en replaçant une mèche de cheveux derrière l'oreille de Gabe. Il n'y a qu'à regarder la façon dont tu m'as séduit, ajouta-t-il en riant doucement.

— Je ne te mérite pas.

Gabe ne pouvait pas regarder Flynn dans les yeux. Il n'arrivait même pas à faire face à la force avec laquelle il avait besoin de son amant.

— Ne repartons pas là-dessus. Il me semble qu'on a établi le fait que l'on se mérite l'un l'autre.

Gabe se laissa rouler sur le dos et regarda le plafond. À sa grande surprise, Flynn repoussa ses draps et alluma la lumière.

— Laisse-moi jeter un coup d'œil à ta jambe ?

Gabe fit une grimace et secoua la tête.

— Gabe, l'avertit Flynn avec une expression qui rappela à Gabe une de ses maîtresses d'école quand il était enfant.

Il avait craint pour sa vie lorsqu'elle le regardait comme cela, et bien qu'il sache n'avoir rien à craindre de Flynn, il savait également qu'il était inutile de protester.

Flynn s'assit sur le lit et glissa sa main le long de la jambe de Gabe, jusqu'à son moignon. Lorsqu'il retira la chaussette, la peau était rouge et il y avait une petite écorchure juste à côté de la cicatrice.

— Et voilà, déclara Flynn.

Il se leva et alla chercher la trousse de soin dans la salle de bain, puis il se rassit et commença à nettoyer la petite blessure avec du désinfectant.

Gabe s'allongea sur le dos, sans protester lorsque Flynn tamponna l'écorchure avec le liquide froid, ni même relever la tête lorsque Flynn revint de la salle de bain après avoir rangé la trousse avec un tube de crème pour les mains qu'il avait trouvé au fond de l'armoire.

Flynn fit comme si de rien n'était. Il réchauffa la crème dans ses mains et commença à masser le genou et le moignon de Gabe, en faisant attention de ne pas s'approcher de la petite blessure. Lentement, Gabe commença à se détendre. Flynn ne dit rien. Il se déplaça vers le haut, massant la cuisse de Gabe et glissant sous son caleçon pour malaxer sa fesse. Lorsqu'il eut terminé, il remit en place la chaussette élastique sur le moignon de Gabe et se glissa sous les draps avant d'éteindre la lumière et de prendre Gabe dans ses bras.

— Tu es têtu comme une mule. Tu le sais, ça, pas vrai ? demanda Flynn.

Gabe ne répondit pas.

— Tu n'as pas besoin de me remercier. Je suis ton amant, ça fait partie de l'affaire, se moqua Flynn.

— Merci, murmura Gabe si bas qu'on l'entendit à peine. Comment as-tu su ?

— Je me suis cassé la cheville peu après avoir quitté le ranch de mon père. Je n'ai pas pu marcher pendant quelques temps et ensuite, quand j'ai à nouveau pu, je me souviens que le premier jour j'avais vraiment mal aux fesses. Et puis ça fait des mois que je dors à côté de toi, Gabe. Je sais quand tu as mal et où, même quand tu prétends que tout va bien.

— Je ne suis pas doué pour...

— Oui, je sais, répondit Flynn en lui caressant le dos. Tu penses que tu vas pouvoir dormir, maintenant ?

— Parle-moi de cet après-midi ? demanda Gabe au lieu de répondre à la question.

— Cet après-midi ? Oh, tu veux dire quand j'ai choppé Hunter et Grant qui redescendaient de la réserve de paille ?

— Qui redescendaient... ? répéta Gabe en s'extirpant des bras de Flynn pour s'asseoir. Qu'est-ce qu'ils faisaient là-haut ?

Flynn rit doucement.

— Je ne sais pas, mais ils étaient pantelants et transpirants et je ne crois pas que c'était parce que je pointais un fusil sur eux.

— Qu'est-ce que tu veux dire ? demanda Gabe en laissant Flynn le tirer à nouveau dans le lit.

— Je veux dire que, selon moi, ils faisaient plus que 'garder un œil sur leur investissement'.

Flynn fit une pause pour donner de l'effet.

— Je crois qu'ils faisaient ce que font généralement deux personnes dans un tas de paille, et je ne parle pas de faire des ballots.

— C'est ridicule, déclara Gabe en balayant l'idée de Flynn. Grant n'aime pas admettre qu'il couche avec des hommes et Hunter n'est pas gay.

— Je n'en serais pas si sûr.

— Flynn, Hunter est peut-être le seul homme sur un ranch plein de femmes, avec sa mère et ses trois sœurs qui vivent toujours là, mais ça veut juste dire qu'il a trop de femmes qui lui font des réflexions sans cesse pour avoir le temps de se trouver une épouse. Ça ne veut pas dire qu'il est gay.

Flynn regarda son amant, ses yeux s'étant assez ajustés à l'obscurité pour pouvoir discerner son visage.

— Pourquoi est-ce que je m'attends à moitié à ce que tu me dises que tu le sais de source sûre ?

— Je le sais, c'est tout.

— Mais oui, répondit Flynn. Alors explique-moi ça. Grant a une assez grande gueule pour parler à la place de Hunter et Hunter, étant son patron, le reprend rarement. Ils communiquent en silence, avec des regards ou des gestes. On peut faire ça nous aussi, Gabe, mais je vois mal un propriétaire de ranch le faire avec un de ses employés s'ils se connaissent à peine.

— Quand tu rassembles des troupeaux de chevaux ou de vaches, tu communiques par gestes. Et tu apprends à bien connaître les gens avec qui tu travailles. Comment penses-tu que Grant et moi... tu sais ? Avec Grant qui refuse d'admettre qu'il aime se faire des mecs, il n'allait pas faire le premier pas, du moins pas directement. Et en plus, pourquoi est-ce qu'ils viendraient ici pour...

Flynn attendit que Gabe termine sa phrase, mais le fait que Grant soit impliqué ne rendait pas la chose plus aisée.

— Je ne sais pas. Ils aiment peut-être l'idée de se faire attraper ?

— Il y aurait plus de chance pour ça sur le ranch de Hunter et ce serait alors le patron et un de ses employés qui se feraient surprendre à baiser, suggéra Gabe. Sans parler du fait que les femmes là-bas ont des yeux derrière la tête.

— Je crois que tu as tout dit, rit doucement Flynn.

XXI

LA DÉMARCHE de Gabe s'améliora graduellement au point qu'il pouvait marcher tous les jours jusqu'à l'écurie avec une seule canne. Bien qu'il ait commencé à accomplir plus de travail, allant de nettoyer et réparer les selles à faire les box en passant par balayer le sol, il n'était toujours pas remonté à cheval.

De temps en temps, Flynn suggérait d'essayer, mais Gabe trouvait toujours une excuse pour ne pas le faire. Avec l'été qui touchait à sa fin, le temps se dégradait et Flynn savait qu'ils feraient mieux de déplacer les chevaux vers les enclos du bas, où il ferait plus chaud. Il ne pouvait juste pas le faire seul. Bien que leur troupeau ne soit de loin pas aussi grand que celui de Hunter ou de n'importe lequel de leurs voisins, il fallait au minimum deux personnes pour déplacer plus que quelques chevaux à la fois.

— Alors, est-ce que je dois demander à Hunter de me prêter un de ses palefreniers pour m'aider ou est-ce que tu peux le faire ? demanda Flynn un matin à la table du petit-déjeuner.

— C'est trop tôt, répondit Gabe. On n'a pas encore assez de foin pour leur fourrage et il y a encore de la bonne herbe dans les enclos du haut.

Flynn savait qu'il s'agissait juste encore d'une autre excuse, mais n'insista pas. Il avait appris à la dure qu'il ne pouvait pas provoquer Gabe trop longtemps avant que celui-ci cesse de lui parler, et puisque ça se passait bien entre eux, il s'arrêtait juste avant le point de rupture de Gabe.

Le lendemain matin, Flynn se réveilla seul et il eut le pressentiment que quelque chose d'inhabituel se passait. Il s'habilla en vitesse et se précipita au rez-de-chaussée. La table de la cuisine était vide et il n'y avait pas d'assiette dans l'évier, aussi sut-il que où que soit Gabe, il n'avait pas encore pris de petit-déjeuner. La maison était étrangement silencieuse. Un rapide coup d'œil

159

par la fenêtre lui assura que le pick-up était toujours garé devant l'entrée. Donc Gabe n'avait pas quitté le ranch. Il n'était pas dans la maison, aussi Flynn fit-il rapidement quelques sandwiches avant de se diriger vers l'écurie.

Les selles étaient toutes en place, mais la bride de T.C. avait disparu, tout comme T.C. lui-même. Quelques ballots de paille étaient empilés sur le côté, et il trouva la prothèse de Gabe juste à côté. Flynn ne put s'empêcher de rire doucement à la vue du membre orphelin. Il sella Brenner avec un sourire, glissa les sandwiches dans la sacoche et accrocha la prothèse à l'arrière de la selle avant de sortir à vive allure.

Il était encore tôt et il faisait plutôt froid pour la saison. Une brume basse flottait au-dessus des enclos. Flynn ne distinguait que les dos de chevaux sans jambes qui se découpaient dans la couverture grise du brouillard. Çà et là, une tête perçait la brume avant de redescendre. Mais un seul de ces chevaux avait un cavalier. Flynn fit lentement marcher Brenner vers là où il pouvait distinguer Gabe sur le dos du hongre. Cette image lui rappela le moment où il était tombé amoureux de Gabe. Il se déplaçait lentement parmi le troupeau, les chevaux se regroupant autour de lui comme pour accueillir le retour d'un fils longtemps cru disparu. Gabe saluait chacun d'eux d'une caresse sur le dos ou le flanc et d'un petit claquement de langue. Certains des chevaux venaient toucher Gabe du nez comme s'ils avaient besoin de se refamiliariser avec lui, et Flynn resta en retrait pour regarder la scène et leur laisser un peu de temps.

Gabe aperçut tout-à-coup Flynn et sourit. Un sentiment de chaleur se diffusa en lui. *Il est remonté en selle, au propre comme au figuré,* se dit-il.

— Alors, tu vérifies si tu seras capable de m'aider à déplacer les chevaux ? demanda Flynn.

— Je t'ai dit qu'on avait encore le temps. Ils ont plus d'herbe ici qu'on n'en a en bas, répondit Gabe. Attends encore quelques jours.

Flynn savait que Gabe ne demandait pas quelques jours de plus avant que le temps se rafraîchisse ; il voulait quelques jours de plus pour se réhabituer à monter. Flynn se contenta d'accepter tout en déplaçant Brenner à côté de T.C. Il posa la main dans le bas du dos de Gabe.

— Ça doit faire du bien d'être remonté en selle, si j'ose dire ?

Il sourit, puisque Gabe montait T.C. à cru.

Gabe se contenta d'acquiescer, les yeux fixés sur les champs.

— C'est un peu bizarre, mais je vais sûrement m'y réhabituer.

Il baissa les yeux sur les rênes dans ses mains puis regarda Flynn et ce dernier rapprocha encore un peu Brenner d'une pression de genou pour pouvoir se pencher vers Gabe et l'embrasser. Gabe répondit au baiser, mais juste quand leurs lèvres se touchèrent, Brenner rua, propulsant Flynn en avant dans sa selle.

— Salaud, cria Flynn, le faisant ruer à nouveau.

Gabe rit doucement.

— Hé, c'est à mon cheval que tu parles. Il est très sensible !

— C'est qu'un sale jaloux, voilà ce que je pense, répondit Flynn en ne plaisantant qu'à moitié et en repositionnant Brenner à côté de T.C.

— Peut-être que si tu étais un peu plus gentil avec lui, il te rendrait la pareille, se moqua gentiment Gabe.

Cette fois-ci les deux chevaux restèrent calmes et ils purent s'embrasser.

— Pourquoi est-ce que tu as amené ça ? demanda Gabe lorsqu'il remarqua la jambe artificielle accrochée à l'arrière de la selle de Flynn.

— Je me suis dit que ça pourrait toujours servir. J'ai aussi amené un petit-déjeuner.

— Mmm, dit Gabe en penchant la tête. Quand je me suis réveillé ce matin, j'ai eu l'envie soudaine d'aller voir les chevaux. Je suppose que si mon estomac avait protesté, j'aurais réalisé que je n'avais encore rien mangé, mais il faisait encore nuit à ce moment-là.

Flynn secoua la tête, un sourire tout de même accroché aux lèvres. Les envies soudaines de Gabe lui faisaient plaisir.

Le brouillard se levait lentement et les chevaux commençaient à brouter.

— Et ton estomac ne proteste toujours pas ?

Gabe fit une grimace, comme s'il avait plongé la main dans ses entrailles, juste pour vérifier.

— Je ne serais pas contre un sandwich.

Ils trouvèrent un endroit près de la barrière où le terrain était légèrement en pente et offrait quelques arbres contre lesquels s'adosser. Flynn descendit de selle et laissa Brenner se promener pendant qu'il tenait la bride de T.C. pour s'assurer que le cheval ne bouge pas pendant que Gabe descendait. Pas que cela soit nécessaire. Comme l'avait prédit Flynn depuis longtemps, T.C. se rendait bien compte que son cavalier était moins capable de se déplacer et il se montrait extrêmement calme et patient, allant jusqu'à regarder derrière lui lorsque Gabe sauta à terre pour s'assurer qu'il allait bien. Gabe atterrit sur sa bonne jambe et s'appuya sur T.C. un instant pour retrouver son équilibre, puis sautilla vers Flynn.

— Je ne vais pas l'enfiler, à moins que tu ais envie d'aller faire une promenade ? dit Gabe en désignant la prothèse que Flynn était en train de détacher.

— Peut-être plus tard, répondit Flynn, se rendant compte du malaise de Gabe.

Ils s'assirent sur le sol humide et partagèrent leur petit-déjeuner en silence.

— Je n'ai toujours pas l'impression que c'est une partie de moi, finit par commenter Gabe.

— Ça viendra, avec le temps, répondit Flynn, sachant de quoi parlait son amant. Dès que tu pourras marcher avec sans y penser, ce sera comme si tu n'avais jamais vécu sans.

Gabe lança un regard interrogateur à Flynn, mais mordit dans son sandwich sans répondre. Il reprit la parole après une longue pause.

— Ça ne te dérange vraiment pas ?

— Non, répliqua Flynn d'un ton ferme. C'est une partie de toi, Gabe, comme l'était au début ta cheville abîmée, à la différence que je m'inquiétais à l'époque parce que tu ne semblais pas prendre soin de toi-même.

— Je crois que j'ai encore besoin que tu le fasses pour moi, répondit Gabe en faisant référence à toutes les fois où Flynn prenait soin de son moignon le soir, lorsque Gabe avait de loin dépassé le temps que Craig lui avait recommandé d'utiliser la prothèse.

— Ça ne me dérange pas, fit Flynn en haussant les épaules.

— Alors, tu aimes que je sois aussi dépendant de toi ?

Flynn le regarda du coin de l'œil.

— Non, mais j'aime sentir qu'on a besoin de moi et qu'on veut de ma présence. Il y a une différence.

La mâchoire de Gabe se durcit.

— Oui, je suppose.

Il s'allongea en arrière et plaça son chapeau sur ses yeux, étirant ses bras pour pouvoir poser la tête sur ses mains.

— Hé, protesta Flynn ! Tu me donnes l'impression de ne pas vouloir de moi !

Abandonnant les dernières bouchées de son sandwich, Flynn se mit à califourchon sur les cuisses de Gabe et glissa ses mains sous son manteau chaud. Lorsqu'il les remua, il put sentir les muscles de l'estomac de Gabe se tendre et vit son chapeau bouger alors que Gabe essayait de ne pas rire.

Gabe finit par soulever son chapeau avec un large sourire.

— Ça a marché, pas vrai ?

Gabe ne laissa pas Flynn répondre. À la place, il l'attira vers lui et l'embrassa passionnément. Lorsqu'ils se séparèrent pour reprendre leur souffle, Flynn affichait une expression de stupeur émerveillée tandis qu'il frottait son début d'érection contre l'entrejambe de Gabe.

— Gabe, tu es dur. Je peux le sentir.

Gabe acquiesça presque imperceptiblement.

— Ce matin aussi, quand je me suis réveillé.

— Et tu ne m'as pas réveillé ?

— Il était quatre heures du matin, Flynn.

— Bon sang, pour quelque chose comme ça tu peux me réveiller à n'importe quelle heure ! Sérieusement.

Gabe sembla presque timide.

— Je n'avais pas la moindre idée de combien de temps ça allait durer. *Si* ça allait durer.

Flynn l'embrassa à nouveau.

— Ça m'est égal. On ne va pas gâcher une si belle occasion.

— Flynn, on est dehors, au milieu d'un champ.

Flynn rit doucement.

— On voit à peine assez loin pour distinguer nos chevaux. Même si quelqu'un passait par là de l'autre côté de la barrière, chez Hunter, il faudrait qu'on fasse un sacré boucan pour être repérés.

Gabe concéda qu'il avait raison, comme si c'était nécessaire. Flynn n'allait pas laisser qui que ce soit ou quoi que ce soit l'arrêter. Il déboutonna la braguette de Gabe et exposa son sexe clairement excité.

— Donnons un peu d'air à cet oiseau, hein ?

Avant que Gabe puisse protester, Flynn le prit dans sa bouche, léchant et suçant comme s'il s'agissait de l'unique source d'eau dans un désert. Gabe ne put rien faire d'autre que le laisser agir. Le doute pressant au fond de lui que ça n'allait pas durer et qu'il redeviendrait mou avant d'avoir joui l'empêcha d'y prendre un plaisir total, mais bon, la sensation d'être en érection était quelque chose dont il se souvenait à peine, aussi ferma-t-il les yeux pour se concentrer sur des pensées positives. La bouche chaude de Flynn était agréable, et puis quelle importance s'il perdait à nouveau son érection ? Il avait joui de nombreuses fois sans cela ces dernières semaines.

La bouche de Flynn s'arrêta brusquement et Gabe sentit l'air froid. Lorsqu'il rouvrit les yeux, Flynn s'était levé et se débarrassait en hâte de son jean. Il le retira, ainsi que ses bottes, avant de se remettre à califourchon sur Gabe.

— S'il te plaît, laisse-moi… ? Juste cette fois ? demanda Flynn, la respiration courte.

Gabe ne comprit pas immédiatement ce dont parlait Flynn, jusqu'à ce que le jeune homme crache sur ses doigts et glisse sa main entre ses jambes pour s'enfoncer sur le sexe tendu de Gabe avec un profond soupir. Flynn était incroyablement étroit, ce qui n'était pas surprenant, et l'expression légèrement douloureuse sur son visage inquiéta grandement Gabe. Ses craintes s'envolèrent vite lorsque Flynn commença à le chevaucher et que son expression passa de la douleur au plaisir. Gabe saisit les hanches de Flynn pour l'aider. Il sentait la verge de Flynn frapper contre son ventre chaque fois qu'il s'enfonçait complètement. Les mouvements de Flynn devinrent plus fluides et Gabe osa relâcher d'une main ses hanches et l'enrouler autour de son membre tendu.

— Oh, mon dieu, oui, soupira Flynn. Ça fait si longtemps.

Bien qu'il soit plus qu'agréable d'être ainsi chevauché, le passage étroit de Flynn pompant son sexe à chaque mouvement, c'était tout de même étrange d'avoir leurs positions inversées. Gabe n'avait jamais imaginé prendre Flynn, pas même dans leur position actuelle, et ne s'était certainement pas attendu à ce que Flynn aime cela à ce point. Mais en y repensant, Gabe aimait énormément cette position lui aussi, donc ce n'était pas si surprenant.

— Oh, putain, tu vas me faire jouir, Gabe, souffla Flynn, pris entre le sexe de Gabe et sa main.

Gabe commença à donner des coups de reins vers le haut et Flynn s'immobilisa, repoussant la main de Gabe pour prendre son sexe lui-même.

— J'ai besoin de jouir. C'est si bon.

Flynn rejeta la tête en arrière en donnant de grands mouvements de poignet sur sa verge, et les petites gouttes qui s'accumulaient au bout se transformèrent en jets blancs qui éclaboussèrent le manteau en toile cirée de Gabe. Ce dernier sentit le corps de Flynn se contracter autour de lui, puis Flynn s'écroula sur sa poitrine. Sa respiration était courte et Gabe ne put que l'entourer de ses bras pour lui tenir chaud.

Il fallut un petit moment avant que Flynn regarde à nouveau entre leurs corps. Il souriait et se mordait la lèvre inférieure.

— Tu es toujours dur, l'étalon.

Gabe rit doucement.

— Et ton cul est en train de devenir froid.

Flynn ne bougea toutefois pas. Au contraire, il se blottit encore un peu plus. Puis il sembla réaliser quelque chose.

— Tu n'as pas encore joui ?

Gabe secoua calmement la tête. Il jouissait rarement en pénétrant quelqu'un, ce qui était la raison pour laquelle il était rarement au-dessus dans une relation, pas même pour des coups d'un soir.

— On va devoir arranger ça, déclara Flynn en se relevant lentement et en laissant Gabe glisser hors de lui.

Bien que Gabe puisse voir que Flynn était encore à moitié tendu, il doutait que le jeune homme soit prêt aussi vite à le baiser.

Flynn avait d'autres idées, en revanche.

— Allez, enlève-moi ça, dit-il avec un clin d'œil en désignant le pantalon de Gabe.

Gabe défit sa ceinture et souleva ses fesses tandis que Flynn tirait son jean vers le bas.

Flynn lécha ses doigts en souriant et les glissa entre les jambes de Gabe, qui sursauta juste un petit peu.

— Toi ? Sensible quand je m'approche de ta partie préférée du corps ? Mais qu'est-ce que j'ai fait de toi ?

Gabe soupira et attira Flynn vers lui pour l'embrasser.

— Ne t'arrête pas, murmura-t-il contre sa bouche.

Il prit une grande inspiration lorsque les doigts de Flynn le pénétrèrent.

— Baise-moi ? supplia-t-il.

Flynn sourit, leurs lèvres se touchant presque.

— J'ai horreur de l'admettre, mais je ne peux pas encore. Mais ça ne veut pas dire que je ne vais pas essayer.

Il fit tourner ses doigts et Gabe haleta à nouveau

— Juste là ? C'est ça, l'endroit que tu aimes ?

Gabe ne pouvait rien faire d'autre qu'acquiescer tandis que Flynn recommençait.

— Bien sûr, je sais exactement où se trouve ton point sensible.

La respiration de Gabe s'accéléra au rythme des bons soins de Flynn, jusqu'à ce que tous les muscles de son corps se tendent et qu'il jouisse sur le bas de son manteau.

— JE T'AIME, dit Gabe alors qu'ils revenaient lentement vers la maison, tous deux à cheval sur T.C. pendant que Brenner les suivait, la prothèse de Gabe toujours fermement attachée à sa selle.

— Je sais, répondit Flynn en serrant la poitrine de Gabe et le tirant encore plus contre lui. Je t'aime aussi, murmura-t-il. Tu veux qu'on monte et...

— Qu'on fasse des *choses* ? proposa Gabe en riant.

Flynn leva les yeux au ciel.

— Parfois, tu es un vrai gamin.

XXII

— TU TE comportes comme un adolescent et je me sens vieux, bouda Flynn, ne pensant clairement pas ce qu'il disait.

Gabe l'attira vers lui et l'embrassa à nouveau, comme il l'avait fait tout l'après-midi. Ils avaient chevauché pendant la matinée, choisissant les chevaux prêts pour le dressage et les séparant du reste du troupeau, mais après le déjeuner, ils s'étaient étrangement retrouvés dans la chambre. Flynn soupçonnait Gabe d'avoir tout planifié, mais il ne se plaignait pas. Après tout, ils rattrapaient le temps perdu.

— Alors, notre anniversaire te plaît-il ?

— Notre anniversaire ? demanda Flynn, perplexe.

Il essaya de se rappeler de quel jour c'était, puis de comprendre en quoi c'était un jour spécial.

— Il y a exactement une année tu es entré dans mon écurie et m'a demandé de te donner un boulot.

— Ça ne me paraît pas si lointain, j'ai l'impression d'avoir été là depuis...

— Plus longtemps que ça ?

Flynn rit doucement.

— J'ai l'impression de ne t'avoir rencontré qu'hier. Je ne crois pas t'avoir vu sourire une seule fois cette première semaine.

Gabe souriait à présent, en revanche.

— J'avais tellement l'habitude d'être seul et honnêtement, après Grant, je pensais que je vivrais comme ça toute ma vie.

— Tu as l'air de supporter la présence de Grant maintenant ?

Gabe haussa les épaules.

167

— Je suppose que je lui ai pardonné. Et Hunter est un bon ami. Si tu as raison à leur sujet, je vais avoir affaire à Grant bien plus souvent, désormais. Dommage que je n'aie jamais su pour Hunter. J'aurais bien…

Flynn lui donna une tape sur la poitrine. Fort.

— Ce n'est pas pour ça que je t'en ai parlé !

Gabe s'écroula sur le lit dans un éclat de rire. Chaque fois qu'il regardait le visage sérieux de Flynn, il riait plus fort, jusqu'à ce que Flynn ne puisse plus non plus se retenir.

— Tu veux juste remettre Grant dans ton lit, le taquina Flynn.

À ces mots Gabe redevint sérieux.

— Non. Grant est de l'histoire ancienne. Si Hunter et lui sont heureux ensemble, tant mieux, mais je ne lui fais pas assez confiance pour vouloir à nouveau de lui.

— Parfait, répondit Flynn en se blottissant contre lui.

Il laissa sa main glisser le long de la poitrine de Gabe, essayant de jauger si son amant était prêt pour un autre tour, et sourit lorsqu'il découvrit que oui.

— Si j'avais su que toute cette abstinence aurait un tel résultat…

Il ne termina pas sa phrase mais embrassa passionnément Gabe à la place. Son corps réagit également et il fut rapidement dur et brûlant d'impatience.

Gabe gémissait déjà sous les soins de Flynn lorsqu'ils entendirent la porte d'entrée se fermer.

Flynn releva immédiatement la tête.

— On a laissé la porte ouverte ?

— Bridget serait en train d'aboyer s'il y avait des intrus, répondit Gabe, tout aussi inquiet.

— Elle n'aboie pas contre Calley, commenta Flynn.

— Merde ! jura Gabe. Elle ne peut pas nous surprendre au lit en plein milieu de la journée. Elle ne nous lâcherait plus avec cette histoire !

Il sauta hors du lit, puis réalisa qu'il lui manquait une jambe et se rassit pour mettre sa prothèse. Après avoir enfilé un jean, il eut de la peine à le fermer correctement.

Flynn rit doucement, ayant tout autant de difficultés que lui, mais son pantalon était bien plus moulant que celui de Gabe, qui n'avait pas encore repris tout le poids perdu après l'opération.

Gabe arriva à descendre l'escalier assez rapidement en s'appuyant sur la main courante et se laissant glisser plutôt que de courir. Flynn n'était pas loin derrière lui. Ils trouvèrent Calley dans la cuisine, Bridget à côté d'elle. La chienne remuait la queue avec tant d'enthousiasme que ses pattes arrière touchaient à peine le sol.

— Salut Calley. Oooh, des légumes frais !

Gabe salua Calley avec un rapide bisou sur la joue et se plongea dans son carton de victuailles sans voir son expression surprise et plutôt amusée.

Elle n'échappa cependant pas à Flynn.

— On était en haut, en train de déplacer des meubles.

— On pendait des nouveaux rideaux, dit Gabe presque en même temps.

— Eh bien, ça ne me dérangerait pas que Bill pende plus de rideaux pour moi. Vous devriez lui expliquer comment s'y prendre, un de ces jours, répondit Calley en aidant Gabe à ranger les courses et se retenant de rire. Il ne pend jamais mes rideaux, ajouta-t-elle juste pour leur montrer à quel point ils étaient bêtes d'essayer de lui mentir.

Flynn regarda Gabe, qui détourna les yeux. Il rougissait.

— Comment va Bill ? demanda Gabe à moitié sérieusement. On ne le voit pas beaucoup ces jours-ci.

— Au printemps, ce sont les agneaux et les veaux, en été les poulains. Ça ne s'arrête jamais. La cigogne ne semble toutefois toujours pas avoir notre adresse. C'est ça, où je l'ai trop embêtée.

Elle eut soudain l'air sérieux et pas aussi animé que d'habitude.

Gabe lui prit la main et ce geste lui redonna le sourire.

— Enfin bon, soupira-t-elle. On sait que ce n'était pas notre destin. C'est l'heure que je vous laisse, mes chéris.

Elle embrassa rapidement Flynn sur la joue puis se tourna vers Gabe. Elle essaya de faire de même avec lui, mais il ne la laissa pas faire. À la place, il l'attira dans ses bras et la retint là un petit moment. Elle le laissa faire, s'agrippant à lui. Lorsqu'elle finit par reculer, il y avait des larmes dans ses yeux, mais elle souriait toujours.

— Je ferais mieux d'y aller avant de me transformer en fontaine et de ne plus pouvoir m'arrêter. Ça va aller, Gabe. Merci.

Elle serra sa main dans la sienne puis reprit son carton vide et retourna à sa voiture.

Gabe et Flynn sortirent sur le porche pour la saluer et s'assurer que Bridget ne suive pas sa voiture trop longtemps.

169

— Je ne voudrais pas me mêler de ce qui ne me regarde pas, mais…

Flynn s'arrêta, espérant que Gabe anticiperait sa question. À la place, Gabe le prit dans ses bras, comme il l'avait fait avec Calley.

— C'est bon, je ne suis pas jaloux de Calley, dit Flynn lorsque Gabe le relâcha.

— Je sais, répondit doucement Gabe.

Flynn pouvait voir que Gabe se battait également contre ses émotions, aussi n'insista-t-il pas pour le faire parler, mais il n'en était pas pour le moins curieux. Depuis la première fois qu'il avait rencontré Calley, il avait eu l'impression qu'il y avait plus entre eux qu'une simple amitié, surtout lorsqu'il avait découvert qu'il y avait également une sorte de sentiment de trahison dont il ne connaissait pas l'ampleur. Tout comme à l'hôpital, aujourd'hui ne semblait pas être un moment approprié pour poser la question.

Gabe resta maussade pendant tout le dîner. Après avoir fait la vaisselle, ils s'assirent sur le porche pour la première fois de l'automne. Flynn remarqua que Gabe posait toujours la jambe sur son repose-pied, mais la chaise solitaire avait été remplacée par le banc en bois que Gabe avait passé une bonne partie de l'été à réparer. Flynn put donc s'asseoir à côté de Gabe, tout près de lui, et ils regardèrent ensemble le soleil se coucher.

— Calley et Bill essaient d'avoir des enfants depuis au moins dix ans déjà, déclara soudain Gabe. C'est une longue histoire.

— J'ai tout mon temps, répondit Flynn.

Il se blottit un peu plus contre Gabe, remontant les pieds sur le côté pour appuyer son dos contre son amant.

— C'est vraiment une très longue histoire. Peut-être te la raconterai-je un jour.

— Si c'est à ce point-là un terrible secret, peut-être que je ne veux pas savoir, répliqua Flynn en regardant Gabe du coin des yeux.

— Oui, c'est peut-être mieux comme ça, répondit Gabe à la grande déception de Flynn.

Flynn n'aimait pas la façon dont la visite de Calley avait rendu Gabe d'une humeur proche de celle qu'il avait généralement avant son opération : il était grognon, difficile et lunatique. Sauf que cette fois-ci, la douleur qu'il semblait ressentir était plus du genre émotionnel. Peut-être y avait-il des sentiments profondément cachés là-dessous. Pourquoi est-ce que Gabe ne voulait pas lui en parler ? Il avait l'impression d'être mis sur la touche, et même si ça ne le regardait pas (ou peut-être surtout parce que ça ne le regardait pas), il ne pouvait s'empêcher de ressentir une pointe de jalousie. Il savait qu'il était inutile d'insister avec Gabe, mais ça n'y changeait rien. Il ne pouvait qu'espérer qu'avec le temps, Gabe finirait par lui expliquer certaines choses.

LES QUELQUES jours qui suivirent, l'humeur de Gabe s'améliora un peu tandis qu'ils recommençaient à dresser les chevaux les plus âgés. Gabe montait de mieux en mieux à cheval depuis quelques temps, au point qu'il utilisait à présent de nouveau une selle et gardait sa prothèse. Il montait même Brenner de temps en temps et ce cheval demandait beaucoup de force dans les jambes pour le contrôler, aussi Flynn était-il silencieusement fier de son amant.

Le dressage de la plupart des chevaux qu'ils avaient choisis avait déjà été commencé, soit par Gabe avant l'opération soit ensuite par Flynn, et ils devaient juste prendre l'habitude d'être montés. Cela signifiait faire des promenades régulières avec eux, pour qu'ils deviennent de bons chevaux de travail et ne posent pas trop de problèmes à leurs cavaliers. Cette activité les garda très occupés pendant plusieurs semaines, où ils revenaient changer de cheval au moins toutes les deux heures avant de continuer de faire le tour des barrières et des abris éparpillés à travers le ranch.

Ils croisaient de temps en temps un employé de Hunter le long de la barrière qu'ils partageaient. Une fois, ils aperçurent Hunter et Grant chevaucher ensemble, surveillant simplement l'état des barrières comme ils le faisaient eux, mais ils ne s'arrêtèrent pas, se contentant de se saluer les uns les autres en inclinant leurs chapeaux avant de retourner à leurs affaires. Flynn ne put s'empêcher de lancer un regard signifiant 'je te l'avais bien dit' à Gabe, mais ce dernier secoua simplement la tête. Il souriait, toutefois, et Flynn savait que Gabe n'écartait pas totalement l'impression qu'avait Flynn à propos des deux hommes.

Une nuit, alors que les soirées commençaient à se rafraichir, Flynn alla jeter un dernier coup d'œil dans l'écurie avant de la fermer pour la nuit. Il savait que les juments n'allaient pas tarder à donner naissance à leurs poulains et voulait s'assurer qu'elles allaient bien. Il espérait que Hunter serait content de ses nouveaux chevaux. Bien qu'ils ne restent sur leur ranch que jusqu'à leur sevrage, Flynn avait hâte de s'occuper des petits. Il avait grandi entouré de poulains sur le ranch de son père, et malgré les reproches de son père il n'avait jamais pu rester loin d'eux. Il avait aidé à en faire naître et avait aussi aidé ses frères à habituer les poulains à être touchés. Il avait vraiment hâte.

Ce soir, il fut évident qu'il n'allait pas devoir attendre bien plus longtemps.

— Gabe ! cria-t-il. Appelle Bill ! Une des juments est en train de mettre bas !

XXIII

BILL AVAIT l'air fatigué lorsqu'il arriva.

Flynn savait qu'il était un des vétérinaires les plus expérimentés du comté et que par conséquent, il travaillait pour la plupart des grands ranchs de la région. Parfois, il donnait également un coup de main sur les plus petits ranchs bovins. Flynn imaginait que Calley était généralement seule au magasin. Et à la maison, également.

— Alors, qu'est-ce qui te fait penser qu'elle est sur le point de pouliner ? demanda Bill d'un ton bourru.

— Elle a de la cire sur les mamelles, répondit Flynn clairement fier de lui-même. Comme c'est son premier poulain, je lui lave les mamelles avec de l'eau chaude pour l'habituer à être touchée, et ils ont gonflé ces derniers jours. Et quand je suis venu ce soir voir comment elles allaient, elle était nerveuse et agitée.

— Tu jouais avec ses tétons ? demanda Bill d'un ton amusé. Tu n'as pourtant pas l'air du genre.

Flynn ignora la remarque.

— J'ai vu assez de juments grosses pour reconnaître les signes.

— Dans ce cas, tu devrais aussi savoir que la plupart mettent bas sans aucune intervention.

Flynn acquiesça.

— Mais ce sont leurs premiers poulains et ils sont très précieux. On ne sait pas encore comment elles vont s'en sortir et on ne peut pas prendre le risque de perdre un des petits.

Bill acquiesça.

— Je suppose que tu as raison.

Il poussa un profond soupir et entra dans le box pour regarder la jument de plus près.

À ce moment-là, l'attention de Flynn fut attirée par la porte de l'écurie qui s'ouvrait. Gabe entra le premier, puis Hunter et enfin le propriétaire des mains fortes qui avaient ouvert la porte : Grant. La tension grimpa instantanément.

— Le poulain est déjà là ? demanda nerveusement Hunter.

— On dirait que c'est ton premier, Hunter, sourit Gabe. Et je sais très bien que ton premier poulain est né il y a plus de vingt ans, juste à côté de la barrière extérieure, parce que je t'ai aidé à le mettre au monde.

Flynn se dit que s'il y avait eu plus de lumière dans l'écurie, il aurait vu Hunter rougir, mais il ne put qu'entendre l'homme rire timidement.

— Tu sais que je préfère avoir le contrôle, répondit Hunter.

Gabe regarda brièvement Grant puis Flynn, mais il détourna rapidement les yeux, étouffant un rire.

— On dirait que le garçon a raison, intervint Bill. Elle montre les signes d'être en plein travail, donnons-lui un peu d'intimité.

Il indiqua aux hommes de se diriger vers l'entrée de l'écurie.

— Puisque je suis déjà là, je vais garder un œil sur elle au cas où elle aurait besoin d'un coup de main.

— C'est hors de question, répondit rapidement Hunter. C'est mon poulain et je veux le voir naître.

— Et c'est ma jument, enceinte de mon étalon, alors tu ne me tiendras pas non plus à l'écart, décréta Gabe en se rangeant du côté de Hunter.

Grant resta étonnamment silencieux. Il échangea un regard avec Hunter, mais ne dit rien et resta vers l'arrière tandis que Gabe et Hunter s'appuyaient contre le mur du box pour jeter un œil à la jument agitée.

Flynn savait ce qu'il y avait à faire et se dit que trois hommes curieux étaient plus qu'assez pour la jeune mère. Il avait enclenché le chauffe-eau au fond de l'écurie pour qu'ils aient un peu d'eau chaude et il avait sorti la trousse qu'il avait assemblée pour le poulinement dès qu'il avait su que les juments étaient grosses. Il avait quelques antiseptiques là-dedans, ainsi que du fil de canne à pêche au cas où la naissance serait trop rapide et le cordon ombilical se casserait trop tôt. Il avait un couteau aiguisé pour couper le sac amniotique s'ils devaient tirer le poulain par les pattes avant pour aider la naissance et un morceau de tissus doux et propre pour les aider à garder leur prise sur le poulain glissant. Avec un peu de chance, ils n'auraient besoin de rien de cela.

Flynn parvint à garder ses distances jusqu'à ce qu'il entende Hunter dire que la jument se couchait et qu'il pouvait la voir perdre ses eaux. Juste alors qu'il s'apprêtait à se glisser entre ces hommes aux épaules larges, la porte de l'écurie s'ouvrit à nouveau et Calley entra avec un grand thermos de café à la main.

— Comment ça se passe, les garçons ?

Elle jeta un regard rapide dans le box et se déplaça sur le côté, là où Bill était appuyé contre le mur.

— Il n'y en a plus pour longtemps, l'informa Bill. Elle s'en sort très bien.

— Je me suis dit qu'un peu de café vous ferait du bien, mais on va le garder pour célébrer la naissance, si ça vous va ? suggéra Calley.

À ce moment-là, un sabot apparu derrière la jument.

— Bon sang, jura Bill. Il arrive par le siège. Ce n'est pas l'idéal pour une première fois.

Hunter devint nerveux et Flynn aperçut Grant lui poser rapidement la main sur le bras pour le calmer. Il ne manqua pas non plus le regard de gratitude de Hunter.

Flynn passa un bras autour de Gabe, laissant sa main agripper avec possessivité sa hanche, en plein dans le champ de vision de Grant.

— Tout va bien se passer, assura-t-il aux autres, même s'il devait admettre qu'il était bien content de la présence de Bill au cas où les choses ne se passeraient pas comme prévu.

Il avait déjà vu des naissances par le siège, certaines naturelles et d'autre nécessitant un coup de main, et il savait qu'une jument calme était une bénédiction. Pour l'instant, elle faisait un superbe travail.

— On ne voit pas bien, se plaignit Hunter. On peut passer de l'autre côté ?

— Absolument pas, décréta Bill. On ne peut pas choisir comment elle se couche et on ne la déplacera pas. Laissez-lui un peu d'espace, les gars. Il ne faut pas bousculer une dame, mais je ne peux pas vous en vouloir de ne pas savoir ça.

Gabe rit doucement, mais ce ne fut le cas ni de Hunter ni de Grant. La tension dans l'écurie aurait pu être coupée au couteau et personne ne parlait.

La jument grognait de temps en temps, mais restait plutôt calme, couchée sur la paille fraiche dont Flynn avait garni son box.

— Ça prend trop de temps, déclara soudain Bill, sortant de l'écurie pour aller chercher son sac dans la voiture.

Il revint presque immédiatement et alla se laver les mains avant d'entrer dans le box, fermant la demi-porte derrière lui et leur empêchant ainsi de le suivre.

— Je peux aider ? osa demander Flynn.

— Pas pour l'instant, aboya Bill. Tu ne ferais que me gêner.

Flynn avait la bougeotte, mais il résista à son envie d'entrer dans le box et de 'gêner'.

Ils regardèrent Bill couper précautionneusement le sac amniotique un peu plus et mouiller ses mains de liquide amniotique avant de les glisser dans la jument pour extraire le deuxième sabot.

— Linge ? demanda-t-il sèchement et Calley fut la plus rapide à le lui tendre.

Il s'en servit pour avoir une meilleure prise sur les sabots et tira doucement. Le poulain ne bougea pas. Bill murmura quelque chose qui ressemblait à 'merde' et tira à nouveau.

Cette fois-ci Flynn ne demanda pas la permission. Il ouvrit la porte du box et entra, s'accroupissant à côté de Bill et utilisant son propre tissu pour attraper une des pattes.

— Il va falloir changer un peu l'angle. Tu veux bien tirer pendant que j'essaie de sentir ce qui coince ? demanda Bill.

Flynn acquiesça et maintint la tension sur les pattes arrières du poulain pendant que Bill ajustait son angle de sortie et cherchait où se trouvait le problème. Soudain, quelque chose céda et Flynn bascula en arrière sur la paille lorsque la tension se relâcha. La jument hennit et le poulain émergea partiellement. Bill attendit un moment pour voir si le reste de la naissance se déroulerait de façon naturelle, mais il finit par aider un peu jusqu'à ce que le poulain soit complètement sorti avant d'extraire le reste du sac amniotique.

Aucun des deux chevaux ne bougea et tout le monde retint son souffle. Flynn saisit une poignée de paille et commença à frotter gentiment le poulain humide.

— Doucement, tout doucement, lui dit Bill d'une voix bien plus calme qu'avant. Laisse-leur le temps.

Il recula et fixa la nouvelle mère et son poulain immobile avant de s'appuyer contre la demi-porte.

— C'est un grand garçon, dit Bill à Gabe.

— Allez, mon grand, respire, encouragea Flynn d'une voix apaisante. Montre-nous ce dont tu es capable.

Après quelques minutes tendues, le poulain frissonna brusquement et releva la tête.

— Oh putain ! s'exclama Hunter. Je pensais qu'il ne prendrait jamais cette première bouffée d'air.

Grant aussi souriait à présent, et Flynn ne put s'empêcher de se rapprocher de Gabe tandis que la jument se relevait, le placenta glissant au sol. Ils savaient tous qu'il fallait laisser un peu d'espace à la mère et au petit pour se lier l'un à l'autre.

— Une de passée, plus qu'une à faire, dit Flynn à Gabe. L'autre jument ne montre aucun signe, par contre, donc il faudra peut-être attendre encore quelques semaines.

Gabe attira Flynn dans ses bras au-dessus de la porte basse du box et l'embrassa sur le front.

— On ne paie pas le véto, de toute façon, dit-il en riant.

— Pas besoin de me le rappeler, intervint Bill. Calley, appela-t-il en sortant du box. Passe-moi un café.

— Il est juste à côté de toi, fit remarquer Grant.

C'étaient les premiers mots qu'il prononçait de toute la soirée.

Bill lui lança un regard mauvais.

— Quand tu te seras trouvé une femme, peut-être que tu comprendras ce que signifie avoir quelqu'un qui prend soin de toi.

Un sourire apparut sur ses lèvres lorsqu'il se tourna vers Hunter. Flynn voyait bien que Bill mourait d'envie de faire une autre remarque sarcastique, mais fut soulagé lorsqu'il retint sa langue.

— Et si on prenait tous un café, hein ? proposa Flynn.

Lorsque Grant reprit la parole, Flynn sut que les choses commençaient à déraper.

— Ce n'est pas une façon de parler de Calley, Bill. Elle ne mérite pas qu'on lui donne des ordres à tout bout de champ.

Avant qu'aucun des autres hommes n'ait le temps de réagir, Bill avait planté son poing dans la figure du palefrenier malgré le fait que l'homme soit bien plus grand et plus musclé que lui. Grant vacilla mais ne tomba pas, grâce à Hunter qui le rattrapa, puis il reprit vite son équilibre et rendit la pareille à Bill.

Il fallut le 'ÇA SUFFIT !' sévère et étonnamment autoritaire de Calley pour arrêter les deux hommes.

— C'est bon ? conclut-elle. Vous avez fini ? Alors rangez-la dans votre pantalon et calmez-vous.

Après quoi elle sortit rapidement, suivie de peu par Bill qui se massait la mâchoire.

— C'était quoi, ça ? demanda Flynn à Gabe, mais ce dernier secoua sèchement la tête, lui faisant comprendre qu'il n'allait pas lui en parler tout de suite.

Grant était assis sur un ballot de paille et balaya d'un geste la main de Hunter qui essayait de vérifier que la lèvre fendue de Grant ne cachait rien de plus grave et qu'il n'était pas blessé ailleurs.

Gabe s'approcha d'eux.

— Une soirée tendue, pas vrai ?

Hunter se redressa comme s'il avait été surpris à faire quelque chose qu'il n'aurait pas dû et se tourna vers Gabe.

— Oui, en effet. Écoute, on ferait mieux d'y aller. Merci d'avoir appelé et on passera rendre visite de temps en temps, si tu veux bien. Et bien sûr, ce serait grandement apprécié si tu appelais à nouveau pour la deuxième jument, dit-il en regardant dans l'autre box, et son visage s'illumina. Je crois que tu n'auras pas besoin de nous rappeler !

Ils se précipitèrent tous instantanément vers la porte, se bousculant pour avoir la meilleure vue.

— Devrais-je retourner chercher Bill ? demanda lentement Gabe, ayant l'impression d'être en train de regarder un accident de voiture au ralenti.

— Non, répondit Hunter. Elle s'en sort bien.

La jument faisait à peu près les mêmes bruits que la première, mais était plus agitée et n'arrêtait pas de relever la tête. Elle s'était couchée avec les pattes arrière du côté des quatre hommes, ils étaient donc aux premières loges pour regarder le deuxième miracle de la soirée. Cette fois-ci, il n'y eut pas l'ombre de la tension et du stress de la première naissance.

Un petit sabot apparut tout d'abord, puis un second, toujours couvert du sac amniotique argenté. Quelques instants plus tard, un museau apparu à son tour avant de redisparaître un instant, puis la jument grogna et Flynn la vit clairement pousser le reste du poulain en-dehors. Le tout sembla si naturel qu'il en oublia presque à quel point la naissance du poulain dans le box adjacent avait été difficile.

Flynn fit un pas à l'intérieur, juste pour retirer le sac amniotique de la tête du poulain afin qu'il puisse respirer. Il fallut un peu de temps au deux chevaux pour se remettre, mais bientôt la mère se leva pour aller inspecter son petit et le poulain ne mit pas longtemps à se lever aussi, vacillant pendant quelques minutes, mais cherchant déjà le lait maternel.

Lorsque Gabe passa ses bras autour de Flynn et l'attira contre lui pour enfouir son visage dans son cou, Flynn regarda à côté d'eux et vit Grant faire à peu près la même chose à Hunter. Leur étreinte avait quelque chose de tellement masculin, et pourtant Grant faisait également preuve d'une certaine tendresse qu'il n'aurait jamais pensé voir chez cet homme. C'était un moment de relâchement irréfléchi pour l'autre couple, quelque chose qu'ils ne faisaient normalement pas en public. Juste lorsque Flynn voulait discrètement alerter Gabe de ce dont ils étaient témoins, Grant se souvint qu'ils n'étaient pas seuls et relâcha immédiatement Hunter.

— Hé, pas besoin de vous cacher de nous, les gars, dit Gabe d'un ton traînant. On se doutait pour vous deux depuis un moment déjà.

Grant et Hunter se regardèrent, mais ne se reprirent pas dans les bras l'un de l'autre, faisant planer un léger malaise. Juste pour appuyer son argument, Gabe serra Flynn un peu plus fort contre sa poitrine.

XXIV

— FATIGUÉ ? DEMANDA Flynn pendant qu'ils marchaient en direction de la maison.

Il avait remarqué que Gabe boitait un peu plus, aussi avait-il passé le bras de son amant autour de ses épaules pour le laisser s'appuyer sur lui pendant qu'ils marchaient sous le ciel étoilé.

Gabe acquiesça.

— Je suis content que tu sois un romantique, plaisanta-t-il. Mais la journée a été longue.

Ils avaient attendu que les deux poulains soient en train de téter correctement et qu'ils soient sûrs que leurs mères s'occupent bien d'eux avant de dire bonne nuit à Grant et Hunter et de fermer la porte de l'écurie.

— Ça m'a l'air d'être de bons petits chevaux, continua Gabe pendant qu'ils grimpaient les marches du porche sans se lâcher. Le deuxième poulain ressemble à Brenner quand il était petit.

— Dommage qu'on doive les donner à Hunter.

— Il s'en occupera bien, ne t'en fais pas, répondit Gabe en montant l'escalier avec plus de peine que d'habitude.

Une fois à l'étage, Flynn alla chercher la trousse de secours et la crème pour les mains dans la salle de bain. Lorsqu'il entra dans la chambre, Gabe était allongé sur le dos, toujours complètement habillé.

— Viens là, le taquina Flynn en retirant la botte de Gabe et en défaisant sa ceinture.

— Je suis trop fatigué pour ça, Flynn, soupira Gabe.

— Pas au point que je ne puisse pas me montrer tendre et aimant avec toi, j'espère ?

Gabe releva la tête et lui sourit.

— Bon, d'accord.

Flynn savait que Gabe était épuisé, parce qu'il protestait généralement lorsque Flynn voulait regarder son moignon.

— Ta jambe est en bon état. Je m'attendais à ce qu'elle soit irritée, mais elle est juste un peu rouge.

Gabe grogna une réponse et laissa Flynn masser sa peau avec la crème.

— Ça fait du bien, mon amour.

Flynn sourit simplement, heureux que Gabe traite désormais sa jambe presque avec désinvolture. Il termina sa tâche puis se prépara à aller se coucher, laissant ses vêtements dans le panier à linge sale près de la porte de la chambre.

— Alors, tu peux m'expliquer ce qui se passe, maintenant ? demanda Flynn en se blottissant dans les bras de Gabe.

— Il ne se passe rien, déclara Gabe.

— Pourquoi est-ce que Bill a frappé Grant ?

Gabe prit une grande inspiration, puis soupira profondément.

— C'est vraiment une longue histoire et on doit se lever tôt demain pour s'occuper des poulains.

— Fais-moi un résumé, dans ce cas, insista Flynn.

Gabe ronchonna, puis se redressa afin d'être appuyé contre le la tête de lit.

— Bill et Grant ne s'entendent simplement pas.

— Ça a un rapport avec ce qu'il t'a fait ?

Gabe secoua la tête.

— Non, c'est en lien avec Calley.

— Ah bon ?

— Je t'ai dit que c'était une longue histoire.

Flynn aussi se redressa pour être assis.

— Je veux quand même savoir. Il y a des détails croustillants ?

Gabe rit doucement.

— Pas vraiment.

Il serra la mâchoire avant de continuer.

— Calley et Bill essaient d'avoir un bébé depuis qu'ils se sont mariés.

— D'où les larmes de Calley l'autre jour, après sa remarque sur la cigogne ?

Gabe acquiesça.

— Ils ont vu des médecins pour essayer de comprendre pourquoi ils n'arrivaient pas à concevoir, mais à part le fait que le sperme de Bill n'est apparemment pas de la meilleure qualité, il ne semble pas y avoir de cause. Du moins, c'est ce que m'a dit Calley. Alors un jour, il y a quatre ans, elle m'a demandé si je pouvais considérer 'donner un échantillon de sperme'.

Flynn acquiesça, faisant attention à ne pas interrompre le fil de pensée de Gabe maintenant qu'il avait enfin réussi à le faire parler. Cette histoire répondait à plusieurs des questions qu'il se posait, notamment pourquoi il avait toujours eu l'impression qu'il s'était passé quelque chose entre Gabe et Calley.

— J'ai décliné, en essayant d'être vraiment gentil, reconnut Gabe. Ce n'est pas que je n'avais jamais songé à être père ou que je pensais que Calley ne ferait pas une bonne mère, mais je dois avouer que si un jour j'aide à concevoir un enfant, je voudrais être son père, pas un simple 'donneur'.

— Je comprends, acquiesça Flynn.

— Je voulais l'aider et j'aurais tout fait pour qu'elle soit mère, mais pas ça.

Flynn se blottit à nouveau dans les bras de Gabe.

— Je suis sûr qu'elle a compris ?

— Oui. Puis Grant est arrivé. J'ai toujours su qu'il couchait aussi avec des femmes. Il allait danser dans les soirées du coin les samedis soirs, ou jusqu'à la ville pour aller dans des clubs, et je savais qu'il m'était infidèle.

Il y avait toujours une pointe de douleur dans la voix de Gabe, mais pas autant qu'il y en avait avant quand il parlait de Grant, ce qui tranquillisa Flynn.

— Mais je ne m'étais jamais attendu à ce qu'il couche avec Calley.

Cette révélation prit Flynn par surprise.

— Grant et Calley ?

Gabe acquiesça.

— Dans ma réserve de foin. À l'époque, Calley et Bill étaient presque séparés. Calley m'a dit que le stress de toutes ses visites chez les médecins combiné aux hormones qu'elle devait prendre leur pesait vraiment et que Bill s'était installé dans son cabinet en ville.

— Ils étaient amoureux ? Calley et Grant ?

— Oh non, répondit Gabe. Calley se sentait seule et elle se disait qu'un effet secondaire positif pourrait être la possibilité de tomber enceinte. Grant, c'était plus difficile à dire. Je pense toujours qu'il a des sentiments pour elle.

— Et tout ça s'est passé juste sous ton nez ?

— Pas exactement, répondit Gabe. Une partie, sûrement, et je n'ai pas voulu le voir, mais ils étaient plutôt discrets devant moi. Je crois que Calley, surtout, se sentait très coupable. Je sais qu'elle m'a évité pendant un certain temps.

— Mais même Grant n'a pas réussi à la mettre enceinte ?

Gabe rit doucement, mais pas d'amusement.

— En fait, si.

— Mais Calley n'a pas…

— Calley a accouché d'un enfant mort-né. C'est là qu'elle m'a tout avoué. Elle l'a aussi raconté à Bill, apparemment, mais bien plus tard.

— Oh, pauvre Calley.

— Maintenant, tu vois pourquoi elle est toujours en relativement bons termes avec Grant et pourquoi Grant énerve Bill. J'imagine que ça ne doit pas être facile pour Bill de voir l'ancien amant de sa femme toujours dans les parages.

Flynn acquiesça.

— Et on peut supposer qu'il va être dans les parages pour encore longtemps. Ça a l'air vraiment sérieux avec Hunter,

— Oh oui, soupira Gabe.

— Tu es jaloux ? demanda Flynn, à moitié sérieux.

— Jaloux, moi ? protesta rapidement Gabe. Non. Grant et moi n'étions pas faits l'un pour l'autre. Et puis, je t'ai toi maintenant.

Flynn lui donna un coup de coude.

— Tu as intérêt à croire ce que tu dis.

— Je suis toujours surpris pour Hunter, par contre.

— Je n'arrive pas à croire que tu ne savais pas qu'Hunter était gay, rit Flynn.

— Oh, allez Flynn, ce n'est pas écrit sur son front, répondit Gabe. Je sais qu'il n'a jamais eu de vrai petite amie, mais j'ai toujours pensé que c'était parce qu'il était trop occupé sur son ranch. Et puis, j'imaginais qu'avec ses trois sœurs et sa mère à la maison, il n'avait peut-être pas envie de ramener une pauvre fille innocente là-dedans.

— Ou un mec.

— Certainement pas un mec, acquiesça Gabe. Je doute sérieusement que sa mère et ses sœurs soient au courant pour Grant. Ce sont des femmes très bien, mais elles seraient dévastées.

— Est-ce qu'elles le mettraient à la porte ? demanda Flynn, se sentant désolé pour Hunter.

Gabe sourit.

— C'est lui l'homme de la maison. Elles travaillent sur le ranch, mais c'est lui qui le dirige, et malgré le fait qu'il n'a jamais fini sa scolarité, c'est une tête avec les chiffres. Il dirige le ranch encore mieux que ne le faisait son père.

— Tu le connais vraiment bien, je me trompe ?

Gabe acquiesça.

— On a toujours été voisins. Mon père et son père avaient un pacte comme quoi il ne rachèterait pas le ranch de mon père comme il avait racheté tous les petits ranchs avoisinants. Hunter est un peu plus jeune que moi, bien sûr, mais je l'ai vu grandir. Puis son père est mort quand il avait quatorze ans et il a dû prendre les choses en main.

— Ça n'a pas dû être facile pour lui, se dit Flynn.

— Non, certainement pas. Nos pères sont morts la même année. Bien sûr, j'étais plus âgé et je m'occupais de toute façon déjà de ce ranch presque tout seul, mais Hunter n'était qu'un gamin. Il a passé plus d'une nuit dans mon écurie, à pleurer toutes les larmes de son corps parce que le poids de toute cette responsabilité était trop lourd pour lui.

— Donc, tu étais un peu comme son grand frère ?

— Je suppose, répondit doucement Gabe.

— Est-ce que c'est pour ça que tu as de la peine à croire qu'il soit gay ?

Gabe haussa les épaules.

— Ou est-ce que tu as essayé de le draguer et qu'il t'a repoussé ?

— Jamais de la vie ! C'était un ami, et puis il était beaucoup trop jeune !

Flynn rit doucement devant la protestation véhémente de Gabe.

— Mais c'était le cas ?

— De quoi ?

— Tu avais un faible pour Hunter ?

Gabe sourit timidement.

— Tu le sais bien.

— Même quand il avait quatorze ans ?

— Seize, avoua Gabe. Toujours beaucoup trop jeune pour le draguer, et puis il n'a jamais montré d'intérêt pour moi et j'étais plus timide à l'époque.

— Donc tu n'as jamais… ?

— Flynn ! l'avertit Gabe.

Flynn se blottit à nouveau dans les bras de Gabe.

— Je vais me taire, maintenant.

— Endors-toi.

— Oui papa.

— Arrête ça, répondit Gabe sans pouvoir s'empêcher de rire. Je ne suis pas ton père et je ne le serai jamais.

— Ça ne m'aurait pas dérangé si Hunter avait été familier avec ta réserve de foin grâce à toi plutôt que grâce à Grant.

— Je sais, dit doucement Gabe. Mais par contre, ça aurait été beaucoup plus bizarre. Vu qu'ils sont maintenant ensemble.

— Je me demande ce que diront sa mère et ses sœurs, continua Flynn à moitié endormi.

— Je doute qu'il leur en parle de sitôt, mais en même temps, c'est vrai qu'ils avaient l'air vraiment sérieux ensemble, donc ce n'est qu'une question de temps avant qu'elles s'en rendent compte de leurs propres yeux. Je ne sais pas s'il vaut mieux pour lui qu'il sorte du placard avant ça ou pas.

— Est-ce que tu as fait ton *coming-out* à tes parents ? demanda Flynn, un peu plus alerte.

— Non, répondit doucement Gabe. Mon père a été le seul à me voir grandir et il est décédé avant quand je puisse lui dire quoi que ce soit. Je ne sais pas si je l'aurais fait, mais je crois qu'il savait que je ne m'intéressais pas vraiment aux filles. Mais ce n'était pas le genre de choses dont on parlait. Je sais qu'il était un peu déçu que Bill mette le grappin sur Calley avant que je le fasse, mais à part ça… Et si on essayait de dormir ?

Flynn retourna Gabe et se colla contre son dos pour le prendre dans ses bras. Ils s'endormirent tous les deux en quelques minutes.

XXV

C'ETAIT UN matin frais de fin de printemps lorsque Calley appela Gabe.

— Mon chou, je peux passer te voir vers midi pour te parler ? En privé ?

Gabe haussa les épaules.

— Bien sûr. C'est le jour où tu amènes les courses, non ?

— Oui, répondit-elle en hésitant. Mais j'aimerais te parler seul. Je sais que ça paraît étrange, mais c'est mieux si Flynn n'est pas là.

Gabe grinça des dents. Il n'avait pas la moindre idée de ce dont voulait lui parler Calley, mais il lui faisait confiance. Il allait juste devoir trouver un moyen de dire gentiment à Flynn de s'en aller pendant une petite heure.

— Je trouverai quelque chose à lui dire, l'assura-t-il. Tu déjeunes avec moi ?

— Bien sûr, répondit-elle.

Gabe reposa le téléphone et le regarda fixement.

— Des ennuis ? demanda Flynn en entrant dans la cuisine, se dirigeant droit vers le réfrigérateur pour prendre une boisson fraiche.

Gabe hésita un instant avant de décider de simplement lui dire la vérité.

— Calley vient pour le déjeuner et aimerait me parler seul à seul.

Flynn haussa un sourcil.

— J'espère qu'elle va bien ?

Gabe haussa les épaules.

— Je suppose qu'elle me le dira. Ça ne te dérange pas de nous laisser discuter seuls ?

Flynn sourit.

— Bien sûr que non. Elle ne va pas te dire qu'elle quitte Bill pour toi, pas vrai ?

Gabe rit.

— Si c'est le cas, elle a besoin d'un psy.

LORSQUE LES deux hommes rentrèrent à la maison, Calley était à l'intérieur en train de préparer des sandwiches.

— Hé, tu es notre invitée, tu n'as pas à préparer le déjeuner ! la gronda Flynn avec un grand sourire.

Il la poussa de devant l'évier d'un coup de hanche pour pouvoir se laver les mains.

— J'aurais pu m'occuper des sandwiches pour tout le monde.

Calley l'embrassa sur la joue.

— J'étais en avance et vous étiez encore en train de travailler, donc je me suis dit que je pouvais commencer. Je n'ai pas beaucoup de temps, donc je ne pouvais pas juste rester plantée là à attendre.

Lorsqu'elle se retourna, Gabe la prit dans ses bras.

— Doucement ma grande, rit Gabe en la serrant contre lui avant de la laisser partir.

— Dans tous les cas, déclara Flynn en se penchant au-dessus de l'assiette qu'avait préparée Calley, je vais prendre deux de ces sandwiches et Bridget et moi allons nous installer sous un arbre. Comme ça vous pourrez parler tranquillement.

Il ne leur laissa pas le temps de répondre et prit deux des énormes sandwiches, les emballa dans une serviette en papier et siffla Bridget, qui le suivit presque immédiatement dehors en sautillant.

— Tu lui as dit que je ne voulais pas qu'il soit là ? demanda Calley.

— Pas dans ces mots-là, mais oui. Je lui ai dit que tu voulais me parler seul à seul.

Calley acquiesça, sortit deux assiettes du placard et les posa sur la table.

— Il ne l'a pas mal pris ?

Gabe rit.

— Non, pourquoi ? Il sait qu'on se connaît depuis longtemps, et puis honnêtement tu n'es pas une menace.

Bien qu'elle acquiesce à nouveau, Gabe voyait bien que ses lèvres étaient toujours pincées et son coup de fils de plus tôt avait éveillé sa curiosité. Il ne pouvait presque pas se retenir de lui poser la question. Il savait toutefois qu'elle n'était pas du genre à tourner autour du pot, donc il n'allait pas devoir attendre bien longtemps.

— Un café ? lui proposa-t-il.

Après avoir parlé de ce qui se passait en ville et sur les fermes voisines tout en mangeant pendant dix minutes, Calley n'avait toujours pas dit un mot de la raison de sa présence.

Gabe était sur le point d'exploser. Il lui servit une autre tasse.

— Alors, est-ce que tu vas me dire pourquoi on a banni Flynn sous l'arbre pour le repas ?

— On n'a pas… ! soupira Calley. Je suis désolée, mais ce n'est pas facile.

Gabe acquiesça patiemment.

— Tu te souviens il y a quelques années, quand je t'ai demandé de faire… un don de sperme ?

Gabe rit doucement.

— C'est amusant que tu en parles, parce que j'ai raconté toute l'histoire à Flynn l'autre soir.

— Vraiment ? dit-elle, ses yeux s'agrandissant avec qu'elle sourie. Comment il l'a pris ?

Gabe agita une main.

— N'essaie pas de changer de sujet. Crache le morceau !

Calley se mordit la lèvre.

— Je sais que tu avais dit non, mais je me demandais si tu pouvais y repenser.

Gabe ne dit pas immédiatement non cette fois-là. Une partie de lui en avait toujours envie, mais il voyait bien l'espoir dans les yeux de Calley et n'avait juste pas le courage. Il n'allait pas pour autant lui dire immédiatement oui non plus.

— Toi et Bill essayez à nouveau ?

— J'essaie à nouveau, répondit-elle.

Gabe fronça les sourcils.

— Vous vous séparez ?

Elle sourit vaguement.

— Non. On a des hauts et des bas, mais je l'aime toujours et je suis presque sûre qu'il m'aime encore. On a juste reçu un nouveau coup : on vient d'apprendre que nous n'aurons jamais d'enfant ensemble.

Gabe se rapprocha de Calley et prit sa main dans la sienne.

— Je suis désolé d'entendre ça.

— Les médecins ont découvert que c'était un truc génétique, donc ma seule chance serait avec un donneur de sperme. J'ai eu quelques discussions difficiles avec Bill et c'est pour ça que je suis là. Bill ne veut pas qu'un étranger soit le père de notre enfant, mais de l'autre côté il ne veut pas non plus savoir qui est le père. Il veut pouvoir glisser les informations dans une enveloppe au cas où elles seraient nécessaires pour une raison ou une autre, par exemple si le bébé tombe malade ou a besoin d'un rein, quelque chose comme ça.

— Pour que vous sachiez de qui ce sera la faute ? rit Gabe pour cacher le fait qu'il était mal à l'aise.

— C'est horrible dit comme ça, Gabe. Non, mais si l'enfant me demande un jour qui est son père quand elle est grande, je ne veux pas lui dire qu'on a reçu un échantillon d'un médecin et que je n'en ai pas la moindre idée.

— À la place, tu veux lui dire que c'est moi son père ?

Calley soupira.

— Puisque Bill ne veut pas savoir qui c'est, j'ai besoin de plus d'options, alors j'ai aussi demandé à Hunter et Grant. Et comme Flynn est déjà au courant, on pourrait peut-être aussi lui poser la question ? Comme ça il y aurait quatre possibilités ?

Gabe rit doucement et secoua la tête.

— Bill et toi êtes tous les deux blonds, ce qui veut dire que si tu choisis une des trois autres options, vous aurez des enfants avec les cheveux foncés. Je suis votre seule option pour des enfants aux cheveux clairs, Calley. Du moins si je me souviens bien de mes cours de biologie. Ça remonte à loin, je pourrais me tromper.

Calley acquiesça.

— On aimerait laisser faire le hasard. Et si on se retrouve avec un enfant qui a de belles boucles brunes, on l'aimera quand même.

Gabe passa un bras autour des épaules de Calley.

— Laisse-moi en parler à Flynn, d'accord ?

Calley acquiesça.

— Bill est d'accord que vous devriez tous connaître l'enfant dès le début. Comme ça, si elle veut savoir, elle vous connaîtra assez bien pour simplement venir vous parler.

Gabe la pinça gentiment.

— Tu veux juste des baby-sitters gratuits.

Calley sourit.

— Je suis sûre que Bill a aussi pensé à ça, oui.

— Dans tous les cas, si c'est mon sperme vous vous retrouverez avec uniquement des garçons. Pas de femmes dans ma famille.

— Ta mère était une femme ! le taquina Calley.

— Oui, c'est vrai. Mais elle était la seule fille avec six frères, et mon père avait aussi quatre frères et aucune sœur. Alors oublie l'idée d'une petite fille.

Calley se leva et serra Gabe fort contre elle.

— Merci, murmura-t-elle dans son oreille. Je te rappellerai plus tard.

Ils sortirent ensemble, Calley se dirigeant vers sa voiture et Gabe vers l'arbre où l'accueillit Bridget.

— Alors, où était le feu ? demanda Flynn en caressant Bridget pendant que Gabe s'asseyait à côté de lui.

— Bill et elle ne peuvent pas avoir d'enfant ensemble. Apparemment ils ne sont pas compatibles génétiquement.

— Et elle veut que tu sois le donneur ?

Gabe fixa Flynn attentivement.

— Comment le sais-tu ?

— Tu m'as dit qu'elle te l'avait déjà demandé.

— Et j'avais répondu non. Ça aussi je te l'ai dit.

Flynn acquiesça.

— Tu as dit oui, cette fois ?

— Je lui ai dit qu'il fallait d'abord que je te parle.

Flynn serra Bridget dans ses bras et elle se laissa faire un moment avant de se rouler sur le dos pour supplier Flynn de lui gratter le ventre.

— Je pense que tu devrais. Si tu en as envie. C'est ta meilleure amie, Gabe. Tu l'adores.

— C'est vrai, admit facilement Gabe. Elle m'a aussi demandé de te poser la question à toi.

— Tu viens de le faire.

— Non, de te demander d'être également un donneur, élabora Gabe. Elle veut laisser le résultat au hasard. Et puis Bill ne veut pas savoir qui est le père, donc comme ça elle aura quatre options.

— Quatre ?

Gabe acquiesça.

— Elle a aussi demandé à Hunter et Grant.

— Bill saura de toute façon. À moins que l'enfant ait des cheveux foncés bouclés, alors il pourrait être soit de Grant soit de moi, mais s'il a des cheveux clairs ce sera le tien, et s'ils sont plats et bruns ce sera l'enfant d'Hunter. Maintenant que j'y pense, s'il est grand aux cheveux bouclés ce sera celui de Grant, et s'il est plus petit ce sera le mien.

— Je sais, répondit Gabe en haussant les épaules. C'est exactement ce que j'ai dit à Calley.

— Ça ne me dérange pas, songea Flynn. Ce n'est pas comme si j'allais avoir des enfants d'une autre manière, et comme ça il y aura un petit bout de moi toujours de ce monde lorsque j'en serai parti.

— Même si tu ne peux pas être son père ?

Flynn haussa les épaules.

— Bill fera du bon boulot.

Gabe ébouriffa les cheveux de Flynn.

— Pourquoi ne suis-je pas convaincu ?

— Tu te projettes sur moi, Gabe, répondit Flynn. Ce n'est pas moi qui ai des problèmes avec l'idée d'être père.

— Est-ce que tu penses que parce que tu n'as pas eu de bon modèle tu ferais un mauvais père ?

Flynn déglutit.

— Peut-être.

Gabe entendit tout juste la réponse de Flynn et il serra son amant contre sa poitrine.

— Juste pour que tu saches, je pense que tu ferais un père fantastique.

Pour prouver ses dires, Bridget posa sa tête sur sa cuisse, demandant plus de caresses.

— Ne t'inquiète pas ma puce, la rassura Flynn en la grattant derrière les oreilles. Tu seras toujours mon bébé.

XXVI

QUELQUES SEMAINES plus tard, ils retrouvèrent Hunter et Grant dans une clinique située à peu près à une heure de route de leurs ranchs respectifs. Gabe voyait bien que Grant et Hunter étaient tous deux nerveux, bien qu'il se dise que leurs raisons devaient être différentes. Gabe savait que Hunter avait horreur des hôpitaux. Il avait vu son père décrépir dans l'un d'eux en l'espace de quelques jours et préférait les éviter complètement. La raison de la nervosité de Grant était probablement la même que celle pour laquelle Gabe n'était lui-même pas entièrement à l'aise.

Incapable de rester assis sans bouger, Grant se leva.

— Je pars à la recherche de café, annonça-t-il.

— Je viens avec toi, répondit rapidement Hunter, laissant Gabe et Flynn seuls dans la salle d'attente.

Gabe les regarda partir. Grant et lui n'avaient pas été dans la même pièce depuis leur séparation, si on ne comptait pas la nuit dans l'écurie lorsque les deux poulains étaient nés. Il était évident que Grant l'évitait, et ça ne dérangeait pas Gabe. Mais à présent, ils n'allaient probablement plus pouvoir s'ignorer l'un l'autre. Ça ne dérangeait pas non plus Gabe. Grant et Hunter avaient l'air de former un couple solide et il ne voulait pas perdre l'amitié de Hunter. Et puis, être aimable avec Grant serait un moyen de montrer à Flynn qu'il s'était complètement remis de leur rupture et il espérait que Flynn comprendrait que c'était là la raison de son nouveau comportement. Gabe ne pensait pas qu'il aurait survécu à cette dernière année sans Flynn, mais à part le lui dire, il n'avait pas de moyen de le montrer à son amant. Peut-être que si Flynn le voyait être cordial avec Grant il verrait ce que cela signifiait vraiment : une preuve de l'amour et de l'affection qu'ils partageaient.

— Qu'est-ce que est si amusant ? demanda Flynn, tirant Gabe de ses pensées.

Gabe se rendit compte qu'il affichait un large sourire.

— Je me disais juste qu'on devrait passer du temps avec Hunter et Grant. Est-ce qu'on pourrait aller manger tous ensemble après ça ?

Flynn renifla.

— Seulement si c'est Calley qui paie !

— Je pense que ce serait une bonne idée. Ça nous donnerait l'occasion d'arranger les choses entre nous quatre. On est voisins, après tout, et Hunter m'a plus qu'aidé ces dernières années. Je ne peux pas lui en vouloir d'avoir succombé aux charmes de Grant.

Flynn le regarda d'un air interrogateur.

— Tu es jaloux ?

Gabe rit doucement.

— Pas du tout. Je t'ai déjà dit que Hunter pouvait garder Grant. Je pense juste qu'on pourrait se montrer civils les uns envers les autres. Grant n'est pas un mauvais type. On pourrait même être amis. Peut-être, ajouta-t-il pour rassurer son amant en le voyant froncer encore plus les sourcils.

Gabe jeta un coup d'œil autour d'eux dans la salle d'attente vide et attira Flynn vers lui pour embrasser ses doux cheveux bouclés.

— Je t'aime de tout mon cœur. Crois-moi, mes intentions concernant Grant sont totalement honorables.

Lorsque Flynn recula, il souriait à nouveau et c'était tout ce que voulait Gabe. En relevant la tête, il comprit pourquoi Flynn s'était éloigné de lui. Hunter et Grant se dirigeaient vers eux, tenant chacun deux gobelets de café fumant.

— Je ne savais pas si vous preniez de la crème dans vos cafés, dit Hunter en tendant un gobelet à Gabe et l'autre à Flynn avant de prendre le sien des mains de Grant.

— J'ai réussi à ramener beaucoup de sucre, par contre, ajouta Grant en plongeant la main dans sa veste pour en sortir une belle poignée de paquets de sucre, qu'il déposa sur la table devant eux.

Gabe sourit à Grant.

— Tu sais comment parler à un homme. Flynn est un vrai bec à miel.

Il prit trois paquets et Flynn lui tendit son gobelet pour que Gabe puisse verser leur contenu dans le liquide noir.

— C'est amer, sinon, reconnut Flynn, goûtant le breuvage et retendant le gobelet pour que Gabe en rajoute encore.

Grant sourit et secoua la tête, et Gabe commença à se sentir plus détendu. Ce n'était même pas si difficile.

— M. Jarreau ? M. Tomlinson ? appela une infirmière.

Grant se leva et Gabe ne put s'empêcher de remarquer Hunter lui serrer la main lorsque Grant quitta son compagnon pour suivre l'infirmière. Gabe avait déjà vu ces petits signes d'affection, mais il ne réalisait que maintenant qu'ils lui faisaient aussi du bien à lui. Il était heureux pour Hunter, et s'il était honnête, il était également heureux pour Grant. Il tourna les yeux vers Flynn et vit le sourire sur son visage.

— Tu matais Grant, le taquina Flynn en se levant à son tour.

Gabe haussa les épaules et lui lança un regard qui disait 'et alors ?' À sa grande surprise, le sourire de Flynn s'élargit, provoquant un sentiment de bonheur chez Gabe. Il regarda son amant quitter la salle d'attente derrière Grant.

— Alors, tu penses qu'on est les prochains ? demanda Hunter en venant s'asseoir à côté de Gabe.

— À t'entendre, on croirait qu'on est des agneaux qu'on mène à l'abattoir, grogna Gabe.

— Ce n'est pas si terrible, mais l'idée de me branler dans un bocal me semble un peu…

Hunter ne termina pas sa phrase.

— Pense juste à l'objectif. On fait ça pour Calley. Et d'une certaine manière, je suppose qu'on le fait aussi pour Bill.

Hunter retroussa ses lèvres.

— Je suppose, oui.

— Et ça va nous prendre quoi, cinq minutes ?

— Hé ! s'exclama Hunter en lui donnant un petit coup d'épaule. Parle pour toi !

— Et tu es jeune, ajouta Gabe. Si tu rentres chez toi et que Grant a des idées, tu pourras toujours la lever. Moi, par contre…

Hunter le regarda d'un air inquiet, mais le sourire moqueur de Gabe le fit disparaître presque aussi vite qu'il était apparu.

— Flynn me garde jeune, admit Gabe beaucoup plus doucement.

— Tant mieux, répondit Hunter. Je suis content pour toi. Je sais ce que c'est que d'aimer quelqu'un. Avant, je pensais le savoir, mais maintenant je le sais vraiment.

Son regard s'égara dans la direction dans laquelle Grant était parti.

Gabe le regarda du coin des yeux.

— Alors moi aussi, je suis content pour toi.

Il tapota le genou de Hunter mais retira rapidement sa main, ne voulant pas attirer l'attention sur lui.

— Flynn et moi discutions pendant que vous êtes allés chercher le café et on a décidé qu'on devrait tous aller manger ensemble quand on aura fini ce qu'on a à faire ici.

— Tu es sûr ? Je veux dire…

— Tu veux dire Grant et moi, dans la même pièce, à essayer d'échanger une conversation polie pendant le dîner ?

Hunter acquiesça.

— Je pense que je peux m'en sortir. Si Grant est partant, je le suis aussi.

Hunter scruta le visage de Gabe, cherchant clairement à jauger si Gabe se contentait de se montrer courageux.

— Je suis sûr que ça ne dérangera pas Grant. Il faudra que je lui en parle, bien sûr, mais je pense qu'il sera plus inquiet de ta réaction que de la sienne. Pourquoi ce changement de comportement ?

Gabe rit doucement.

— Je suis comme toi. Je pensais savoir ce que c'était qu'être amoureux de quelqu'un. Maintenant j'en suis sûr.

Hunter posa la main sur l'épaule de Gabe.

— Alors, où devrait-on aller ?

Gabe ne put pas répondre étant donné que Flynn revenait dans la salle avec un air triomphant sur le visage.

— Je suis le premier ?

— Ouaip, répondit Gabe. Grant n'est pas encore revenu. Je pensais que tu avais plus d'endurance que ça.

Il fit un clin d'œil à Flynn.

— J'en ai quand ça compte, répondit Flynn d'un ton suffisant. Là, le but était de… produire quelque chose, et je pense toujours à l'objectif final !

Grant revint peu de temps après et l'infirmière le suivait de près.

— M. Sutton ? M. Krause ?

— Notre tour, dit Hunter en se levant.

Gabe les suivit dans un corridor à l'allure stérile avec un comptoir, où on leur demanda de signer un formulaire avant de leur donner un petit bocal en plastique et un numéro de salle. Gabe jeta un regard suspect au bocal et entra dans la petite pièce. Il y avait une chaise à l'allure confortable et une fenêtre couverte de rideaux colorés. Il y avait également une télévision sur une commode basse et un des tiroirs était ouvert. Il regarda à l'intérieur et se rendit compte qu'il était rempli de pornos, à la fois sous forme de DVD et de magazines. Il haussa les épaules en voyant tous les seins nus, mais en fouillant un peu il fut surpris de trouver un DVD clairement destiné aux hommes gays. Il décida de ne pas l'insérer dans le lecteur et se dit qu'il arriverait bien à penser à des images sur lesquelles se masturber. Il pencha la tête sur le côté lorsqu'il réalisa qu'il ne serait toutefois probablement pas capable de battre le temps record de Flynn.

Sur la table à côté du fauteuil, il y avait une boite de mouchoirs et Gabe posa le bocal en plastique à côté avant d'aller se laver les mains, comme l'infirmière leur en avait très efficacement donné l'instruction.

Il se regarda dans le miroir au-dessus du lavabo. Il avait quelques rides en plus autour des yeux et était encore plutôt mince, malgré l'excellente cuisine de Flynn, mais ce qui le frappa le plus furent ses cheveux, qui étaient autrefois blond cendré et à présent zébrés de gris. Il secoua la tête en se séchant les mains à l'aide d'une serviette en papier. Il n'avait pas la moindre idée de pourquoi un jeune homme vigoureux comme Flynn choisirait un vieux cowboy comme lui, mais il ne le remettait plus trop en question ces temps-ci. L'amour de Flynn était trop doux pour cela.

Gabe se laissa tomber sur le fauteuil en ouvrant son pantalon et prit son sexe mou dans la main. Il se rendit compte qu'il était toujours nerveux. Les mois d'impuissance après son opération avaient laissé des séquelles, après tout. Il était à peu près complètement guéri à présent, même si sa jambe et sa prothèse lui faisaient encore un peu bizarre. Il commença à se caresser, essayant de conjurer l'image de Flynn dans son esprit. Flynn trouvait toujours le moyen de le distraire et de le faire se sentir bien. C'était sa patience infinie et son affection qui avaient restauré la foi de Gabe en ses propres capacités et leur avait finalement apporté une vie sexuelle plutôt prolifique. Il n'avait plus de doute quant au plaisir de Flynn. Il n'avait qu'à conjurer l'image de Flynn se penchant au-dessus de lui, plongeant en lui, la détermination et l'extase sur son visage alors qu'il le pénétrait avec force et précision, et Gabe sentait son sexe se gonfler. Oui, c'était ça.

L'image se transforma rapidement en celle de Gabe chevauchant Flynn. Gabe aimait être celui qui avait le contrôle. Il aimait même ça un peu trop, mais il avait appris à laisser aussi un peu d'initiative à Flynn, et depuis, Flynn le laissait souvent faire tout le travail. Il restait allongé, lui souriant, faisant courir ses mains sur les cuisses fermes de Gabe. Flynn l'encourageait et ne commençait à donner des coups de reins vers le haut que lorsque Gabe était si désespéré de pouvoir jouir qu'il le suppliait presque. Putain, ce que cet homme l'excitait.

Gabe était pourtant encore loin de l'orgasme. Il arrêta sa main et soupira profondément. Il n'était même pas encore complètement dur. Ça ne marchait pas. Pendant un moment, il songea à lancer le DVD porno, mais il se dit que ça lui prendrait encore plus de temps.

À ce moment-là, la porte s'ouvrit et la réaction immédiate de Gabe fut de se couvrir et de se lever de la chaise. Il lui fallut un instant pour se rendre compte de qui était entré.

— On dirait bien que tu aurais besoin d'un… coup de main ? le taquina Flynn.

Gabe se laissa retomber sur la chaise.

— Hunter a fini depuis une éternité !

Gabe rit doucement.

— Bande d'amateurs.

Flynn se mit à califourchon sur les cuisses de Gabe et passa la main dans les cheveux longs de son amant.

— Je suis sérieux, l'infirmière a dit que je pouvais t'aider si tu en avais besoin.

— L'infirmière a dit quoi ?

Flynn éclata de rire.

— Ta tête, ça n'a pas de prix ! Je ne lui ai rien dit, mon amour. Je me suis glissé ici quand elle ne regardait pas.

— Comment savais-tu dans quelle salle j'étais ?

— C'est la seule porte marquée 'occupée'.

Gabe n'osa même pas imaginer ce qui se serait passé s'il y en avait eu deux. Il attira Flynn plus près de lui pour l'embrasser et sentit un élan de désir familier.

— Je suppose que tu as raison. Tu sais toujours ce dont j'ai besoin.

Flynn recula un peu et se mordit la lèvre.

— J'ai pensé à toi quand j'étais ici. J'ai pensé à ton petit cul serré et à ta belle queue et à la façon dont tu me serres quand je suis en toi.

Il regarda l'entrejambe de Gabe et celui-ci sentit immédiatement son sang s'y engouffrer. Gabe prit son sexe dans sa main et commença à se caresser lentement.

Flynn le regarda faire d'un air aguicheur.

— Peut-être que tu devrais enlever ton pantalon et ton caleçon et je pourrais te baiser avec mes doigts. Tu aimerais ça ?

— Putain, soupira Gabe. Oui, bien sûr que j'aimerais ça.

Il pouvait presque se sentir gonfler.

— Le problème, c'est que je n'aurai pas de main libre pour tenir le bocal, et tu es bien trop perdu pour viser quand tu as quelque chose là-dedans.

Flynn rit doucement d'un air amusé en prenant le pot et en l'ouvrant.

— Tu vas donc devoir faire tout le travail toi-même et ensuite, lorsque tu m'offriras ton tribut, je l'attraperai. Qu'en dis-tu ?

Gabe acquiesça, la respiration plus difficile maintenant qu'il accélérait le rythme.

— Pense juste au cadeau que tu fais à Calley, continua Flynn.

Gabe arrêta ce qu'il faisait.

— Toi, tu sais comment tuer l'ambiance.

— Quoi ? demanda innocemment Flynn.

— Comme si ça avait toujours été mon rêve de mettre en cloque une belle blonde.

Flynn rit doucement et se pencha pour embrasser Gabe.

— Désolé. Tu n'as jamais aimé les blondes ?

Gabe savait reconnaître quand on le taquinait.

— Non, je préfère mes hommes avec les cheveux foncés. Et bouclés.

— Devrais-je aller te chercher Grant, dans ce cas ?

Gabe tira Flynn vers lui et l'embrassa violemment.

— Je ne veux que toi, dit-il, le souffle court, après l'avoir relâché.

Flynn baissa les yeux sur la verge presque violette que Gabe masturbait rapidement.

— Je suppose qu'il va falloir que je te baise longuement quand on rentrera à la maison.

Flynn parvint tout juste à mettre le bocal en position lorsque le sexe de Gabe se mit à projeter des rubans de sperme.

— Brave garçon, dit Flynn, comme s'il parlait à un des chevaux.

Il reposa le bocal sur la table et embrassa passionnément Gabe qui redescendait du septième ciel.

— J'ai invité Hunter et Grant à venir manger avec nous, finit par parvenir à dire Gabe.

— Alors je vais devoir attendre ?

Gabe acquiesça paresseusement.

Flynn se blottit contre lui.

— Et qu'est-ce qui se passe si tu es celui qui donne un enfant à Calley ?

Gabe haussa les épaules, appréciant la façon dont Flynn caressait sa poitrine encore habillée.

— Je ne vois pas où serait le problème.

— Tu disais que si tu devenais père, tu voudrais être plus qu'un simple donneur.

— On devra simplement voir comment Calley gère les choses, mais je ne pense pas que je jouerai beaucoup au père. Je ne pense pas que Bill me laissera faire, déjà. Et puis, ce sera leur enfant. On a donné notre accord quand on a dit oui.

Gabe regarda Flynn, essayant de jauger la raison de ses questions. Est-ce que Flynn voulait lui aussi des enfants ? Il n'osait pas lui demander, bien qu'il sache que le sujet finirait par ressortir. Il n'avait qu'à penser à combien Flynn était protecteur avec les juments et les poulains, à la façon dont il s'occupait de Bridget ou encore celle dont il avait materné Gabe quand il était malade pour savoir qu'il ferait un excellent père.

Flynn s'extirpa soudain de ses bras et se leva du fauteuil.

— On ferait mieux d'apporter ce petit échantillon à l'infirmière et de retourner vers Hunter et Grant, sinon ils vont commencer à croire qu'on est sorti par la porte de derrière !

— Si l'infirmière nous voit sortir de cette pièce ensemble, elle va penser qu'on a vraiment fait l'amour là-dedans, répondit Gabe en refermant son pantalon après s'être nettoyé avec un mouchoir.

— Et ce serait un problème ? demanda impudemment Flynn.

— Non, rit Gabe. Allez, il est temps d'aller manger quelque chose.

XXVII

CELA AURAIT été l'euphémisme du siècle que de dire que le dîner avait commencé de façon un peu tendue. Hunter avait choisi un restaurant typiquement familial, avec de solides meubles en bois, des nappes à carreaux rouges et blancs et des steaks qui débordaient presque des assiettes immenses. Les tables étaient proches les unes des autres et la plupart des gens avaient amené leur progéniture avec eux, donc il y avait des enfants en train de courir partout tout le temps.

Flynn les regardait d'un air mal à l'aise, puisqu'il n'avait pas tellement l'habitude des enfants, et se retrouva à échanger des regards avec Gabe. Ils n'avaient pas besoin de parler, Flynn pouvait lire en Gabe comme dans un livre ouvert.

— Tu es sûr de vraiment vouloir être le père de tout enfant que tu engendrerais ? demanda à voix basse Flynn en levant les sourcils lorsqu'un petit garçon passa à côté d'eux une fourchette à la main en poursuivant sa grande sœur.

— Hors de question, répondit clairement Gabe avec un sourire et en secouant la tête lorsqu'ils s'assirent à table.

Flynn essaya de mettre autant de distance que possible entre Gabe et Grant, mais comme ils étaient assis à une table ronde, cela signifia qu'au début Grant se retrouva assis juste en face de Gabe et la tension monta lorsqu'ils se rendirent compte qu'ils allaient devoir se regarder pendant tout le dîner.

— Échangeons nos places, suggéra Flynn à Gabe. Tu auras plus de place pour ta jambe, expliqua-t-il d'un ton aussi désinvolte que possible.

Heureusement, Gabe comprit tout de suite et se leva. Grant se retrouvait bien à côté de Gabe, mais il était plus facile pour Gabe de l'ignorer maintenant qu'il faisait face à Hunter.

Ce ne fut que lorsqu'ils examinèrent le menu que Flynn se rendit compte que Grant et même Hunter étaient très à l'aise avec la ribambelle d'enfants. Une mère épuisée cria 'Jackson !' à travers le restaurant tandis qu'un garçon d'environ sept ans à l'air malicieux passait en courant à côté de leur table. Hunter l'attrapa rapidement d'un bras fort, l'arrêtant dans sa course. Il le souleva et le reposa devant Grant, qui posa son menu.

— C'est toi Jackson ? demanda Grant avec un grand sourire aussi espiègle que celui de l'enfant.

Le garçon acquiesça.

Grant ébouriffa ses cheveux.

— Tu ne crois pas que tu devrais écouter ta mère quand elle t'appelle ?

— Elle est tout le temps en train de me crier dessus, monsieur, répondit le gamin.

— Peut-être parce que tu ne l'écoutes jamais, intervint Hunter en échangeant un regard entendu avec Grant.

— Allez, retourne vers ta mère et dis-lui que tu es désolé d'être parti en courant. Peut-être que si tu es sage, elle te laissera venir monter des poneys au Blue River Ranch ?

— Je suis assez grand pour un cheval ! s'exclama Jackson.

— On a de très grands chevaux à notre ranch, tu sais, ajouta Hunter.

— Merci messieurs, dit la mère du petit en les rejoignant. Mais ne mettez pas d'idées dans sa tête. Il est déjà assez obsédé par les chevaux comme ça.

Hunter se leva et serra la main de la femme.

— Mon partenaire a raison, vous savez. On a des promenades à poney tous les samedis matins et on apprend à des enfants de son âge ce que veut dire s'occuper d'un cheval. En d'autres mots, ils apprennent autant à faire les box qu'à monter. Et on s'occupe bien d'eux. Vous pouvez venir avec lui si vous voulez.

Elle le regarda brièvement de haut en bas avant de promener le regard sur le reste des occupants de la table, mais il y avait plus de curiosité dans son regard que de suspicion.

Hunter sortit quelque chose de sa poche.

— Voilà notre carte. Ma petite sœur est une perle avec les enfants et c'est elle qui leur apprend à monter. Pourquoi ne pas nous passer un coup de fil ?

— On peut maman ? demanda impatiemment Jackson.

— On verra, Jack, répondit-elle. Merci encore. Il n'est pas toujours très facile, dit-elle en se tournant à nouveau vers Hunter.

Flynn les regarda interagir avant de se retourner vers Gabe. Il était heureux de voir que son amant avait l'air moins tendu, mais il était plus que surpris de voir Grant aussi décontracté. Il n'aurait jamais pensé que Grant soit aussi à l'aise avec les enfants.

— Alors vous faites des promenades à poney à votre ranch ? demanda Gabe après que la serveuse ait pris leur commande.

Hunter acquiesça.

— Bernie apprend aux enfants à monter et elle s'est dit qu'elle pourrait se faire un peu d'argent en apprenant aussi aux enfants de la ville. Tu sais, des camarades de classe de Danny. Elle aimerait essayer de faire des activités sur trois jours, mais elle a besoin d'un peu plus d'argent. On lui a acheté un bon cheval, mais l'équipement et les frais de déplacement sont plutôt élevés.

— Alors c'est pour ça que vous avez acheté des chevaux plus petits, déclara Gabe comme s'il venait tout juste de comprendre.

— Ouais, répondit simplement Hunter.

Flynn ne manqua pas le regard qu'il lança à Grant et ne put s'empêcher de penser qu'ils leur cachaient quelque chose. Mais encore une fois, il ne se sentait pas assez à l'aise pour demander, aussi était-il à peu près certain qu'il allait devoir faire sans les réponses à ses questions.

— Alors, le ranch se porte bien ? demanda Gabe.

— Plutôt bien, oui, répondit Hunter. On a perdu quelques poulains pendant l'été. On ne sait toujours pas si c'était un voleur de chevaux ou un couguar, mais l'un ou l'autre finira bien par se faire attraper.

— Merci de me prévenir, dit Gabe. Je garderai les petits près de la maison.

La serveuse leur amena leurs steaks et ils mangèrent presque en silence. De temps en temps, Hunter et Gabe parlaient business et ça ne dérangeait pas Flynn de ne pas se mêler à la conversation, puisque Gabe semblait s'être à présent bien détendu. Et cela lui laissait tout le temps d'observer ses compagnons de table. Il devait bien admettre que Grant était très bel homme. Pas vraiment son genre, mais il avait l'impression que si ce n'était pour sa relation passée avec Gabe, ils auraient pu être amis. Hunter aussi était beau gosse. Flynn l'avait remarqué dès la première fois qu'il avait posé les yeux sur lui, lorsque Hunter était venu au ranch pour acheter des chevaux. Les yeux intenses et perçants de l'homme étaient son meilleur atout, mais Flynn aimait aussi son sourire. Il était chaud et attentionné, et n'était pas uniquement tourné vers Grant, mais également vers tous ceux qui croisaient son chemin, du garçon qui débarrassa leurs assiettes à la serveuse qui leur apporta le menu des desserts, et oui, Hunter dirigeait aussi ce sourire charmeur vers Gabe. Pendant un instant Flynn se sentit un peu jaloux. Hunter et Gabe se connaissaient depuis très longtemps et Gabe avait avoué avoir eu le béguin pour Hunter lorsqu'il était plus jeune, mais serait-il à la hauteur de la compétition maintenant que Gabe était sûr que Hunter était gay ?

Flynn fut ramené au moment présent en sentant la main chaude de Gabe sur sa cuisse.

— Je reviens, dit Gabe avant de se lever et de partir en direction des toilettes.

— Ouais, j'ai aussi besoin d'y aller, dit Grant en le suivant.

Hunter avait dû voir l'expression paniquée de Flynn.

— Ça va aller, l'assura-t-il malgré le fait que Flynn pouvait voir qu'il n'en était pas si certain. Grant s'est beaucoup calmé. Je crois qu'il veut juste parler à Gabe seul à seul un moment.

— Je l'espère, répondit Flynn en décollant son regard de la porte des toilettes pour regarder la carte laminée dans ses mains.

Il n'arrivait pas à lire ce qui était écrit. Il était trop inquiet au sujet de ce qui était en train de se dire ou se faire de l'autre côté du restaurant. Il savait qu'il ne pouvait pas aller à la rescousse de Gabe. Il devait laisser un peu de dignité à son amant et non pas donner l'impression d'être surprotecteur et jaloux. Son rythme cardiaque ne revint toutefois à la normale que lorsque Gabe fut de retour à leur table.

Le sourire de Gabe détendit Flynn.

— Tu prends quelque chose ?

Flynn haussa les épaules.

— Probablement pas.

— Je vais prendre une glace, déclara Hunter, qui n'était clairement pas encore totalement rassuré.

— Oui, moi aussi, dit Gabe. Tu as une idée de ce que veut Grant ? Parce que la serveuse arrive. Je sais qu'il aime les noix et le caramel, déclara Gabe avec une telle désinvolture que Flynn et Hunter le fixèrent tous les deux, mais Gabe fit comme s'il ne remarquait rien.

Hunter commanda pour Grant et lui, et Gabe ne commanda son propre dessert qu'après s'être assuré que Flynn ne voulait vraiment rien.

— Qu'est-ce que tu m'as pris ? demanda Grant lorsqu'il revint.

— Une glace vanille avec un flan caramel et des noix, répondit Hunter.

— Parfait, fit Grant en se frottant les mains et en souriant à Gabe.

— Donc, Grant m'a dit que vous pensiez à vous construire une autre maison ? demanda Gabe avec désinvolture.

— Oui, répondit Hunter en regardant subrepticement Grant avant de reporter son attention sur Gabe. On s'est dit que ce serait plus simple d'avoir notre propre maison vu que l'autre est plutôt… pleine.

Gabe rit doucement, tandis que Flynn regardait l'échange, un peu étonné.

— On voulait vous demander à Flynn et toi si vous pourriez donner un coup de main de temps en temps.

Gabe lança un regard étonné à Grant, puis se tourna vers Flynn avant de répondre.

— Je suppose que oui, après qu'on aura fait tout ce qu'il y a à faire sur le ranch, bien sûr. C'est le moins que l'on puisse faire après toute l'aide que vous nous avez apportée.

Flynn acquiesça presque automatiquement, mais il ne savait pas comment interpréter cette entente soudaine entre Gabe et Grant. Il n'eut pas l'occasion de demander quoi que ce soit à Gabe avant qu'ils soient dans le pick-up sur le chemin du retour. Flynn n'avait pas vraiment envie de poser des questions à Gabe pendant qu'il conduisait, parce que ce n'était pas quelque chose que Gabe avait fait très souvent depuis l'amputation, alors il tint sa langue.

— Tu es terriblement silencieux, finit par dire Gabe.

Ils étaient déjà sur le dernier bout de chemin avant le ranch.

— C'était juste étrange de te voir si tendu un instant et complètement détendu le suivant. Après que tu es revenu des toilettes… Quand j'ai vu Grant te suivre, j'ai pensé… Même Hunter avait l'air inquiet, Gabe, bégaya Flynn en essayant en vain de mettre des mots sur ses sentiments.

— Tout va bien, Flynn, le rassura Gabe. Je reconnais que je ne savais pas ce qu'il me voulait quand il m'a suivi, mais il voulait juste parler.

Flynn leva les yeux au ciel parce qu'il sentait les larmes commencer à pointer et ne voulait pas pleurer. Il espérait pouvoir contenir ses émotions d'ici à ce qu'ils arrivent à la maison, aussi ne fut-il pas très heureux lorsque Gabe arrêta la voiture au bord de la route sombre avant de couper le moteur.

— On bouche la circulation, Gabe.

Gabe rit.

— C'est notre route. Personne ne passe jamais par ici, dit-il avant de prendre la main de Flynn. Il s'est excusé, Flynn. Il m'a dit qu'il ne savait pas ce qui m'était arrivé. Il s'est excusé pour tous les mensonges et son déni. Il a admis qu'il était gay, dit Gabe en riant doucement. Je suppose que Hunter est vraiment le bon pour lui.

— Oui, ils sont bien ensemble, répondit Flynn en serrant un peu la main de Gabe et se sentant un peu plus calme.

— Tout comme nous.

Flynn sourit et se sentit se détendre au son des mots tendres de Gabe.

— Ça veut dire que Grant est pardonné ?

— Je ne vois pas de raison de continuer à lui en vouloir. C'est une perte d'énergie. Je préfère utiliser cette énergie pour autre chose. Pour quelqu'un d'autre.

Gabe relâcha la main de Flynn et lui saisit l'arrière du crâne pour l'attirer doucement dans un baiser. Lorsque leurs lèvres se séparèrent, Gabe tendit la main vers la clef pour redémarrer le moteur, mais Flynn l'arrêta.

— On peut rester là encore un petit moment ?

— Bien sûr, répondit Gabe en passant un bras autour des épaules de Flynn pour qu'il puisse se blottir contre lui.

— Qui est Danny ?

— Danny ? Oh, c'est le fils de Hugh. Hugh est le contremaître de Hunter et le mari de Lisa, la plus âgée des sœurs de Hunter, donc Danny est le neveu de Hunter. Ah, et son filleul, aussi, je crois.

— Est-ce que Danny a des frères et sœurs ?

— Je ne crois pas, répondit Gabe avec un regard interrogateur. Pourquoi ?

— Quand Hunter parlait de Bernie qui apprenait à monter 'aux enfants', il parlait définitivement au pluriel. Les enfants. Plus qu'un. Hunter à d'autres neveux ou nièces ?

Gabe secoua la tête.

— Pas que je sache. Il a trois sœurs, mais seule Lisa a un fils. Bernie est la plus jeune. Elle sort tout juste du lycée. Celle du milieu s'appelle Izzie, elle travaille sur le ranch. Une gentille fille, même si elle est un peu garçon manqué. N'essaie même pas de la défier au bras de fer. Je n'ai jamais vu aucun mec s'en sortir sans avoir mal au bras et pris un sacré coup dans son ego.

— Toi y-compris ?

Gabe se mordit la lèvre.

— Elle m'a presque déchiré un muscle et elle n'avait que douze ans à l'époque.

— Petite nature, répondit Flynn en lui donnant un petit coup de coude dans les côtes. Alors, d'après toi qui sont les autres enfants ?

Gabe haussa les épaules.

— Probablement des camarades de classe de Danny. Des gamins de la ville. Il y en a pas mal qui n'ont jamais vu un cheval de près.

Flynn n'était pas sûr que Gabe ait raison. Il pensait que Hunter avait laissé échapper quelque chose qu'il n'aurait pas dû et avait essayé de se rattraper en mentionnant les camarades d'école de Danny. Il finit par secouer la tête, décidant que ça ne valait pas la peine de faire une fixation là-dessus.

Lorsque Flynn frissonna, Gabe retira son bras et redémarra la voiture.

— Rentrons à la maison. Il me semble que tu m'avais promis quelque chose ?

— Promis quelque chose ? répéta Flynn.

— Au sujet de finir ce qu'on avait commencé dans cette salle d'hôpital.

— Ah, dit Flynn avec un sourire espiègle. Voilà une offre impossible à refuser.

XXVII

LE DÎNER avec Hunter et Grant avait été plus qu'un bon début. Au moins une fois par semaine, Hunter semblait trouver une excuse pour rendre visite à son voisin, et Grant était généralement avec lui. Au début, ils venaient rendre visite aux poulains, mais ils finissaient invariablement par parler business, finissant par aller si loin que Hunter inclut Gabe dans ses achats en gros de foin et d'avoine pour qu'il puisse profiter des meilleurs prix qu'obtenait Hunter en raison des vastes quantités qu'il achetait.

Gabe appréciait d'avoir à nouveau un ami. Ce ne fut que lorsque Grant et Hunter restèrent un soir pour le dîner qu'il se rendit compte à quel point passer du temps entre amis lui avait manqué.

— C'était sympa, déclara Flynn pendant qu'ils rangeaient le salon après que les deux hommes soient partis. Tu t'entends bien avec Grant maintenant, non ?

Gabe sourit d'un air penseur.

— Tu sais, je crois que je le préfère maintenant que quand il vivait ici. À l'époque on se tolérait, mais maintenant…

— Tu n'as pas besoin de t'excuser, Gabe. Je vois bien que c'est juste de l'amitié.

Gabe haussa un sourcil.

— Je ne suis pas en train de m'excuser. Je viens juste de me rendre compte que j'aime bien Grant, mais il n'est plus le même homme que je connaissais.

— Il a tant changé que ça ?

Flynn s'assit sur le canapé et tira Gabe vers lui, ce qui le força à reposer l'assiette qu'il s'apprêtait à ramener à la cuisine.

— J'étais attiré par lui, mais je ne l'aimais pas.

— Tu me l'as déjà dit.

— Je ne l'appréciais même pas, Flynn.

— Mais tu avais besoin de lui, à l'époque ?

Gabe acquiesça avec regret.

— J'en ai bien peur.

— On a tous fait des choses pour les mauvaises raisons, je suppose, déclara Flynn avec philosophie. Je ne suis pas non plus tombé amoureux de toi au premier regard, tu sais ?

— Ah non ? répondit Gabe d'un ton malicieux. Tu veux dire que mon charme irrésistible ne t'a pas fait succomber dès la première semaine ?

Flynn fit un demi-sourire.

— Non, mais le fait que tu étais un défi m'attirait énormément. Je suppose que c'est vrai, j'aime les challenges.

Gabe passa un bras autour des épaules de Flynn et l'attira vers lui jusqu'à ce que leurs lèvres se touchent presque. Il resta là, sans franchir le dernier centimètre qui les séparait.

— Je suis bien content que tu ais été aussi persistent, parce que si ça n'avait été que moi, je t'aurais laissé repartir après six semaines et on n'aurait jamais eu ce qu'on a maintenant.

— Alors tu aimes ce qu'on a ? demanda Flynn d'un ton taquin en laissant ses lèvres effleurer celles de Gabe.

Gabe appuya son front contre celui de Flynn.

— Je ne peux plus imaginer vivre sans toi.

— Tant mieux, parce que je n'ai pas non plus l'intention de vivre sans toi.

Flynn se blottit un peu plus contre Gabe, soulevant ses genoux pour poser ses jambes par-dessus celle de celui-ci.

— Tu penses que Grant et Hunter font ça, eux aussi ? demanda Gabe.

— Tu veux dire les câlins et les conversations dégoulinantes de bons sentiments ? rit doucement Flynn.

— Ça ne m'a pas l'air d'être du genre de Grant.

— Ni de celui de Hunter, à mon avis, acquiesça Flynn.

— Peut-être que ça aussi, ça a changé chez Grant ?

— Je suis sûr qu'ils baisent comme des lapins, déclara Flynn sur le ton de la conversation.

Gabe s'étouffa presque.

— Comme des lapins ?

208

— Tu sais. Frénétiquement. Tout le temps. Et ils aiment les endroits exotiques, comme ta réserve de foin.

— Je suis sûr que ce n'était qu'une question de nécessité. Je parie qu'eux aussi, ils font ce qu'on fait, dit Gabe en caressant le début de barbe sur le menton de Flynn avant d'embrasser tendrement son amant.

— Mmm, oui, sûrement. Dans l'intimité de leur chambre. Je parie que c'est difficile de baiser comme des lapins avec des sœurs dans la chambre d'à côté et une mère au bout du couloir.

— C'est sûrement très compliqué, acquiesça Gabe en embrassant à nouveau Flynn.

Il avait déjà glissé une main sous le pull de Flynn et caressait son estomac musclé.

— Ils méritent d'avoir leur propre chez eux. Je parie que Hunter est du genre à crier quand il se fait bien baiser et on ne peut vraiment se laisser aller que quand il y a quelqu'un pour entendre.

Gabe recula la tête et regarda Flynn droit dans les yeux.

— Tu as une imagination débordante, petit.

— Ne me dis pas que tu ne t'es jamais demandé ce dont ils avaient l'air ensemble ?

— J'essaie de ne pas y penser, reconnut Gabe.

— Moi j'y pense. Depuis que je les ai surpris dans ta réserve de paille.

— Notre réserve de paille, le corrigea Gabe.

Flynn se contenta de sourire.

— Alors on va les aider à construire leur maison ?

— C'est le moins qu'on puisse faire, acquiesça Gabe. C'est grâce à Hunter que je n'ai pas fait faillite et il a une bonne influence sur Grant.

— Avoue que tu aimes bien Grant.

Gabe regarda Flynn d'un air suspicieux.

— Tu sais que ça ne me dérange pas.

Soupirant profondément, Gabe ouvrit la bouche pour répondre, puis changea d'avis et se mordit la lèvre.

— Gabe, c'est ton ex. Cela peut paraître vaniteux de ma part, mais je ne pense pas avoir quoi que ce soit à craindre. Tu n'as presque aucun bon souvenir de quand vous étiez ensemble, et même si la tension qu'il y avait entre vous pendant ce premier dîner s'est dissipée depuis, je pense toujours que Grant ne sait même pas que tes yeux sont bleus.

— C'est-à-dire ? demanda Gabe, toujours suspicieux.

— Grant a tout aussi peur de te regarder dans les yeux que toi, Gabe.

Gabe ne put s'empêcher de sourire. Pendant tout ce temps, il ne s'était préoccupé que de ses propres sentiments envers Grant et de ceux de Flynn envers Grant, et il n'avait jamais songé à ce que pouvait ressentir Grant à son sujet à lui. Il ne s'était jamais demandé pourquoi Grant avait toujours été en colère et mal à l'aise avec lui. Peut-être était-ce simplement sa façon d'agir quand il ne savait pas comment affronter une situation.

— Je ne le hais plus, finit par dire Gabe. Avant, oui. Je suppose que je me sentais blessé et rejeté, mais il ne savait même pas que j'avais eu un accident quand il est parti.

Flynn serra Gabe dans ses bras et posa le menton sur son épaule.

— Je sais.

— Je pense que c'est une bonne chose que Grant et moi apprenions à passer du temps ensemble sans toute cette gêne si on va les aider à construire leur maison.

— Je suppose, oui.

— Grant a fait le premier pas dans les toilettes du restaurant, je pense que c'est à mon tour de lui montrer que je ne lui en veux vraiment plus.

Gabe appuya sa tête contre celle de Flynn. Il remercia sa bonne étoile d'avoir quelqu'un d'aussi généreux et patient que lui. Sa relation actuelle avec Grant était la preuve qu'il n'était pas doué pour communiquer ses sentiments et il ne devait ce que Flynn et lui avaient qu'aux efforts qu'avait fournis Flynn pour la relation qu'ils partageaient.

Flynn bâilla et se blottit un peu plus contre lui.

— Je crois que je devrais aller te mettre au lit.

— Le premier en haut de l'escalier peut être en dessous, lança Flynn en se levant d'un bon.

Gabe l'attira à nouveau sur le canapé.

— Hé, ce n'est pas juste. Je suis un infirme.

— Ah bon ? répondit Flynn. Je n'avais pas remarqué.

Il fit se lever Gabe et le tira vers l'escalier.

— D'accord, changeons la règle : le premier en haut peut choisir qui sera en dessous.

Gabe sourit, sachant qu'il obtiendrait exactement ce qu'il voudrait.

PLUSIEURS MOIS plus tard, pendant que Flynn était à l'écurie, Calley arriva avec leurs courses. Dès que Gabe la vit commencer à descendre de la camionnette, il se précipita pour l'aider.

— J'espère que tu as quelqu'un pour t'aider au magasin, Calley, parce que tu peines, dit Gabe avec compassion.

— Ne m'en parle pas, soupira Calley. J'ai arrêté de paniquer à chaque fois que le docteur me montre qu'il y en a deux là-dedans et je vois l'avantage à tout faire en une fois, mais j'ai déjà l'impression d'être une baleine et j'en ai encore pour trois mois.

— Est-ce que Bill te donne un coup de main ? demanda-t-il en sortant un carton plein de victuailles de l'arrière de la camionnette.

Calley renifla.

— C'est le début de la période d'agnelage. J'ai de la chance quand il dort à mes côtés la nuit.

Gabe la regarda avec empathie, mais elle l'ignora, aussi se dirigèrent-ils vers la maison.

— Tu as besoin de quelqu'un pour t'aider au magasin, Calley. Pas juste pour quand tu auras les bébés, mais déjà maintenant, pour que tu puisses te reposer un peu.

Gabe vit la tristesse envahir son visage tandis qu'il posait le carton sur la table de la cuisine. Il tira une chaise et força Calley à s'asseoir pendant qu'il rangeait tout ce qu'elle lui avait apporté.

— Je n'ai pas perdu le précédent parce que je travaillais trop, Gabe.

Gabe posa la main sur son épaule et la serra gentiment.

— Je sais, mais je dis juste… Il faut que tu fasses attention à toi. Ces bébés sont précieux, et pas uniquement parce que j'ai aidé à les concevoir. Toi aussi, tu es précieuse, tu le sais, ça.

Calley posa une main sur celle de Gabe et le tira pour qu'il s'asseye à côté d'elle. Elle plaça sa main sur son ventre et le serra dans ses bras, amenant son visage tout près du sien.

— Ils vont bien, Gabe.

Comme sur commande, les bébés commencèrent à donner des coups de pied et Gabe retira sa main, mais Calley la remit sur son ventre.

— Ils aiment être le centre de l'attention.

— Mais c'est la main de Bill qu'ils devraient sentir, pas la mienne.

Il ne retira toutefois pas sa main, cette fois-ci.

— Bill a toujours de la difficulté à se faire à tout ça.

Gabe avait de la peine pour Calley. Il savait à quel point c'était difficile pour Bill de ne pas pouvoir donner à sa femme les enfants qu'elle désirait tant et il savait que leur mariage avait des hauts et des bas pour cette raison, mais il avait espéré que la grossesse de Calley résoudrait ces problème. Ce n'était apparemment pas si simple que cela.

— Bill t'aime, Calley, lui dit Gabe en l'embrassant sur la tempe. Je suis sûr que dès qu'il posera les yeux sur ces enfants et que tout le monde le félicitera, il chantera une autre chanson.

Ils restèrent assis comme cela un moment, leurs visages proches l'un de l'autre et les mains sur le ventre de Calley. De temps en temps, un des bébés donnait un coup et Gabe souriait. Il avait parcouru beaucoup de chemin avec Calley et se considérait un véritable ami, et il l'avait prise dans ses bras parce qu'elle en avait besoin, mais il était surpris par ses propres sentiments envers les bébés. Il ne s'était jamais autorisé à vouloir des enfants parce qu'il savait qu'il ne se marierait jamais et n'aurait jamais de famille. Il avait toujours redirigé ses sentiments paternels vers ses chiens et ses chevaux, mais il se rendait à présent compte qu'il voulait voir ces enfants grandir. Jusqu'à présent, il avait rationalisé qu'il ne faisait qu'aider Calley et qu'il lui faisait confiance pour élever ses enfants, mais qu'ils ne seraient pas vraiment à lui, puisqu'ils n'étaient que six à savoir que Bill n'était pas le père. Alors qu'est-ce qui avait changé ?

Gabe n'eut pas le loisir d'y penser plus avant, car son petit moment d'intimité avec Calley et les bébés fut interrompu par Flynn qui ouvrit la porte et entra. Gabe put voir la bonne humeur dans la démarche de Flynn lorsqu'il pénétra dans la cuisine et son changement d'expression lorsqu'il remarqua la proximité entre son amant et Calley.

Ce ne fut qu'à ce moment-là que Gabe songea à enlever sa main du ventre de Calley.

XXIX

FLYNN AVAIT l'impression d'avoir interrompu quelque chose dont il n'aurait jamais dû être témoin. Il vit Gabe retirer sa main du ventre de Calley et l'expression figée de cette dernière, et avant même qu'il ait pu songer à demander une explication à Gabe ses pieds l'avaient déjà ramené dehors, dans l'air froid de ce beau matin de printemps.

Bridget se dirigea vers lui en remuant la queue.

— Viens ma belle. On retourne à l'écurie

Tout ce à quoi il pouvait penser en sellant T.C. était que sa première impression avait été la bonne. Il y avait quelque chose entre Gabe et Calley dont Gabe ne lui avait pas parlé. Tout ce qu'il pouvait voir était son amant assis tout contre Calley, la tenant dans ses bras, leurs visages tellement proches, comme s'ils venaient de s'embrasser, et la main sur son ventre, protégeant les enfants qui y grandissaient. Ses enfants. Les enfants de Gabe. Les enfants que Gabe avait toujours prétendu ne jamais vouloir. Les enfants que Gabe avait toujours refusé de concevoir, parce qu'il ne pourrait pas jouer le rôle de leur père, et puis il avait changé d'avis.

Seigneur ! Flynn aurait donné un bras et une jambe pour que ces enfants soient les siens. Il s'était convaincu que c'était mieux ainsi, parce qu'il aurait voulu les élever lui-même et aurait sûrement raté ça comme il ratait toujours tout.

En grimpant sur le dos de T.C., il sut qu'il avait besoin de s'en aller, de mettre de la distance entre le ranch et lui, bien qu'il ne puisse pas en bonne conscience partir tout de suite. Il savait qu'il devait être raisonnable. Il devait retourner parler à Gabe de tout cela, mais dans l'immédiat il en était incapable. Il finirait par dire des choses qu'il regretterait plus tard.

Après avoir laissé T.C. galoper à toute allure un moment, il ralentit, sachant que Bridget essayait de les suivre. Il était au trot lorsqu'elle les rattrapa, la langue pendante, et il descendit de cheval près d'un abreuvoir et l'appela vers lui. Le dégel avait commencé et il n'y avait plus qu'une fine couche de glace sur l'eau, aussi la brisa-t-il pour laisser Bridget et le cheval boire. Il trouva ensuite un coin d'herbe près de la barrière où la neige avait déjà fondu et s'assit.

Bridget s'installa sur ses genoux.

— Tu sais toujours quand je ne suis pas au mieux de ma forme, hein ma belle ?

Bridget le regarda, puis posa la tête sur sa cuisse. Il caressa sa tête et son flanc et se sentit lentement se détendre. Même si Gabe avait gardé un secret, ils allaient devoir avoir une conversation d'adultes à ce sujet, parce que c'était ce qu'on faisait dans une relation. Du moins, c'était ce qu'il pensait. Ce n'était pas comme s'il avait été témoin de beaucoup de relations d'adultes auparavant. C'était juste difficile de se rendre compte qu'il y aurait toujours des incertitudes, qu'il ne serait jamais sûr à cent pour cent de ce qu'il partageait avec Gabe. Ces derniers mois ils s'étaient énormément rapprochés et pourtant Flynn n'avait pas vu cela venir.

Les pensées de Flynn furent interrompues par un bruit de sabots. Il savait que c'était Brenner ; il reconnaissait toujours la démarche nerveuse de l'étalon. Quand Gabe le rejoignit, il avait ralenti son cheval et semblait calme lorsqu'il mit pied à terre à quelques pas de Flynn.

— Tu vas bien ?

— Bien sûr, répondit Flynn d'un ton qu'il espérait désinvolte.

— Tu n'as même pas dit bonjour à Calley.

Flynn haussa les épaules.

— Je ne voulais pas vous interrompre.

— Tu ne nous interrompais pas, répondit Gabe. Elle nous apportait les courses. J'ai dû l'aider parce qu'elle commence à avoir de la peine à faire les choses elle-même.

— Oh, ça pour l'aider... répondit Flynn, poussant Bridget pour pouvoir se lever.

Gabe resta près de Brenner et Flynn se dit que c'était un signe assez clair que quelque chose n'allait pas. Il marcha jusqu'à T.C. et prit les rênes, mais Gabe l'arrêta.

— Qu'est-ce qui ne va pas, Flynn ?

— Tu as besoin de poser la question ? demanda Flynn en se détournant de Gabe.

Cette fois-ci, Gabe mit la main sur l'épaule de Flynn pour l'arrêter.

— Toi et Calley ? Je savais qu'il y avait des choses dont tu ne m'avais pas parlé. Maintenant j'aurais préféré que tu l'ais fait.

— Je t'ai dit tout ce que tu avais besoin de savoir, dit Gabe avec hésitation.

— Dans ce cas, tu ne me fais pas assez confiance.

Flynn essaya à nouveau de monter et cette fois-ci Gabe ne l'arrêta pas. Dès l'instant où il fut en selle et que T.C. commença à danser sur place, prêt à courir, il vit le visage défait de Gabe et redescendit.

Gabe ne dit rien.

— Quelle est la nature exacte de ta relation avec Calley ? cracha Flynn.

— Je te l'ai dit. On est amis. On a partagé beaucoup de choses au fil des années. Beaucoup d'entre elles mauvaises.

— Un lit ? demanda Flynn, la colère bouillonnant toujours en lui.

— Non, jamais, dit calmement Gabe. Tu sais que je ne couche pas avec des femmes, Flynn.

— Tu la touchais de partout.

Dès que ces mots quittèrent sa bouche, Flynn réalisa qu'il parlait comme un adolescent encore au lycée.

— Je la réconfortais. Bill n'est jamais là et elle est hormonale. Elle se sent seule et mal à l'aise et peu sûre d'elle, et elle est épuisée. Je reconnais que j'essaie d'être un bon ami pour elle, mais ça ne compense en rien toutes les choses qu'elle a faites pour moi au fil des ans.

— Tu lui as donné tes enfants. Ça devrait être assez.

Flynn pouvait sentir ses larmes sur le point d'éclater. Il essaya de les ravaler, mais sa gorge était sèche et serrée.

— Ce ne sont pas mes enfants, répéta Gabe pour la centième fois. Ce sont les siens et ceux de Bill. Les seuls à savoir qu'ils sont de moi sont Hunter et Grant, toi et moi, et bien sûr Bill et Calley.

— Mais ce *sont* tes enfants, répondit Flynn en un murmure en se retournant pour faire semblant d'ajuster la selle de T.C. Je veux que ce soient les tiens.

Flynn ferma les yeux en sentant la main de Gabe se poser à nouveau sur son épaule pour le réconforter.

— Je suis désolé que tu n'aies pas pu être le donneur, Flynn. Tu le sais, ça, non ? Si ça avait été possible, alors je t'aurais laissé être leur père.

Flynn ne pouvait plus retenir ses larmes. Il se retourna et se jeta dans les bras de Gabe, cachant son visage dans le creux de son cou. Gabe le serra dans ses bras, le berçant doucement d'un côté à l'autre.

— J'aurais aimé pouvoir d'une manière ou d'une autre te donner ces enfants, Gabe, dit Flynn une fois qu'il put à nouveau parler.

— Je n'en ai jamais voulu, Flynn. Ça ne m'a jamais manqué de ne pas avoir d'enfant.

Il eut une soudaine épiphanie.

— Mais à toi oui, n'est-ce pas ?

Flynn leva la tête mais n'osa pas regarder Gabe dans les yeux.

— C'est tout de même ironique que tu puisses probablement faire tomber Calley enceinte rien qu'en t'asseyant à côté d'elle, alors que moi je tire à blanc.

Gabe remit les cheveux de Flynn derrière son oreille pour dégager son visage, mais Flynn regarda par-dessus l'épaule de Gabe. Il n'était pas encore prêt pour ce qu'il pourrait lire dans les yeux de Gabe.

— Je ne pensais pas que tu prendrais si mal les résultats de ces tests, Flynn, dit doucement Gabe. Je suis désolé de ne pas m'être rendu compte de l'importance que ça avait à tes yeux. Je croyais que tu étais comme moi, que tu avais automatiquement conclu que puisque tu ne te marierais jamais avec une femme, tu ne pourrais pas non plus avoir d'enfant.

— Je suppose que je n'avais jamais perdu l'espoir de trouver un moyen, confessa Flynn. Ne me demande pas comment j'allais m'y prendre, mais quand le docteur m'a dit que j'étais infertile, mon monde s'est écroulé.

Gabe le serra fort contre lui et Flynn dut reconnaître que cela lui fit du bien.

— Le seul point positif, c'est que tu as accepté d'être le donneur. Au moins, je pourrai voir *tes* enfants grandir, même si c'est juste de loin.

— Je pourrais demander à Calley de partager tout ça avec toi, Flynn. Je pense que si je lui explique, elle en sera plus que ravie.

Flynn secoua la tête.

— Franchement, je pense qu'elle à besoin de quelqu'un avec qui partager ces sentiments. Elle a peur d'être heureuse, peur que si les choses tournent mal à nouveau, et Bill ne se sent pas encore père, alors ils les ignore aussi, continua Gabe. C'est tellement étrange de sentir les bébés bouger dans son ventre. Ils sont si réels. Je crois que j'ai senti un pied quand l'un d'eux a donné un coup, un tout petit pied, comme on peut parfois sentir un sabot à travers le ventre d'une jument quand le poulain est sur le point de naître. Je sais que tu sais de quoi je parle, Flynn. Je t'ai vu toucher les juments plus d'une fois juste avant qu'elles poulinent.

Flynn acquiesça cette fois-ci, reconnaissant que Gabe avait raison. Il voulait partager la joie de Calley. Sa tristesse se dissipa lentement lorsqu'il se rendit compte que Gabe le comprenait. Il y avait toutefois encore une chose qu'il voulait clarifier.

— Je ne suis pas jaloux que tu sois le père biologique, Gabe.

Il passa le bras sous celui de Gabe et ils recommencèrent à marcher côte à côte, un cheval de chaque côté d'eux.

— Ah bon ?

— J'aurais sûrement tout gâché. Je n'ai pas vraiment eu le meilleur modèle de père, tu sais.

— Je n'ai aucun doute que tu ferais un excellent père, Flynn.

Ce dernier lui lança un coup d'œil suspicieux avant de ramener son regard sur le chemin devant eux.

— J'espère juste qu'on ne fera pas que les apercevoir de temps en temps quand ils grandiront. J'aimerais bien voir si je pourrais reconnaître certains de tes traits en eux.

À ce moment-là, Bridget se glissa entre eux.

— Rentre à la maison, ma fille, lui dit Gabe. Arrête de te mettre entre mon homme et moi, ajouta-t-il en riant.

Bridget courut devant, mais pas beaucoup. Elle continua à garder un œil sur eux.

— C'est ton bébé, pas vrai ?

Gabe acquiesça.

— Comme l'était sa mère avant elle.

— Tu n'as jamais pensé à lui faire faire des petits ?

Gabe sourit.

— J'ai essayé. Ça n'a pas marché. Le mâle et elle ne s'entendaient pas très bien, et même si ça ne l'a pas empêché d'avoir ce qu'il voulait quelques fois, pas de chiots pour Bridget. Elle est un peu trop vieille pour ça, maintenant.

— Mais elle est heureuse.

— Elle a deux pères. Elle a plutôt intérêt, conclut Gabe. Tu te sens un peu mieux maintenant ?

Flynn acquiesça.

— Merci.

LE SAMEDI suivant, ils se rendirent sur le ranch de Hunter après avoir terminé leurs tâches du matin et trouvèrent le périmètre de la nouvelle maison déjà délimité. Lorsqu'ils sortirent de la voiture, Hunter se précipita vers eux comme un jeune chiot surexcité.

— Ils ont livré pas mal de planches mardi et on a placé les banderoles alors que tout était encore couvert de neige, raconta avidement Hunter. Vous en pensez quoi ? Ça a l'air bien ?

Gabe regarda les petits poteaux qui sortaient du sol et les rubans rouge et blanc qui les reliaient. Il haussa un sourcil lorsqu'il se rendit compte que leur nouvelle maison serait plus grande que sa propre maison.

— Tu es sûr qu'on va pouvoir construire ça à quatre ?

Hunter sourit.

— Tim et Hugh vont nous aider, ainsi que quelques-uns de mes employés qui ont besoin d'un peu plus d'argent. Et on n'est pas vraiment pressés. On a un toit au-dessus de nos têtes.

— Parle pour toi, cowboy, l'interrompit Grant en volant le chapeau de Hunter. J'ai hâte qu'on ait notre propre maison.

Hunter donna une tape à Grant, essayant de récupérer son chapeau, et il l'aurait probablement taclé si Grant n'avait pas été aussi fermement planté sur ses pieds. Avec Hunter toujours à moitié pendu à son cou, Grant regarda Gabe et sourit.

— Merci de venir nous donner un coup de main.

Gabe inclina son chapeau.

— De rien.

Il regarda Hunter se tourner et commencer à chatouiller Grant.

— Il y a du café, de la limonade et des sandwiches sous la bâche là-bas, leur indiqua Hunter pendant que Grant et lui se dirigeaient vers un groupe de nouveaux arrivants.

— Merci, répondit Gabe.

— Je t'avais dit que ça se passerait bien, dit Flynn lorsqu'ils se furent assez éloignés.

Flynn prit Gabe dans ses bras, et essaya d'ignorer le fait que la réaction instantanée de ce dernier fut de se figer. Oui, ils étaient en public, mais Flynn connaissait ces gens et la plupart d'entre eux étaient certainement au courant de leur relation. Après tout, Grant et Hunter non plus ne semblaient pas très timides.

— Détends-toi, lui chuchota Flynn.

Gabe acquiesça et ils se dirigèrent vers la tente à côté de la cabane en bois. Il y avait des enfants et des chiens qui couraient dans tous les sens.

— On aurait dû amener Bridget, fit remarquer Flynn.

— Nan, laisse cette vieille fille à la maison. Les gamins la rendraient folle.

Flynn versa un café pour Gabe et lui tendit la tasse.

— Elle va peut-être devoir s'habituer à voir des enfants à la maison de temps en temps.

Gabe vit la lueur d'espoir dans le regard de Flynn et n'avait pas envie de l'éteindre. Ils devaient tout de même faire face à la réalité.

— Ce sont les bébés de Bill et Calley, Flynn.

— Je sais, répondit doucement Flynn. Mais tu as entendu Calley. Elle veut qu'on fasse partie de leur vie et ça ne semble pas déranger Bill.

Gabe acquiesça mais ne répondit rien. La journée avait bien commencé et il ne voulait pas la gâcher. Ils avaient déjà eu cette conversation, mais il ne pouvait pas s'imaginer élever un enfant tous les deux, encore moins un enfant qu'ils auraient fait ensemble. Quant aux enfants de Calley ils auraient de la chance s'ils pouvaient leur servir de baby-sitter de temps en temps. Flynn allait devoir se contenter d'être le père de tous les poulains qu'ils allaient faire naître.

— Mettons-nous au travail, d'accord ? suggéra-t-il à la place.

Flynn acquiesça à contrecœur.

Bien qu'il fasse plutôt froid pour un début de printemps, à midi ils étaient tous en nage. Gabe avait toujours aimé travailler dur, et lorsqu'il se fut rapidement nettoyé avec l'eau d'un tonneau à pluie et s'était assis pour manger, il se rendit compte que sa jambe ne l'avait pas gêné de toute la matinée. Ils avaient déplacé beaucoup de bois et avaient commencé à creuser des fondations, ce qui lui avait fait mal au dos, mais sa jambe ne s'était pas portée aussi bien de toute l'année.

Pendant qu'ils mangeaient leurs sandwiches et buvaient du café, Izzie sortit de la maison avec son nouveau bébé, et en un rien de temps Flynn se retrouva avec le nouveau-né dans ses bras.

— Allons, Izzie, ne lui donne pas le bébé. Il ne te la rendra jamais, dit Gabe, ne plaisantant qu'à moitié.

Flynn lui lança un regard mécontent, mais son sourire revint dès que la petite fille se mit à gazouiller.

Izzie s'assit à côté de Flynn et l'embrassa sur les cheveux.

— Ce n'est pas grave. Je sais qu'il s'occupera bien d'elle, dit-elle avant de se tourner vers Gabe. Calley passe nous amener plus de nourriture cet après-midi. Enfin, si elle y arrive. Elle a l'air sur le point d'éclater. Le docteur dit qu'elle ne tiendra pas jusqu'au bout.

Gabe acquiesça, l'inquiétude montant en lui.

— Mais elle va bien ?

— Oh, oui, répondit Izzie. Elle a quelqu'un pour l'aider au magasin maintenant, et elle ne l'ouvre plus que le matin. Il y a une femme qui travaille avec elle, et son fils aide à déplacer certains cartons et s'occupe des choses les plus lourdes avant de partir à l'école. Elle gardera probablement le magasin ouvert pendant que Calley sera en congé maternité.

— Tant mieux, répondit Gabe, toujours pas complètement rassuré.

Il savait que ça irait mieux une fois qu'il aurait vu Calley.

Hugh les rejoignit et donna une tape dans le dos à Gabe.

— Assez trainassé. Remettons-nous au boulot, les gars.

Gabe se tourna vers Hunter.

— Il se prend pour qui, celui-là ? Le contremaître ?

Ils éclatèrent tous deux de rire et se levèrent, retournant creuser le reste des fondations. Une grande partie de l'excavation se faisait avec une machine, mais il y avait toujours des angles à arranger et de la terre à déblayer.

Au moment où ils faisaient tous une pause pour boire, Gabe vit la camionnette de Calley remonter l'allée et il marcha jusqu'à l'endroit où elle se gara.

— Tu as l'air d'avoir besoin d'aide, ma belle, lui dit-il en lui tendant la main dès qu'elle ouvrit sa portière.

Elle accepta son aide pour sortir du véhicule avec grâce et reconnaissance. Ce ne fut qu'à ce moment-là que Gabe vit qu'elle n'était pas seule.

— Ryan ? Tu peux amener la nourriture sous la bâche, là-bas, s'il te plaît ?

Un garçon qui avait l'air d'avoir une dizaine d'années sortit par la portière côté passager et se dirigea vers l'arrière du camion. Gabe était déchiré entre l'envie d'aider le gamin et celle de s'assurer que Calley arrive en un seul morceau jusqu'à une chaise. Il décida de rester avec Calley.

— Flynn, tu peux donner un coup de main ?

Flynn les rejoignit en courant.

— Qu'est-ce qu'il y a, elle ne peut plus marcher ? demanda-t-il en faisant un clin d'œil à Calley pour lui faire comprendre qu'il plaisantait.

Gabe désigna la camionnette.

— Aide le petit avec la nourriture, tu veux bien ? Ces cartons ont l'air lourds et je ne voudrais pas qu'il se fasse mal.

— Oh, ça va aller, répondit Calley assez fort pour que Flynn l'entende. Je sais que c'est mal de faire travailler des enfants, mais je le paie bien et il porte des choses bien plus lourdes au magasin.

Elle se tourna vers Gabe et lui dit sur le ton de la conspiration :

— Sa mère avait besoin que je l'en débarrasse pour l'après-midi. Je ne sais pas pourquoi. Au magasin c'est un ange. On l'entend à peine et il travaille bien. Il est très fort pour ses treize ans.

— Il a treize ans ? Je lui en aurais donné dix, répondit Gabe, et regardant par-dessus son épaule Flynn qui essayait de détendre le gamin pendant qu'ils amenaient la nourriture vers la toile de tente.

Gabe dut sourire en voyant le contraste entre l'attitude joyeuse de Flynn et l'expression du garçon, qui avait l'air de s'être fait voler son goûter. Soudain, Gabe vit un sourire étirer les lèvres du gamin.

— Je ne crois pas avoir encore jamais vu ça, commenta Calley à voix basse. Ton homme ne sait pas seulement s'y prendre avec les animaux, pas vrai ?

Gabe sourit sans un mot.

XXX

LE SEUL samedi que Gabe et Flynn ne passèrent pas à travailler sur la maison de Hunter cet été-là, ils le passèrent à la maternité, ou plutôt dans la salle d'attente de la maternité.

Flynn avait remarqué que Gabe s'était légèrement inquiété du fait que Calley les ait appelés eux avant d'appeler Bill quand elle avait perdu les eaux avec quatre semaines d'avance. Ils savaient tous qu'elle arriverait plus vite à l'hôpital si c'était eux qui passaient la chercher plutôt que Bill, mais Flynn savait que Gabe était mal à l'aise de savoir que même maintenant, Calley ne pouvait pas entièrement compter sur Bill pour être là quand elle en avait besoin. Ils espéraient tous deux que Bill se reprendrait une fois qu'il verrait ses enfants, mais ils ne retenaient pas leur souffle.

À leur grande surprise, Bill arriva aux Urgences presque avant eux et Gabe se mit tout de suite en retrait pour laisser Bill avoir son heure de gloire.

Après deux heures angoissantes, Bill entra dans la salle d'attente, l'air aussi épuisé que s'il avait lui-même accouché de ses bébés.

— Une fille et un garçon, les gars, annonça-t-il joyeusement en leur donnant une tape dans le dos lorsqu'ils se levèrent pour demander si tout s'était bien passé. Le rêve de tout homme. Ils se portent à merveille.

— Et Calley, demanda sèchement Gabe.

— Oh, elle va bien. Cette fille peut survivre à n'importe quoi.

Gabe regarda Flynn, et Flynn haussa un sourcil en retour. Ils n'avaient pas besoin de parler pour savoir ce que pensait l'autre. Gabe n'avait jamais été un grand fan de Bill, mais Bill était un vétérinaire très compétent et leur avait plus d'une fois rendu service gratuitement lorsqu'ils en avaient eu besoin. Pourtant, Flynn savait que Gabe ne l'aimait simplement pas beaucoup en tant que personne et ne le tolérait socialement qu'en raison de Calley. En entendant

222

à quel point il ne semblait pas se préoccuper d'elle à cet instant, Flynn vit la colère monter en Gabe et sut que son amant faisait un gros effort pour se maîtriser.

— On peut la voir ? demanda Gabe en présentant une apparence calme.

— Elle se repose, mon gars, répondit Bill en lui donnant une claque sur le bras. Merci de l'avoir amenée. C'était juste à temps

Bill se dirigea vers la sortie.

— Où vas-tu ? lui demanda Gabe.

— J'ai du travail qui m'attend. Quand elle m'a appelé, j'étais sur le point de faire une césarienne à une vache. Je suppose qu'une autre césarienne avait la priorité.

Le sourire moqueur de Bill fit voir rouge à Gabe.

— Je pense que ta femme a plus besoin de toi que cette vache, Bill.

— Nan, répondit Bill avec le même sourire. Elle est fatiguée, elle ne veut pas que je lui traine dans les pattes.

Gabe poussa Bill contre le mur et Flynn l'empêcha tout juste d'écraser son point dans la figure du vétérinaire. Il posa la main sur l'épaule de Gabe, ce qui sembla l'aider à maîtriser sa colère, bien que Flynn le sente se raidir à nouveau lorsque Bill recommença à partir en souriant toujours.

— Je reviendrai un peu plus tard, les gars.

Gabe recula et ils regardèrent Bill s'en aller.

— Je n'arrive pas à croire ce bâtard, s'écria Gabe en se retournant et s'affaissant contre le mur.

— Gabe, dit Flynn.

Il posa la main sur le bras de Gabe, mais ce dernier s'éloigna de lui.

— Après tout ce par quoi ils sont passés pour avoir ces enfants, il retourne travailler ?

Bien que Gabe laisse rarement éclater sa colère, Flynn savait qu'il allait devoir se montrer calme, sans quoi son amant se noierait sous sa colère.

— Assieds-toi une minute.

Gabe obéit en ronchonnant.

— À quel point connais-tu Bill ? demanda Flynn en espérait que le faire parler l'aiderait à sa calmer.

— Je le connais depuis une éternité, reconnut Gabe. Il a toujours été le véto habituel dans la région, mais il n'est pas le seul à exercer. Je suis sûr que les propriétaires des ranchs comprendraient s'il prenait quelques jours de congé quand sa femme vient d'avoir des jumeaux, Flynn.

Flynn prit la main de Gabe dans la sienne et la serra.

— Je sais que tu es très protecteur de Calley, mais tu ne peux pas prendre ses décisions à sa place. Elle a décidé de rester avec Bill, malgré tout ce qui s'était passé. Il doit y avoir une raison à cela, parce qu'elle n'est pas du genre à dépendre entièrement de son mari, donc la seule chose à laquelle je puisse penser c'est qu'elle l'aime. Malgré tous ses défauts, elle l'aime quand même. Et ça, c'est quelque chose que je connais.

Gabe regarda Flynn dans les yeux, comme pour voir s'il plaisantait ou non.

— Tu es loin d'être parfait, Gabe, mais je t'aime quand même. Ne me demande pas pourquoi, je t'aime, c'est tout. Calley ne peut probablement pas non plus expliquer ses sentiments pour son mari, mais je suis sûr qu'elle ressent la même chose.

Le visage de Gabe s'adoucit, ce qui réchauffa le cœur de Flynn. Il aimait vraiment cet homme et était resté avec lui autant à travers les épreuves que quand tout allait bien, comme Calley était restée avec Bill. Flynn vit Gabe regarder autour d'eux avant de le prendre dans ses bras.

— Tu sais que je t'aime, pas vrai ?

Flynn sourit.

— Allons voir comment se portent Calley et les bébés.

— Gabe, on ne peut pas entrer juste comme ça.

— Bien sûr que si. Tu n'es pas un peu curieux ?

Flynn devait admettre que si. Il voulait voir à quoi ressemblaient les enfants de Gabe.

— Tu le sais bien.

À ce moment-là, un médecin passa par les portes qui ne se refermèrent pas immédiatement. Gabe se leva et entraina Flynn.

— Allons-y alors, dit-il, et ils se glissèrent à l'intérieur juste avant que les portes se referment complètement.

Flynn était nerveux de se trouver derrière les portes scellées, mais il trouvait également amusant de voir cet autre côté de son amant. Ils dépassèrent le bureau vide des infirmiers et Gabe désigna le tableau blanc.

— Calley Haines. Chambre 12.

Il fit un clin d'œil à Flynn.

Trouver la chambre ne fut pas difficile. Gabe frappa à la porte et l'ouvrit lentement. Il faisait sombre dans la pièce et Calley avait l'air de dormir, aussi Flynn le tira-t-il en arrière.

— Ne la réveille pas, Gabe.

— Je suis réveillée, dit Calley d'une voix ensommeillée.

— Salut ma belle. Tout va bien ? demanda Gabe d'une voix que Flynn ne l'avait entendu utiliser qu'avec Bridget.

Calley sourit.

— Salut les garçons. Vous avez vu les bébés ?

Gabe secoua la tête.

— On voulait d'abord voir si la maman allait bien.

Les yeux de Calley se remplirent de larmes.

— Je n'arrive toujours pas à y croire. La sage-femme a dit qu'ils allaient tous les deux bien, mais comme ils sont nés prématurément ils veulent les garder en observation un petit moment. Ah, et pour me permettre de me reposer un peu, vu que je vais bientôt être débordée.

— On a croisé Bill avant d'entrer, dit Gabe.

Flynn pouvait bien voir qu'il essayait de garder sa voix aussi neutre que possible.

— Il devait aller voir une vache, répondit simplement Calley. Je ne sais pas s'il s'agissait d'un euphémisme pour 'petite amie' ou d'un véritable animal, mais bon…

Puis elle sembla se reprendre.

— Je sais qu'il pense tout le temps à son travail, alors je lui ai dit de partir.

À la grande surprise de Flynn, Gabe rit doucement.

— Tu connais bien Bill.

— Malheureusement, oui, répondit Calley avant de sourire. Laissez-moi appeler la sage-femme et lui demander d'amener les bébés. Je veux que vous les voyiez.

Flynn était heureux qu'elle se soit adressée à eux deux, bien qu'il se doute qu'elle pensait seulement à Gabe.

— Vous êtes deux si jamais ils se mettent tous les deux à pleurer, ajouta-t-elle avec désinvolture.

Quelques minutes plus tard la sage-femme entra avec un bassinet contenant deux nourrissons emmaillotés et Flynn put à peine se retenir. Il savait toutefois qu'il devait être patient. Il était le dernier dans l'ordre de priorité pour tenir les bébés, et lorsqu'il vit à quel point ils étaient minuscules, il ne fut plus si sûr de vouloir le faire. Les bébés avaient l'air heureux et confortables, portant respectivement un bonnet rose et un bonnet bleu sur la tête. La petite fille dormait, mais les grands yeux curieux du garçon étaient ouverts.

Gabe regarda dans le bassinet et sourit, alors Flynn se plaça derrière lui et passa ses bras autour de la taille de son amant pour regarder par-dessus son épaule.

— Il est réveillé, fit remarquer Flynn.

— Tu peux le prendre si tu veux, Flynn.

Flynn tourna son regard vers Calley, qui était magnifique même avec des cernes sous les yeux.

— Je ne peux pas. Il est trop petit. Et si je le laissais tomber ?

Calley rit et s'arrêta immédiatement, une main sur son ventre.

— S'il y a bien une personne en qui j'ai confiance à ce niveau-là, c'est toi mon chou. Je t'ai vu avec les poulains. Tu fais toujours tellement attention, je suis sûre que tu t'en sortiras très bien. Aide-le, Gabe.

— Ils sont un peu plus fragiles qu'un poulain, Calley, répondit Flynn.

Il ne put toutefois pas détourner le regard de Gabe lorsque celui-ci sortit précautionneusement le petit garçon de son berceau et le lui mit dans ses bras. Gabe le laissa passer en direction de la chaise à côté du lit de Calley. Flynn s'était tout juste assis lorsqu'il entendit l'autre bébé pleurer, mais il ne pouvait détourner le regard de l'enfant dans ses bras. Le petit garçon le regardait avec de grands yeux encore un peu perdus dans le vague.

— Bonjour, bébé, dit Flynn, se sentant un peu bête.

Lorsqu'il toucha la joue du petit garçon, le bébé se tourna vers son doigt et essaya de le sucer.

— Tu as faim ?

Flynn avait l'impression que le bébé aimait le son de sa voix, aussi continua-t-il à lui parler doucement.

— Je suis sûr que Maman va bientôt te nourrir. Mais tu ne pleures pas, donc ça ne doit pas être si terrible, pas vrai ? Tu es bien au chaud, ta couche est propre et tu aimes quand je te parle, hein que tu aimes ça ?

Le bébé sembla s'assoupir dans ses bras et Flynn leva les yeux vers Calley. Il les laissa se poser sur Gabe, qui était assis sur le lit à côté de Calley, la petite fille dans ses bras. Elle dormait calmement contre l'épaule de Gabe. En voyant Gabe assis là, l'air parfaitement à l'aise avec un bébé dans les bras, il se rappela à quel point il regrettait de ne pas pouvoir avoir d'enfant avec son amant. Ils avaient clos le sujet. Ils allaient devoir se contenter de ceci, et si Calley tenait parole ils pourraient jouer les baby-sitters et les verraient grandir.

Il reporta son attention sur le petit garçon et essaya de reconnaître Gabe en lui. Il repéra le début d'une fossette sur le menton, mais en dehors de cela il ne ressemblait pas du tout à Gabe, se dit Flynn.

— Alors, comment vas-tu les appeler, Calley ? demanda Gabe.

— Puisque nos pères avaient le même prénom, je me suis dit que j'allais appeler le garçon Andrew, répondit Calley. Et la fille ressemble à une Vicky.

— Calley, tu n'es pas obligée, murmura Gabe.

Flynn leva les yeux vers son amant, dont le visage était en proie à l'émotion, puis vers Calley, qui lui souriait avec compassion.

— J'aime ce nom, dit-elle d'un ton satisfait. Et je trouve qu'il lui va bien.

Gabe continua à fixer la petite fille, caressant son front du doigt. Flynn rapporta son regard sur le petit garçon dans ses bras et espéra avec ferveur qu'ils verraient ces enfants grandir.

Gabe se releva.

— Tu as tout ce qu'il te faut, Calley ? Je crois qu'il est temps qu'on te laisse.

Calley acquiesça et sourit. Gabe l'embrassa sur le front après avoir remis la petite fille dans son berceau, et Flynn vit Calley lui chuchoter quelque chose qui le fit sourire. Lorsque Flynn reposa le garçon à côté de sa sœur, il vit qu'ils avaient l'air d'apprécier d'être collés l'un contre l'autre dans le berceau. Il embrassa Calley sur la joue et sortit avec Gabe.

— Vicky était le nom de ta mère ? demanda Flynn dans le corridor.

— Oui, acquiesça Gabe sans en dire plus.

— C'était très attentionné de sa part, continua Flynn en espérant découvrir pourquoi Gabe n'était pas content du choix de Calley.

Sur le chemin du retour, Gabe resta silencieux, comme s'il avait besoin de temps pour enregistrer tout ce qui s'était passé. Malgré le fait que Flynn avait vraiment envie de parler, il savait qu'il valait mieux laisser Gabe tranquille. Il avait espéré que Gabe serait heureux de voir les bébés, mais il comprenait aussi que ses émotions devaient être mitigées. Gabe n'avait jamais voulu être plus qu'un donneur et maintenant c'était le cas. Flynn espérait juste qu'il romprait son silence avant qu'ils aillent se coucher et que peut-être, il pourrait convaincre Gabe de lui parler avant de dormir.

Gabe mit toutefois la patience de Flynn à rude épreuve. Lorsque Flynn revint de la salle de bain, Gabe avait l'air de déjà dormir, aussi Flynn se glissat-il silencieusement sous les couvertures et essaya-t-il de s'endormir. Mais son esprit travaillait trop.

— Gabe ? Gabe ?

Avec un petit gémissement, Gabe lui fit signe qu'il était réveillé.

— Est-ce que tu vas bien ?

— Pourquoi je n'irais pas bien ? ronchonna-t-il, mais lorsqu'il se tourna pour faire face à Flynn, il semblait plus blessé qu'en colère.

— Je me disais juste que la journée avait été très riche en émotions et que tu voudrais peut-être en parler ?

Malgré l'obscurité de la pièce, Flynn vit Gabe acquiescer. Il attendit qu'il prenne la parole, mais aucun mot ne sortit de sa bouche.

— Andrew te ressemble, dit doucement Flynn en espérant détendre Gabe.

— Comment le sais-tu ?

Encouragé par ses mots, Flynn se rapprocha, et Gabe passa automatiquement un bras autour de ses épaules.

— Il a la même fossette au menton que toi, répondit Flynn en posant un doigt sur le menton de son amant. Et tes yeux bleus.

— Tous les bébés ont les yeux bleus, répondit Gabe d'un ton impassible.

— Il a les cheveux clairs de sa mère, par contre.

Gabe rit doucement.

— J'avais les cheveux presque blancs quand j'étais petit Et la peau bronzée, comme dans ces pubs pour les crèmes solaires.

— J'espère qu'il te ressemblera quand il sera grand, continua Flynn.

Gabe ne répondit rien. Ils restèrent allongés en silence un long moment, aucun des deux ne dormant, savourant simplement le moment de calme ensemble. Flynn se dit qu'ils avaient parcouru beaucoup de chemin depuis leurs silences inconfortables de ses premières semaines sur le ranch.

— C'est le mieux que je puisse faire, Flynn, et je suis désolé, dit brusquement Gabe, après quoi il soupira comme si ça lui faisait du bien de l'avoir enfin dit. Je sais que tu voulais être père et que les chevaux ne compensent pas, pas même les petits. Je le sais bien.

Flynn regarda Gabe. Il commença à comprendre quelque chose.

— Je croyais que la raison pour laquelle tu avais changé d'avis était pour aider Calley ? Parce qu'elle voulait des enfants aux cheveux clairs. Je savais qu'on avait fait toute cette charade tous les quatre à la clinique pour Bill, mais je n'avais pas réalisé que tu avais d'autres motifs.

— Ne m'en veux pas, Flynn, dit doucement Gabe. Je sais que tu voulais qu'on ait des enfants, et quand tu as reçu la nouvelle que ce ne serait pas possible pour toi… Je sais que ça ne remplace pas vraiment…

— J'aurais bien aimé que tu m'en parles, répondit doucement Flynn, essayant de ne pas prendre un ton de reproche.

Au fond de lui, les intentions de Gabe le rendaient plutôt heureux

— Calley voulait vraiment que ce soit moi parce que ce serait plus logique si leurs enfants étaient blonds et vous avez tous les cheveux foncés. Je lui ai demandé de te prendre en considération comme donneur parce que je savais que tu voulais des enfants alors que moi ça m'était un peu égal, mais aussi parce que j'aurais bien aimé voir à quoi auraient ressemblé tes gamins. Donc tu vois, je comprends.

Flynn se blottit contre Gabe, ayant besoin de son contact. Comme il aimait cet homme ! Il déposa un baiser chaste sur les lèvres de Gabe qui lui sembla bien plus intime que les baisers passionnés qu'ils échangeaient pendant qu'ils faisaient l'amour.

— Je suis heureux que ça ait été toi.

Flynn ferma les yeux pour savourer leur proximité. Un sentiment d'allégresse remplaçait peu à peu sa mélancolie et Flynn sourit.

— Et si Calley ou Bill ne veulent pas les partager, on les kidnappera, et on ne les rendra que quand ils pleureront trop.

Gabe rit.

— Je suppose que c'est ça, l'avantage. On peut toujours les rendre.

Flynn acquiesça, s'apprêtant à s'endormir dans les bras de l'homme qu'il aimait.

ÉPILOGUE

ILS AVAIENT gardé certaines des juments qui leur restaient après le terrible hiver de Gabe, mais il fallut plusieurs années à ce dernier pour se rendre compte qu'il y avait une autre raison à cela que le fait que Flynn voulait faire de l'élevage de chevaux en plus du dressage.

Après les deux premiers poulains, qui avaient appartenu à Hunter avant même leur naissance, Flynn s'assura qu'ils aient toujours cinq ou six petits chaque année, et ils remboursèrent lentement les dettes du ranch. Le travail était toujours dur, mais cela ne les dérangeait ni l'un ni l'autre. Les chevaux que dressait Gabe étaient toujours très demandés, principalement par les ranchs commerciaux du voisinage, qui avaient besoin de bons chevaux pour leurs employés, mais ceux qu'ils vendaient ensuite aux enchères leur rapportaient généralement également de belles sommes. Flynn n'était pas surpris que Gabe ait la réputation de dresser d'excellents chevaux et au final, cela signifiait toujours un peu d'argent en plus.

— Qu'est-ce que tu dirais d'avoir quelques gamins en plus par ici ? demanda Gabe à Flynn un soir d'été pendant qu'ils regardaient le coucher de soleil depuis le porche.

— Qu'est-ce que tu manigances ? répliqua Flynn en se redressant sur son siège pour que Gabe puisse admirer son regard moqueur.

Gabe sourit.

— Tu sais que Craig s'est trouvé un docteur, pas vrai ?

Flynn rit doucement.

— Oui. Je ne sais pas lequel de vous deux était le plus surpris que ce soit une femme.

Gabe rit à son tour.

— Bref, elle travaille avec des enfants handicapés et elle voudrait leur faire faire de la thérapie équine, les laisser monter à cheval pour améliorer leur équilibre et leur confiance en eux, tout ça.

— Et tu penses qu'on pourrait faire ça ici ?

Gabe haussa les épaules.

— Pourquoi pas ? On a les juments reproductrices, qui sont assez dociles pour trotter dans le corral avec un enfant sur le dos, et il y a aussi les hongres plus âgés. Ils sont très bien dressés, mais ne se vendent pas très bien aux enchères parce qu'ils ont l'air paresseux, mais tu sais qu'ils sont faciles à monter.

— Oui, je suppose que des chevaux paresseux sont parfaits dans ce cas-là. On pourrait tirer au canon à côté de Mally et il ne bougerait pas d'un poil, rit doucement Flynn.

— Je sais qu'on n'a pas beaucoup de temps, mais ce ne serait qu'un après-midi par semaine, et je me disais…

— Je trouve que c'est une excellente idée, l'interrompit Flynn. D'autant plus que Hunter et Grant sont maintenant bien installés dans leur maison, ça nous laisse plus de temps.

— Tu as raison, acquiesça Gabe. D'ailleurs, la prochaine fois que Hunter a une idée brillante, du genre construire sa propre maison, rappelle-moi de l'envoyer promener, d'accord ?

— À la base, c'était juste une excuse pour avoir son propre chez lui sans devoir dire à sa mère que Grant s'installait avec lui.

Gabe afficha un large sourire.

— Tu sais, c'est chouette qu'on s'entende tous aussi bien. J'aime même beaucoup ce nouveau Grant.

— Hé, dit Flynn en lui donnant un coup de coude dans les côtes. Ne te fais pas des idées.

— À quel sujet ?

— Au sujet de Grant, répondit Flynn. Il s'est peut-être transformé en un chic type, mais je crois que si tu le voles à Hunter, Hunter nous fera faire faillite. Enfin, si je ne te tue pas d'abord.

Gabe attrapa Flynn et l'attira contre lui avant de lui mordiller le cou.

— Je n'oserais pas. Hunter peut le garder. Et puis, je n'ai besoin de personne d'autre que toi.

— Ah, vraiment ? dit Flynn en se tournant pour l'embrasser passionnément.

— Oh, j'ai failli oublier, s'exclama Gabe en interrompant leur baiser. On garde les jumeaux le week-end prochain. Calley a besoin de quelques jours pour se détendre et m'a demandé si on pouvait faire les baby-sitters.

— Super, soupira Flynn. Pas de sexe le week-end prochain.

Il leva dramatiquement les yeux au ciel, mais Gabe savait qu'il adorait ces enfants.

— Je me ferai pardonner, le taquina Gabe. À commencer par maintenant.

— Oh ? dit Flynn en battant des cils.

— L'eau a chauffé toute la journée. Tu veux prendre une douche avec moi ?

Flynn prétendit y réfléchir un instant, mais Gabe pouvait pratiquement voir son pantalon devenir trop étroit sous ses yeux.

— Le dernier sous la douche se fait baiser, déclara Gabe en se levant et en tendant une main à Flynn.

Quelques minutes plus tard, ils étaient sous le jet d'eau chaude. Flynn était adossé contre le mur de la maison et Gabe était à genoux devant lui, mettant tous ses talents oraux à profit jusqu'à ce que Flynn le fasse s'arrêter.

— Viens par-là, dit-il en aidant Gabe à se relever avant de l'embrasser. Comment me veux-tu ?

Gabe haussa un sourcil.

— Du moment que je peux te sentir en moi, ça m'est égal.

— Tu veux me monter, cowboy ?

— Est-ce que le poney est prêt à se cabrer ? répondit Gabe en arrêtant l'eau.

La position que Flynn avait tant détestée au début de leur relation était à présent devenue une de leurs préférées. Flynn adorait voir son sexe disparaître dans le corps étroit de Gabe et observer d'abord le contrôle de Gabe puis l'abandon total avec lequel il le chevauchait. La seule différence était qu'à présent, après leurs mouvements les plus frénétiques, Gabe se penchait pour embrasser Flynn pendant qu'ils essayaient de reprendre leur souffle, puis Flynn prenait les commandes, pénétrant Gabe de dessous pendant que celui-ci se tenait immobile au-dessus du corps de Flynn. C'était bien plus une question de partage que de jouissance, bien plus une question de donner du plaisir à l'autre que de s'en procurer soi-même.

— Le poney a beaucoup couru aujourd'hui et est un peu en train de se fatiguer, finit par murmurer Flynn contre la bouche de Gabe.

— Le cowboy a une jambe de bois et de vieux genoux, répondit Gabe en souriant sans quitter les yeux de Flynn du regard.

— Tu veux qu'on change ?

Gabe acquiesça et se releva à contrecœur. Il retourna sous la douche et rouvrit l'eau, se tenant à la barre qu'ils avaient installée quelques temps plus tôt pour que Gabe puisse toujours utiliser la douche extérieure.

Flynn le suivit et se plaça derrière lui, laissant ses mains caresser les poils mouillés de la poitrine de Gabe qui commençaient à montrer un peu de gris. Lorsque Gabe passa la tête sous le jet de la douche, Flynn emmêla ses doigts dans ses cheveux et Gabe se retourna pour lui faire la même chose. Ils restèrent l'un contre l'autre et Gabe attrapa le shampoing pour laver les cheveux de Flynn.

— Tu n'as pas l'air pressé de continuer ce qu'on avait commencé ? demanda Flynn.

— On va y venir, je n'en doute pas, répondit Gabe avec un air moqueur. Mais j'aime prolonger un peu la torture, euh, le plaisir.

Flynn lui lança un regard faussement agacé, mais pour montrer qu'il appréciait ce que faisait Gabe, il l'embrassa et imita ses gestes. Peu à peu, la façon dont ils touchaient le corps de l'autre redevint sexuelle et Flynn saisit leurs deux membres dans sa main jusqu'à ce qu'ils soient à nouveau complètement rigides.

— Tu veux me baiser ? suggéra Gabe.

— Mmm, acquiesça Flynn. Mais je ne suis pas sûr qu'on tiendra jusqu'à la chambre.

Gabe se retourna et pressa ses fesses contre l'érection de Flynn. Entre l'eau, le shampoing et le savon, leurs deux corps étaient glissants et Flynn pénétra Gabe sans aucune difficulté. Il leur fallut quelques instants pour trouver la bonne position, Gabe posant un genou sur le banc qui était juste à la bonne hauteur pour cela, puis Flynn commença à donner des coups de reins.

— Putain, ce que c'est bon, gémit Gabe.

— Tu dis toujours ça, répondit Flynn.

— Parce que c'est toujours vrai.

Chaque fois qu'ils faisaient l'amour, et ce dans n'importe quelle position, Gabe était toujours aussi émerveillé de voir à quel point ils étaient faits l'un pour l'autre. Peu importait combien de faux départs ils avaient eus, combien d'obstacles s'étaient dressés sur leur route, cela en avait valu la peine pour ces moments où le monde pourrait exploser autour d'eux qu'ils ne le remarqueraient même pas. C'était dans ces moments-là que Gabe se souvenait de comment Flynn était resté à ses côtés, même lorsqu'il pensait qu'ils ne pourraient plus jamais faire l'amour, ou quand Gabe pensait qu'il ne pourrait plus jamais être heureux, avec ou sans Flynn. Il n'y avait qu'une seule constante dans sa vie à présent et c'était ce gars qui avait erré jusqu'à son ranch et lui avait demandé un boulot pour lequel il avait trouvé une annonce au bureau de poste. Alors que Gabe pouvait sentir son orgasme approcher, il remercia silencieusement sa bonne étoile une fois de plus d'avoir dit oui ce jour-là. Puis il vit des étoiles et cria le nom de Flynn dans son oreille. Il sentit la chaleur de la semence de Flynn le remplir lorsque lui aussi jouit.

Ils restèrent là, debout sous la douche, à regarder l'eau rincer les preuves de leurs ébats, reprenant leur souffle. Ils n'avaient pas envie de bouger, comme si rompre leur étreinte pouvait d'une façon ou d'une autre endommager leur véritable lien.

— Putain, qu'est-ce que je t'aime, murmura Flynn à l'oreille de Gabe.

— Vraiment ? Je ne le savais pas, rit Gabe.

— Tu sais que j'ai failli ne jamais venir ici ? Mais j'avais désespérément envie de travailler à nouveau sur un ranch.

— J'ai failli te répondre non, parce que j'étais un connard mal luné et que je me sentais trop vieux malgré l'attraction immédiate que je ressentais pour toi.

Flynn rit doucement. Ses bras enveloppaient toujours fermement la poitrine de Gabe et il avait posé le menton sur l'épaule de son amant.

— Comment ça, tu 'étais' ?

— C'est toi le connard, réfuta Gabe.

— Oui, mais tu m'aimes quand même.

Gabe eut soudain l'air très sérieux.

— Plus que la vie elle-même.

À ce moment-là, un éclair zébra le ciel, presque immédiatement suivi par un puissant grondement de tonnerre qui les fit sursauter tous les deux.

— On dirait qu'on a réveillé Mère Nature, rit Flynn.

— Mmm, je suppose qu'elle aussi a envie de faire nuages et pluie.

ZAHRA OWENS est née en Europe juste avant Woodstock et le premier homme sur la lune. Ses parents, qui ne parlaient pas anglais, lui donnèrent un nom bien plus difficile à prononcer. Étant Verseau, elle n'a jamais été très conformiste et son entourage a pris l'habitude de s'attendre à tout de sa part.

Elle commença à écrire des contes de fée au CP. Cette même année, elle rencontra son premier groupe d'amis anglophones, un groupe qui finirait par inclure des gens du monde entier. Extérieurement, elle était une enfant unique comme bien d'autres, habituée à passer beaucoup de temps entourée d'adultes. Intérieurement, elle cherchait des moyens de canaliser son imagination débordante.

Pendant la journée, elle gagne sa vie en tant que spécialiste informatique, mais c'est son ancienne carrière d'infirmière aux soins intensifs qui a tendance à se glisser dans ses fictions. Peut-être est-ce en raison de son faible pour les personnages et les corps imparfaits, ou alors est-ce simplement son côté sadique qui ressort. Jugez-en par vous-même.

Visitez son site web sur http://www.zahraowens.com/ et son blog sur http://zahra-owens.livejournal.com/.

www.ingramcontent.com/pod-product-compliance
Lightning Source LLC
Chambersburg PA
CBHW022111240626
47153CB00007B/2324